你是我
掌心上不变的暖

NI SHI WO ZHANGXIN SHANG
BU BIAN DE NUAN

孤钵 著

江苏凤凰文艺出版社
JIANGSU PHOENIX LITERATURE AND
ART PUBLISHING, LTD

图书在版编目（CIP）数据

你是我掌心上不变的暖 / 孤钵著. -- 南京：江苏凤凰文艺出版社，2017.11
ISBN 978-7-5594-1249-2

Ⅰ. ①你… Ⅱ. ①孤… Ⅲ. ①长篇小说－中国－当代
Ⅳ. ①I247.5

中国版本图书馆CIP数据核字（2017）第253473号

书　　名　你是我掌心上不变的暖
作　　者　孤　钵
出 品 人　柯久明　吴　铭
选题策划　郑心心
责任编辑　姚　丽
特约监制　郑心心
特约编辑　王抗抗　马　虹
出版发行　江苏凤凰文艺出版社
出版社地址　南京市中央路165号，邮编：210009
出版社网址　http://www.jswenyi.com
印　　刷　三河市龙林印务有限公司
开　　本　880×1230毫米　1/32
字　　数　160千字
印　　张　9
版　　次　2017年11月第1版，2017年11月第1次印刷
标准书号　ISBN 978-7-5594-1249-2
定　　价　39.80元

目 录 CONTENTS

第一章　我们，这样的开始　001
第二章　你的家，在哪儿?　016
第三章　我，想要什么?　032
第四章　生日会 & 天涯　048
第五章　给我，一次机会　062
第六章　不愿回去的年少时光　075
第七章　梦里的钟声　091
第八章　第一份礼物　106
第九章　我们，到此为止　125
第十章　今生的擦肩而过　140
第十一章　追爱　155

第十二章　从今以后　*171*

第十三章　会面，无可挽回　*184*

第十四章　山谷的雨夜　*198*

第十五章　直面真相　*214*

第十六章　萤火虫下的告白　*227*

第十七章　背后的买主　*242*

第十八章　告别，重遇　*256*

外篇 1　薛明篇　*266*

外篇 2　John 篇　*268*

外篇 3　迟到的日记　*270*

外篇 4　郑定的自白　*282*

第一章　我们，这样的开始

深夜，因连夜的大雨，别墅外的草地泥泞不堪，女人深一脚浅一脚地绕到屋后，摸索着打开厨房没合紧的窗户，费力地爬进那幢大屋。

孩子睡在保姆房里，她轻手轻脚地进去，瞧见摇床里孩子早把被子蹬掉了，而一旁的保姆睡得比猪还要香。她赶紧走过去把孩子抱起来搂在怀里，亲吻着她的小脸蛋，把她的身子紧紧地贴着胸口。可是她的孩子手脚冰凉，脸色青紫，这样的状况，让她心疼得眼泪直掉。

许是感受到了久违的母爱，孩子“哇”的一声哭了出来，宣泄着连日的委屈。她心一慌，生怕惊动了其他人，一面拍着孩子，小声安慰，“别哭，妈妈这就带你走。”，一面夺路而逃。

可她的动静还是惊动了其他人。当她奔到大厅的时候，头顶的水晶灯突然大亮，如同白昼一般，照得狼狈不堪的她越发局促不安。保姆和墨西哥裔的佣人穿着睡衣就冲出来拦住她的去路。

一男一女睡眼惺忪地从楼上下来，瞧见她，睡袍女打着呵欠就笑了，“真是贼心不死啊。居然敢来偷孩子。”她转头对保姆用英语说，“还愣在那儿做什么？还不打 911 报警？！”

旁边的男人只是动了动眉，并未制止。

不知是冷还是气愤，女人哆嗦着道：“什么偷？明明是你们陷害我在先，骗走孩子的抚养权，偷走我的孩子！我现在就要带孩子走！”

男人冷冷道：“你最好把孩子放下，孩子的监护权归我们，你现在这样，警方会以违反监护权罪逮捕你。”

睡袍女也在一旁冷笑道：“何止？违反监护权加擅闯民宅，不对，还要再加偷盗，不知道会被判监禁多少年哦？”

女人嘴唇发抖，怀里的孩子不敢大声啼哭，也只是发出呜呜的声音，她看向男人，“你不是不想要这个孩子么？为什么，为什么不肯把孩子还给我？我求你，看在以前的份上，把孩子还给我吧。就当我求你们了，我只要我的孩子，我以后再也不来烦你，绝对不会打扰你们的生活了，只求把孩子还给我，行吗？”

她的乞求没有换来任何的回应，男人依旧淡漠地看着她，好像与她没有过任何的瓜葛。

厅门大开，几个壮硕的黑人警察冲了进来，睡袍女当即指着正中央道：“就是她，她抢走了我们的孩子！”

所有的枪口都指着她，警察向她吼叫，“把孩子放下！”

他们的威逼利诱再加上主人的咄咄逼人直让女人情绪崩溃，她死死地抱着孩子，都快要把怀里的孩子箍得透不过气来，她大哭着，“孩子是我的，我才是孩子的妈妈，为什么妈妈带走孩子还是犯罪？”她一步步地往后退，说什么也不肯把孩子还回去。

警察步步紧逼，“你再不放下孩子，我们就开枪了！”

女人抬眼看男人，此时此刻，他仍旧无动于衷。而睡袍女却只是得意地笑，像是在看一只可笑的垂死挣扎的蚂蚁。

她对他是彻底地绝望了，她摸着孩子冰凉的小脚，根本不管警察听不听得懂，只是哭着说，“孩子病了，他们根本就不管孩子，我要带我的孩子回……”

“砰——”没有人听她说话，也没有人允许她把话说完，她只觉得太阳穴有一股穿刺的剧痛，一股热流从那儿喷出来，那儿瞬间已经有了一个黑乎乎的血窟窿。

伴随着那声响声，她仿佛看到她的身体重重地歪了下去，警察冲上来把孩子接住，她仿佛听见了保姆惊悚的叫声和孩子失去亲人的啼哭，还有从心底生起的绵延不绝的恨……

她眼前的整个世界开始摇晃，颤抖，继而扭曲，最终伴随着这声“砰——”的巨响，烟消云散……

★★★

我猛地惊醒，好半天才从那比现实还要逼真的梦里回过神来，一身冷汗地抬起头，瞧见郑定一脸不满地站在门边，刚才那声响便是他弄出来的。

我连忙站起身，努力从那重复过无数遍的噩梦中调整出来，向他微微一笑，“Dr. 郑，早。”

郑定作势看了看手腕，“第一天正式上班，就这样的精神风貌，真是不错啊。”他说着，便不再理会我，朝他的办公室去了。

我长舒了一口气，赶紧去卫生间洗了把脸，再到休息室冲了杯咖啡，送进他的办公室，“Dr. 郑，卡布基诺。”作为这家新型制药公司的副总裁之一，化学出身的郑定似乎对于“总裁”这样的称谓并不感冒，还是偏向于别人叫他“Doctor”。

郑定扫了一眼我递上的马克杯，“你做的？”指的是咖啡上的拉花，一个戴着帽子的姑娘剪影。

“是啊。”我应了一声，对化学我自然是一窍不通，可是拉花，对于学美术的我来说，并非难事。

郑定把杯子往旁边一推，咖啡顿时溅了出来，连拉花也已经变形，他冷冷道：“我请你来不是做这些的！把昨天给你的那些资料看完了，再来见我。”

我咬着唇一声不吭地退了出去。刚出来就碰到要找他汇报的合成B组组长，朝我点头笑，“新来的？——挨批了？——习惯就好。”

郑定是怎样的脾性，我在还没到公司来的时候，就已经了解过。对于他的批评，并不意外，也没有任何的感觉。

快到中午的时候，我把资料送过去，刚到门口就听见郑定气急败坏的声音，“我真是气死了，你明知道她什么都不懂，非把她指派给我做什么！”

“我觉得挺好的。她不过是负责项目协调，专业不对口也没什么吧。再说了，好的工作是需要美化的，跟客户汇报的时候，视觉效果同样重要。你们团队清一色的化学博士，非常需要学艺术的人来调剂调剂。”是公司的科研总裁胡广励，那天若非他的力挺，我绝没可能这么快就上班。

郑定嗤之以鼻，“话是这样说，但他们运营部还有发展部这样的人才也不少了。我是招助理帮我管理协调，又不是来拉花的。”

“哈哈哈！”胡广励爽朗的笑声当即传出来，“其他的都是场面话，你知道真正的原因是什么吗？”他音量放低，只听见咖啡勺敲着咖啡壁的声音，紧跟着就是胡广励调笑声和郑定的低声咒骂，“你少在这里给我添乱！反正试用期内，她无法胜任这工作的话，我随时把她炒掉！”

"我是认真的。人家既然是冲着你来的，你好好考虑考虑。喂，你知道你为什么脾气总不好么？男人，29了，阴阳不和谐，内分泌很容易失调。哈哈哈，我这是为你……"他的调笑还没进行完，就被郑定下起了逐客令，胡总站起身道："好，好，我走。"

我赶紧敲了敲门，已经走到门边的胡总打开门，瞧见是我，脸上越发露出意味深长的笑容，"是Stella啊，第一天上班感觉如何？"

我回以一笑，好像压根没有听见他们俩的对话，"挺好的，谢谢胡总关心。胡总找郑总有事啊？那我一会儿再来好了。"

"没，没，我们已经聊完了，不耽误你们慢慢谈——工——作。"他朝郑定扬了扬眉，高兴地撤了。

郑定原本就被胡总气得七窍生烟，见到我更有些不自在，不禁板着脸问，"什么事？"

我上前卸下手头的一摞文件夹，"是您昨天给我的资料，我已经看完了。"

"这么快？"看郑定的表情就知道他对于我这速度是有多不满，可是当他打开那些文件夹的时候，却一句话也说不上来了。昨天晚上我熬了一个通宵，自是拼了全力把这些资料消化，顺便分门别类，贴上标签。

见他皱着的眉头渐渐舒展，我于是又递上另一份报告，"Dr.郑，我看过合成组成员的资料库和出勤记录，心里有几个不成熟的小建议。合成组的同事基本上每周都有一至两天加班，而且普遍集中在周一、周二晚上，组内例会之前。我觉得可以让公司在那两天晚上增加一次班车，既方便员工，也比报销打的的费用要低得多。还有，这个是合成组员工的生日表，今天正好是合成D组Vicky的生日，我知道公司有另外的福利，不过，Dr. 郑您如果没有意见的话，我想以您的名义给她送一张贺卡。”

“行了。”郑定“啪”的一声把文件夹合上，冲我摆了摆手，“你回去休息吧。”

我一怔，虽然知道郑定脾气臭，却也知道他赏罚分明，比较喜欢认真做事的人。难道我做得不对他的胃口？我小心翼翼道：“对不起，Dr. 郑，我知道我不是科班出身，如果思考得不周到，还请您给我一个机会……”

“我的意思是让你回去睡一觉。”郑定抬起眼来，尽管对我的态度仍旧有所保留，眼神却不再如那天那般抵触，“你昨晚上没回去吧？公司虽然希望员工认真工作，却不提倡深夜加班，尤其是通宵。”

我心里暗喜，人一旦拿掉带色眼镜，自然就会注意到其他，譬如我的疲惫，譬如我和昨天一模一样的衣着。

我为难道：“这才中午呢，我现在回去不就是旷工了？”

“你还没正式上班就通宵工作，是想让全公司都认为我是周扒皮么？”郑定没好气道，“还不走？”

我连忙答应，临出门的时候，听见郑定说，“就按你说的做好了。”指的是送贺卡的事。我应了一声，合上门。BBS 上对他的评价是面冷心热，对待下属不过是表面严苛。送贺卡这样的举动，应该不会惹他讨厌的。

外边正是倾盆大雨，我于是在办公桌前又坐了一会儿，估摸着时间差不多，才坐了电梯下楼。雨下的正大，迎面飘来的雨雾都让我不禁打了个寒噤。我看了一眼包里的雨伞，终于还是咬了咬牙，冲进雨水里。

她是什么时候发现他的事的？好像也是一个这样的暴雨天。

那半年里，一向不怎么出差的他频繁地离开江城，少则十天半个月，多则一两月。他说工作很忙，所以和她只在固定的时间电话联络。她一向听他的话，不敢妨碍他的工作。可是，那天是他生日，她想要第一个给他生日祝福，偏巧刚过零点，移动一扣话费，直接停机了。她赶紧下楼去买充值卡，一出门才发现外头正在下暴雨，她也顾不得那么多，一路狂奔冲到百米外的 24 小时便利店，顺便用店里的座机给他电话，打了好几通，他都没接。

正要放弃时，电话通了，却响起了一个女子的声音，"你好，请问是哪位？"

她的脑袋有一点点懵，忙问这是不是他的电话。

"是。"那女子的声音铿锵有力，"不过他暂时不方便接电话，你是有什么事找他吗？"

她总觉得这说话的方式有点像她平时的口气，好半天才意识到这口气或许可以称为女主人的气势。她的半边身了不自主地有点麻痹，好半天才大舌头地问，"你是谁？"

"翟香嘉。"

她慌里慌张地就把电话挂了。翟香嘉，她记得这个名字，他的初恋女友。和他如胶似漆，你侬我侬的时候，她也会缠着他问他过去的情史，很显然这位美国名校毕业、才貌双全的翟香嘉在他心里始终占着重要的席位。原来他们之间还有联系，而且半夜十二点的时候还在一起，还是在他生日的时候。

事后，他来电话解释，说翟香嘉来北京开会，于是就见了见，一帮朋友在外边 K 歌，他去洗手间了，所以没接到电话。

尽管她觉得那边的 KTV 异常安静，但那时的她还是选择了相信，因为他是她生命里最重要的人，更是她想要一生一世的男人。

“滴——滴——”汽车的喇叭声在旁边响起，吓了我一跳。车窗摇下来，郑定努了努嘴，“上车！”

我迟疑了一下，赶紧钻进副驾驶座。

“住哪儿？”他问。

“啊？”我有些受宠若惊，“不用了，我坐公车回去就行。”因为不是下班点，不好打车，公司也不发班车。

郑定不耐烦地催促了一声，“快说吧，这里不让停车。”顺手把后座的纸巾递给我擦雨水。

我连忙报了个地址，郑定有些意外地看了我一眼，但还是一踩油门，冲了出去。他当然有些意外，我的住址与他所在的小区不过隔了一条街。

眼角的余光扫向他，一套蓝色的运动衫和运动鞋，少了几分严肃多了几分活力，相比于那个西装革履的 boss，眼下的他，似乎更易亲近。“去运动啊？”

“嗯，一周两次，养成了习惯，改不掉。”他回答。

我赧然道：“我家那么远，会不会耽误你运动？”这样的雨天，一来一回怎么着也要将近一个小时了。

“一次而已。我主要是电脑前坐太久，颈椎不好。”

我说：“是吗，我知道个治颈椎的偏方，还蛮有效的。要不我哪天拿给你吧？”

“不用了。”未等我说完，郑定像是忽然想起了什么，立马飞快地拒绝了。他原本就不大爱搭理我，索性把音乐打开，一时间两人不禁无话。明明雨天里视线不佳，他的车倒是开得一点不慢，不过二十分钟就把我送到了家门口。

我刚要刷卡进楼，才发现忘记带钥匙。回转头瞧见郑定的车刚调好车头，我忙又冲过去敲车窗。郑定摇下车窗，我有些赧然道：“对不起啊，我的钥匙好像忘在公司了，您能不能……”

“能什么？”郑定突然就拉长了脸，看着头发还在滴水的我冷笑，“要不要到我家，借浴室你用一用？”外边的雨还是下得淅淅沥沥的，郑定显然没有让我上车的意思。

他的语气明显不对，我不禁有些心虚，“我是想说您能不能再送我回公司……”

他压根听不进，更不愿给我说话的机会，“我最讨厌别有用心的人。明天，你不用来上班了！”

油门一踩，黑色的捷豹冲了出去，顺便又溅了我一裤子的泥水。

“喂！”眼见他的车已经走远，我只得作罢。

是他太精明？还是我太急功近利，所以让他心生厌恶？厌恶到连上班的机会也剥夺了。

我这算是彻底地失败了？

手袋里的电话响了很多声，我才听见，只看了一眼，眉头就皱了起来。

陈阿姨的声音在那头响起，“许愿，你怎么没去看医生？你知道心理医生一个小时多少钱？你怎么这么浪费……”和从前一样，她尖锐的声线总是能把我的耳膜震得发疼，若是从前，不管她多么啰唆，话有多难听，我都会静静地听她说完，甚至附和几声。可现在，没等她说下去，我就直接按掉了。

因为我早已不是从前的那个“我”，那个懦弱愚蠢的许愿。

雨又“哗哗”地大了起来，我把包里的伞直接扔进了旁边的垃圾桶，顶着手袋就往车站冲去。从前的许愿只会顺从，新的沈盼绝对不会就这样认输。

到公司的时候，雨终于停了。我穿过停车场时，并没有瞧见那辆捷豹。

郑定是个极有时间观念的人，轻易不会占用工作时间，难道他送完我后又去运动了？我不禁有些犹豫，他要是没在，我这一趟就算白跑了。

我有些悻悻地回到自己的办公桌前，想要把钥匙塞回包里，可找了一圈都没有瞧见。

“咚咚——”我正趴在地上找钥匙，仰起头却见郑定的秘书 May 敲了敲我的桌子，一脸惊讶地看着我，“Stella，你在找什么？”

瞧见她，我不禁无辜道：“我的钥匙落在这了，奇怪，怎么找不着。”

“你的钥匙？该不会是有一只小蜜蜂的钥匙扣吧？”

“不是蜜蜂，是萤火虫。你瞧见了？”

我站起身，却见 May 倒抽了一口凉气，眼神复杂地看着我，“我刚吃完饭回来，郑总就莫名其妙地拿着一串钥匙问是不是我的，然后又问我你的电话……敢情那串钥匙是你的？”

“是啊，”我登时松了口气，他终于知道我“没有”骗他，“那钥匙呢？在郑总那儿么？”

我正打算去他的办公室，就被 May 拉住，“他早拿着你的钥匙出去了。”

我倒真是有些惊讶，下意识地就掏出手机，三个未接来电，显示的是同一个陌生的手机号。在公交车上的时候，也仿佛听到手机响了，我只当是陈阿姨的电话，索性连看都没看。

怎么也没有想到，是郑定。

我赶紧拨了回去。

May在一旁踮着脚偷睨了一眼，“Stella，你和郑总以前是不是认识的啊？老实说，我们公司从面试到入职这么快的，你可是第一个哦。”她的脸上顿时浮起羡慕的神色。

电话接通，果然是郑定的声音，第一句就问，“你在哪里？”

“我在公司。我的钥匙……”我说着，瞧见May还勾着个头看我，便别过脸去。

他并不回答，只是命令道：“我差不多到了，你下来吧。”

“啊？哦。”我刚应了半声，郑定就把电话挂了。

重新回到停车场的时候，正好瞧见郑定的车从外边回来，直接停到了我的面前。他侧身推开了车门，我却没有急着上车，正要问他钥匙的事，郑定已经不耐烦道：“你要是不想让全公司的人都讨论我跟你，就快点上车。”

他倒是很喜欢用这样“威逼”的语气。

我尴尬地坐进去，车里的温暖顿时让我连打了好几个喷嚏。

我看他打转方向盘掉头，连忙说：“您把钥匙给我就行了。我自己坐公交车就好，现在雨都停了。”身上的湿气早已消散，湿漉的衣服也干了大半，只剩下额前几缕粘在一起的头发仍旧衬得我有些狼狈。

郑定冷哼道：“你是想告诉我，我跑了一中午，连饭都没吃，全都是在做无用功么？”

他果然回去给我送钥匙了。心里微微有一丝不明的情绪，我扫了一眼车上的时间，已经快两点。我说：“对不起，我没听到手机响。要不然，我请您吃饭吧？”

郑定未置可否，把车开到一间药店前停下，只是问我，“你有没有什么药物过敏？”

我摇了摇头，郑定便熄了火小跑离开，转身进了药店。一会儿回到车里，将一大袋递给我，一面开着车，一面跟我说，哪种药吃多少粒，把车里备着的矿泉水也塞到我手里。

我翻着塑料袋，不光有药，还有几袋饼干，郑定扫了一眼，说道：“这药空腹吃不好，凑合着填肚子好了。”

这种叮咛和关怀，竟和记忆中的那个人有某种程度的重叠。我正有些恍惚，郑定已经画蛇添足地解释，“我可不想你一来就请病假，胡广励那只铁公鸡非说我浪费公司资源。”

我拆开饼干的包装袋，笑道：“有 Dr. 郑您这位名副其实的 Doctor，想感冒也难啊。”

一低头，发现袋子里还有一瓶眼药水，我不解道：“别告诉我，滴眼药水可以预防感冒？”

郑定无语道：“那瓶是我的。”

“啊？哦，每天对着电脑是对眼睛不好。对了，我知道一个牌子的眼药水挺好用的……”我猛地想起刚刚就是说到类似的话题而冷场的，于是把剩下的话又憋了回去。

郑定也意识到了我的尴尬，清了清嗓子说：“那个，刚才是我胡说八道，你别放在心上。”他终于还是说出口了。

“也许不是呢。”我的声音比蚊子还轻，郑定“啊”了一声，我便索性沉默了。

我短暂的不语似乎让郑定有些心虚，“生气了？”连语气都有些虚浮了。

“没有，没有。”我双手使劲地摇着，偏头问他，“那我明天……还可以去上班的，对吧？”他和我对视了一眼，又赶紧扭过头注视前方。我也把头侧回来，右侧的后视镜里依稀还能看到自己的表情，一脸无辜和紧张。

郑定依旧送我到楼下。我挥手道别，正欲上楼，郑定喊住我，“你不是说要请我吃饭吗？”他扬了扬饼干，“我总不能就吃这个吧？”

我张大眼睛，“现在？不过现在这个时间只有麦当劳，肯德基开着吧……”

郑定翻了翻白眼，“你知道我时薪多少？为了你这串破钥匙，我都来来回回多少趟了。一顿肯德基就把我打发了？”见我一脸为难不知所措，他说，“我知道一个地方不管几点都有吃的。给你十五分钟，你去洗澡换件衣服。”

“啊？十五分钟？”我再度瞪大了眼睛，这个表情他很是满意，于是立马又端起了老板架子道：“我都前心贴后背了。你还不快去？”

“哦，”我刷开楼门，正要进去时，又回转头多嘴问他，“你要不要上去吃点别的垫垫肚子？”

话刚一问完，原本已经熄了火走出来的郑定又打开车门坐回车里，决然地拒绝道：“不用！”

我心里一凛，这个郑定对我的“戒心”倒是不小。

出门前，我看了一下时钟，将近半个小时。郑定半开着车窗，坐在车里低头玩着什么。听到声音，下意识地抬起头看向这边。我冲他莞尔一笑，隔得好几米远就看见他的目光凝滞了好几秒。

我知道那是什么样的意味。每当我用心打扮之后，记忆里的那个人也会露出这样的眼光。我不禁冷笑，男人果然还是一样的。郑定丝毫没有因为久等而抱怨，只是下了车，转而走过去打开副驾驶座的车门。

黄色的套裙下白皙的长腿踏着叮叮的高跟鞋婀娜地迈向他，他的目光不自主地随之而动，但里头的精彩很快就被他压制了下去。在我正要低头钻进去的时候，郑定忽然大手一挥，把车门重新关上了。

我心一沉，郑定该不会又翻脸了吧？似乎稍稍有些“过火”的动作，郑定就会轻易产生反感。对于这个度，我实在不知该如何把握。我有些忐忑地抬起头，却见郑定朝楼那边努了努嘴，“去换条长裤出来。”

“嗯？”看他的模样，倒不像翻脸。

郑定道：“我可不想为了你开热风。”我这才明白过来，他是担心我穿得太少会冻到？

我恍然的神情让郑定有些不适，立马板起脸来，“还杵着做什么？”

一时换了衣服出来，郑定仍旧低头玩着，十分专心，直到我钻进车里，他才反应过来。

“在玩什么游戏？”我看他拿着触屏笔玩平板电脑，随口问道。哪知道郑定飞快地合上盖子，往后座一扔，“没什么，挺无聊的 APP。”

他开车载着我一路往南，这方向离市区渐远。我心里颇有些好奇，不知他要带我去哪里吃饭。直到视野渐渐开阔，湖面上的水汽吹得我心里发凉。却见他转向灯一打，转入了旁边一个高档小区。

那小区并不大，沿着湖面上的半岛而建，里边临湖的一圈都是别墅，只中间有两栋高层矗立着，可以一览湖景。

我深吸了一口气，好容易才勉强维持着自己的镇定，“我们来这做什么？”

郑定有些莫名其妙，“不是你说请吃饭吗？”他扫了我一眼，或许我的脸色太难看了，让他吓了一跳，“喂，你不至于吧。放心吧，胡广励那只铁公鸡推荐的地方，绝对是物美价廉。”

我心怦怦直跳，听他的语气倒不像是发现了什么。眼见他探头看外边的指示牌，显然也是第一次来。只是我万万没有想到吃饭会吃到这里来。

门口的保安按照惯例把车拦下，走上前恭敬地问郑定要去哪一栋。郑定一愣，显然不记得具体的地址，他只好给胡总打电话。刚拨通，那保安瞧见我，眼前一亮，“是 A2 的业主吧，好久不见了。”

我石化在那里，眼见郑定有些诧异地扭头看我，连忙摆出一副不知发生了什么事的表情，好在那保安已经转身去开门放行，并没有多说什么。

郑定也没顾得上这边，听他和胡总电话的语气，便知道郑定有多烦胡总的问七问八。挂了电话，不由说道：“早知道你住这儿，就不问那头狐狸了。”

“您不是才去过我家吗？我怎么会住在这里。”我笑着说，“八成是我长了一张大众脸吧，谁看都眼熟。”

车在树下缓缓穿行，一场雨后，白色的樱花瓣随风陨落，好些贴在车窗上。

第二章　你的家，在哪儿？

印象中，名叫许愿的那个女人，最后一次出现在这里，也差不多是这样一个雨后的季节里。

那时，她不小心怀了身孕，他得知后，立刻从北京赶了回来，回到他们在这的小巢里。他在可以看到湖景的落地窗前，铺好桌布，摆上烛台，甚至下厨做了黑椒牛排，体贴地用刀叉切成小块送入她口里。

那时候的许愿很满足，仔细想起来，觉得他很久都没有这样殷勤过，他们许久都没有这样甜蜜了。她的心里渐渐充实起来，只觉得前两日都不过是自己胡思乱想，太过敏感罢了。

正吃得开心，那个男人突然说："要不，把这个孩子拿掉吧。"平素最温柔的声音说出这样的字眼时比最锋利的刀还要伤人。

原本鲜嫩无比的牛肉，裹着汁水在她牙床里头翻滚，忽然就咽不下了。她茫然无措地看着他，不明白为什么他会有这样的想法。

他只是说："这个孩子来得太突然了，我们根本就没有做好准备。"

她仍旧不解，"现在开始，我们好好准备不行吗？"

"现在的状况是，你不适合生这个孩子！"他的脸色阴沉沉的，十分可怕。

当时许愿觉得很伤心，不是伤心他的狠绝，而是伤心他觉得自己不适合生孩子。从前的一点一滴都瞬间涌上心头，她只是不甘心，紧贴着他的胸膛抽噎，“会有一个小家伙，长得既像你，又像我，你难道不好奇它的模样吗？我们把孩子生下来好不好？我一定很小心、很小心。”

她那时候并不知道，他不是觉得她不适合生孩子，而是觉得她没资格生下他的孩子罢了。

“喂？发什么呆？该不会是饿傻了吧？”郑定伸手在我面前晃了晃，我这才发现他已经根据胡总电话的指引，一直把车开到了最靠里边的一栋三层别墅前停稳。

我下了车，有些嫌恶的将刚好落下的樱花瓣拍掉，朝他嫣然一笑道：“今年的春天来得格外早呢！”

暴雨过后，阳光明媚，空气清新，即便是这个我再也不想踏足的地方也洋溢着一丝新气象。

郑定按了门铃，一个衣着靓丽的中年妇女开了门，笑着把我们迎进去，“小胡刚给我电话了。你们来得还真是巧，我们之前在布赫酿的葡萄酒刚刚海运过来，老头子还在后边整理呢，正好给你们开一桶尝尝鲜。”

一进去便是个大客厅，色彩绚丽，墙上挂着风干的牛头和老鹰，正中央是略显粗糙的木桌椅，下边垫着一大块毛毡，花纹颇有些非洲风情。整体而言，风格虽然夸张，却也收拾得紧紧有条，房间的一角点着红色的香薰蜡烛，混着朗姆酒和椰子的味道。我和郑定都颇有些新奇，只觉得这样的风格丝毫不像是他们那样年纪的人所喜欢的。

聊了几句之后，才知道这对夫妇都已经年过半百，两个人这些年周游世界，直到去年，男主人在卡尔巴里海滩游泳时脚抽筋，差点没了性命，为免子女担忧，这才不得不停下步伐，在江城落脚。只是两个人终究闲不住，尤其是女主人，酷爱烹饪，索性在家里办起家庭餐厅，既能打发时间，又能交友，不亦乐乎。只是吃些什么，便由不得客人们选。

眼见男主人倒了葡萄酒出来，女主人一拍掌道："不如今天就主打印度菜好了，搭配红酒刚好，而且够快。"便压根不问我们的意见，转身进去忙。

男主人将两盏玻璃杯往我们面前一摆，一脸期待地看着。我只好端起玻璃杯，轻轻地摇了摇，将那杯晃荡的暗红色液体凑于鼻前，顿时一股浓郁的香气扑面而来。我轻吸了一口，几番辗转才吞下，顿觉醇美，回味无穷。

"真的很好喝！"我由衷赞道，才发现郑定正盯着我，眼神有些闪烁。我心下一凛，是了，都说女人似红酒，而看女人品红酒，自然别有一番风情。

郑定掩饰似地也把视线挪向那半杯红宝石般的液体，轻笑道："看你这品酒的架势倒像那么一回事，不过装的就是装的，一说话就肯定露底了。"

男主人在一旁呵呵干笑着打圆场，"不会，不会，小姐一看就是常喝的。"

我不服气地继续摇了摇酒杯，重新闻了闻，"这杯酒香气非常浓郁，好像有点草莓和奶油的香气，不过喝起来，又不觉得很浓腻，香气这么强，口感却很柔顺，会不会是用贝露娃酿造的？应该是了！这种葡萄酒最适合同味道偏重的菜肴搭配，老板娘说吃印度菜，那么喝贝露娃就刚刚好。”

我一说完，男主人就忍不住拍起掌来，“小姐真是行家！”目光里头全是赞许。

喉间的酒味渐渐生出苦涩来，能有今日的眼力见儿，也是被他调教出来的吧。我深吸了一口气，扫向郑定，仍是一副不以为然的表情。

男主人忽然一拍脑袋，“我说小姐怎么瞧着眼熟呢！小姐是不是以前住在这附近？老在下午去湖边的沙滩？”

“怎么会，我是第一次来这边呢，不过，这里真的很漂亮。”我微笑道，眼见女主人端着托盘出来，我只怕男主人会拉着她来认人，连忙岔开话找郑定借车钥匙，“我刚才忘拿包了。”

郑定翻了翻白眼，“这丢三落四的毛病看来还挺严重的。”说着自是把钥匙扔给了我。

我走出去，猛吸了几口新鲜空气，才渐渐定下神来。我从前总爱在湖边的沙滩上写生或发呆，有时候也会有他相陪，难保没有撞见他们老两口。倘若深究起来，郑定发现什么，那一切就白费了。

我拿了包，只想着怎么样早些离去。关车门的时候，瞧见车后座那个绿色壳子的 IPAD，不禁心念一动，随手掀开皮套，却原来是一个手绘的 APP。

我心里暗笑，看不出郑定那样的人也喜欢随手涂鸦。再定睛细看，却是暗暗吃惊。白纸正中央画着一个长发即肩的女子，脸上并无笑意，神情有些哀怨，不过这些都不重要。重点是郑定刚刚勾勒了几笔这女人的裙子，正为之涂上鲜艳的鹅黄色。

我把 IPAD 放回原处，轻轻掩上盖，扭身回去的时候，只觉得一颗心怦怦跳个不停，说不出是紧张还是兴奋。

郑定正端起红酒杯对着灯观察色泽，见我进来，连忙把杯子放下。

我提议道：“外边风景很不错，空气又好，不如我们打包了坐在外头吃吧？”

“刚下过雨，外头都是湿答答的……”拒绝的话说了一半，他抬头看了我一眼，忽然收了声，转而问起刚走过来的女主人，“有没有桌布？”

因为刚刚下过暴雨，沙滩的沙子汲满了水，一脚踩下去便是一个深坑。郑定并未如我所想那般抱怨两声，只是拎着便当盒深一脚浅一脚地往沙滩上的那处仿古亭走去。亭子名叫老斋，是小区的一处景观，亭中设有石桌椅，傍晚时常有人在此弄孙下棋。

郑定手脚麻利地铺上了桌布，又往两个石凳上搁了地垫，等我拎着红酒走上来时，他早已将便当盒打开，摆好了刀叉。这里的空气格外清新，而为天气未朗，湖面上水汽蒸蒸，雾蒙蒙的看不清楚，倒添了几分幻美。我转头看郑定，他也刚刚环视了一圈，神清气爽间，脸上不自觉地带了微笑。

我连忙倒了小半杯红酒，优雅地坐下，将其中一杯递到他面前，朝他嫣然一笑，举杯示意。

那晃动的，晶莹剔透的红色液体，半遮蔽着背后摇曳的影子，最能唤起对女人酒后千娇百媚的渴望。

就在这时，那带了些许腥味的湖风将桌上咖喱虾贝的香味卷进了我的鼻子，我的肚子立马不争气地“咕——咕——”叫了两声。我顿时傻了眼，原来肚子能叫得这样响亮，以至于在这空旷的地方，都显得有些突兀了。

原本眼神还有些朦胧的郑定“扑”一声笑了出来，我大窘，哪里还能有别的心思，酒杯收了回来，索性一口气把杯里的红酒喝了个干净。

郑定却不肯放过，叉了一只虾递给我，“一本正经”道：“喂，你怎么还对你胃部的需求视而不见？喝什么酒啊，赶紧吃肉，小心它再造反，别人以为雷雨又来了。”

我脸刷地一下热了，不去接他的叉子，直接用手拿了一只虾就开始拨壳。谁知拿起的那只虾沾上的咖喱不少，我把虾头扒开，咖喱飞溅起来，直喷了我一脸。

那人喉咙管里发出的压抑的低笑，这一回，我彻底地死了心。

见我手忙脚乱，郑定也没光顾着笑，弯腰从塑料袋里拿纸巾，哪知他一低腰，塑料的桌布因静电直接被他衣角带了起来，桌上的便当盒哗啦啦就往他身上浇去。

这一“变故”太突然，郑定只来得及用手护住一盒白米饭，而我只来得及捞回酒瓶。

眼见他驮着几个倒置的便当盒，蓝色的运动服俨然成了新的桌布，黄红的咖喱汁正顺着缓缓地往下流，我一下子傻了眼。

两个人都定在那里，看着彼此的狼狈，沉默了一秒，才像是突然反应过来一样，都哈哈大笑起来。

这一顿只能就着红酒吃手抓饭了。

★★★

他带着她去妇幼检查，B 超胎心，尿检血检都做了一遍。医生只当他们是一对非常紧张胎儿的父母，忍不住劝说，现在还是怀孕早期，孕妇的状态看起来还不错，完全没必要照 B 超。

她听了直松一口气，男人眉头却揪得紧紧的，心有不甘地把医生拉到一旁说了好一些话。医生再回来时，已然换了副口吻，“从优生优育的角度，我的建议是，这个孩子最好不要。”

“为什么？怎么会？为什么？”她连着问了好多声，明明医生刚才还说状态不错的！她使劲地扯着那医生，无论如何都要她给个合理的答案。她的紧张无状让医生都有些不耐烦了，“就你这样的状态，怎么把这个孩子生下来？”

她赶紧收敛起来，不让自己那原本就一些些的脾气发出丝毫，她规规矩矩地坐回检查床，殷殷地看着医生。

“你真要知道原因么？”那女医生看了男人一眼，叹了口气道，“你的妈妈是有抑郁症病史吧？而且很严重。”

原本都已经淡化地差不多的疮疤被人猛地揭开，而揭开疮疤的人偏偏就是那个彻底把她从母亲自杀的阴影中拯救出来的男人。她看着眼前这个男人，仿佛一下子被推回到了黑暗中，她顿时变得有些不知所措，“是，我妈妈是因为抑郁症自杀的。可是，这有必然联系吗？”

“不是说有必然的关系。不过我刚刚了解过，你妈妈的事，对你的心理也曾有过不小的影响。虽然现在没什么事，但作为直系亲属，遗传抑郁症的概率比较高。更何况怀孕属于高危期，就算是普通人，孕期、哺乳期发生抑郁症的情况也很多。一旦有问题，对孕妇和胎儿都是件非常危险的事。所以，我的意见是，不如等过两年，心理和身体上都比较稳定，夫妻双方都做好准备的时候，再……”

她看着手头边一摞诊断单，眼圈一下子就红了，“可是，医生，我的孩子并没有查出任何问题，对吗？”

医生道：“现在是没看出有什么问题。不过，胎儿的很多问题，初期是看不出来的……”

“是啊。小愿，不怕一万，就怕万一。宝宝如果不健康……”这样熟悉的温言侬语，听起来却直让她觉得心凉，她的眼泪不争气地留下来，“可说到底，他也是一条生命，也是我们的孩子啊，他现在一点问题都没有，你为什么就要急着给孩子判死刑呢……”

去医院检查，告诉医生病史，无非就是想找尽一切机会劝说打胎。因为他觉得她不配生下他的孩子，即便生下也没有资格做孩子的妈妈。可怜那个傻女人直到最后才幡然梦醒。

倘若可以，我其实无论如何也不想再踏入这间医院半步。

和郑定的一餐饭虽然不如预想那般意义重大，但最后也都还算愉快。谁知道往回开的时候，郑定说眼睛可能沾了咖喱辣椒，有些不舒服，眼见前边就是妇幼，他也顾不上客户不对口，直接把车开进了医院下边的停车场。

我在外边等了好半天，见他出来，赶紧上前关切一番，“没事吧。”

他摆了摆手，松了一口道：“还好，医生说没事。”

我觉得这人有些过度敏感，咖喱辣椒又不是什么有毒物质，也没瞧见谁切辣椒、洋葱辣到眼泪直流就往医院跑的。我于是说：“既然没事，咱们赶紧走吧！”刚才我坐在医院走廊的座椅上，来来回回的护士总让我想起那一日的情景，而那些在母亲怀抱里哭闹挣扎的孩子却是让我揪心地疼。

“怎么你好像特别排斥这家医院啊。”郑定有些不解地看着我，“脸色这么难看？”

我捂着额头，无语道：“我不是排斥这家医院，而是排斥和你一起到医院，你也不看看都是些什么人一起来？”

郑定刚才只顾着关注他的宝贝眼睛，经我一提醒才像是突然反应过来这里是妇幼医院，男女一起来的不是夫妻就是情侣，看的病不是妇科就是妇产科。

郑定一下子偃旗息鼓，只觉得路人四目相撞的眼神都有那么些意味深长了。他赶紧把手上惹人“误会”的病例扔进垃圾桶，撤退的速度都赶得上竞走了。

一个二十八九的大男生突然现出小媳妇的样子，倒是让我心里的阴霾少了许多，忽然玩心一起，上去扯着他的胳膊故意撒娇道：“喂，别走那么快嘛！”

果然见他脸都红了。

郑定开车送我回家，快到楼下时，我忽然说：“你把我搁在这里就好了。”

见他目光疑惑，我忙指了指前边一栋楼，“去交一下物业费。”

郑定于是又往前开了几米，靠边停下。

我对他道了声谢，正要下车，郑定却突然拉住我。折腾了一天，到最后还是逃不过用肯德基塞肚子，彼此都有些疲惫，心情却不坏。我诧异地抬眼，只觉他眼眸里有光闪过，有些意犹未尽。

但他很快就把手松开，指了指背后，“你的包在后边，别忘了。”

“哦。”我下了车拿过包，见郑定坐在那儿，左手的两指在方向盘上无意识地敲击着，欲言又止似的。我没给他说话的机会，只是果断地往旁边让了一步，朝他挥手说再见。

渐黑的夜色，总能唤起男女间最原始的吸引。虽说郑定有时候阴晴不定，难以把握，可明知他对我多少有意，又有之前的情绪做铺垫，在这样的夜晚多留他一阵子，无疑是可以让我和他的关系进一步。

倒不是我想要放长线钓大鱼，只是因为郑定车开进来的时候，我就已经瞧见楼下站着一个熟悉的身影——陈阿姨。倘若让郑定与她碰了面，那我的计划便要功亏一篑了。

眼见她走出来，伸着个脑袋朝我这边探头张望，我不由庆幸，好在郑定的车已经开走了。

“许愿，真是你呀！”陈阿姨眯着的眼登时放大了不少，走向我的脚步愈发快了。明明什么也看不着，她却心有不甘地继续勾着头，“谁送你回来的？是辆豪车吧！”

我微微有些不满，只是皱眉问她，“你怎么来了？”当初就不该一时大意，告诉爸爸我的新住址。虽说他们来这儿的几率极低，却多少像埋了一枚定时炸弹，随时引爆。

“我给你打了好几个电话都不接，你爸怕你有事，让我来看看。”陈阿姨话未说完，我就有些反感地打断道，“我能有什么事？爸爸也太小题大做了。”因为和郑定在一起，我不想被人打扰，索性把手机调成了静音。

“许愿，你这是什么话？我们还不是关心你！我大老远跑来，连饭都没顾得上给你爸和小诺做，你怎么就这么没良心？”陈阿姨的话匣子一旦打开，便关不拢。

我不想和她纠缠，只是说：“对不起，陈阿姨。我今天实在是很累了。你先回去吧，改天我去看你们和小诺。”我打开楼门，却没有让陈阿姨进去的意思。

陈阿姨被门隔在外边，声音一下子就大了起来，“许愿，你这是什么意思？有你这样对长辈的态度吗？有你这样的女儿吗？你是可怜，可这世上比你可怜的人多得是。你还有我们这么多人关心你，爱护你。你不能因为迟莫时把你给甩了，你就觉得全天下都亏欠你了！你不把我当家人就算了，可都这么多天了，你有家不回，电话也不接，是不是打算你爸也不认，你弟弟也不认了？！”

我掉转头，走进电梯，任由陈阿姨站在那里使劲地拍着门。电梯门合上的时候，她那尖锐的声音终于再听不见，可那三个字却像是电棍一样击得我整个人都麻痹在那儿，动弹不得。

迟——莫——时。

曾几何时，这三个字对于那个名叫许愿的傻女人而言，便等同于最亲爱的“家人”。那个傻女人不知道，亲人通常也是亲手将她出卖的人。

那日，陈阿姨在豆捞店订了位置，每隔五分钟就给许愿打一个电话，叮嘱她和迟莫时一定要过去。许愿正因为迟莫时对这个胎儿的态度而郁郁寡欢，哪里有心情吃什么豆捞。只是陈阿姨打着家庭聚餐的名义，她一时拗不过。再加上迟莫时曾劝她多和家人亲近，偶尔邀上她的家人一起吃个饭，甚至去钓鱼郊游，她渐渐便也喜欢上了这样的家庭小聚会。

她也不由幻想着，是不是迟莫时在这样气氛的感召下，会改变让她打胎的想法。

她没想过要借家长的压力，但陈阿姨显然已经按捺不住，才把鲍鱼滑入了海参汤，就摆起了“丈母娘”的姿态，亲热地拉起迟莫时，“小迟，咱们虽然见得不多，阿姨可一早就把你当亲儿子。都是一家人，阿姨也不拐弯抹角了，你和我们家许愿的事得抓紧办。你们能等，孩子可等不及。”

陈阿姨自知道许愿怀孕，便等着他们来报喜，可等了好些日子，也没听见动静，这才酝酿出了今日的“聚餐”。见迟莫时并没吭声，陈阿姨又说道：“小迟，你们家就你一个儿子，你爸妈在美国那边肯定要好好操办你的婚礼吧？我和许愿爸爸商量过了，我们在这边的亲戚朋友也不算多，又是女方，我看还是在美国做主场得好。要不这样，我们明天就去把护照给办了。当然了，小迟你在这边朋友也不少，想要在江城再办一场也成。至于彩礼嘛，虽说按照咱们的习俗，男方是要出的。不过，都是自家人，也没必要讲究这些。唯独有一桩，你和许愿现在住的地方，位置太偏了，去医院不方便，我们也不好过去照顾。我看，不如搬到家里来？哎呀，就是我们家房子小了点，要是能换个大点的，你们都住过来，倒是不错的。”

“阿姨，先不说这个了，赶紧捞东西吃吧。”许愿没想到陈阿姨会说这些，一时间有些窘迫，反应过来时，便连忙把她的话截断。陈阿姨立马瞪了许愿一眼，“现在不说什么时候说？你不急，孩子急，人家小迟也等不及了，是不是，小迟？！”

在所有人殷殷的目光下，迟莫时显得有些不自在，但很快他还是清晰地说道：“阿姨，叔叔，我们没打算要这个孩子。”

明明桌子正中间热气腾腾，却像是遇上了强冷气流在上空凝结成了乌云。一向比较迟钝的爸爸也警戒地看着迟莫时，“什么意思？”

陈阿姨脸上的笑容也有点挂不住了，“小迟啊，你这话是随口说说的吧？”

“其实，医生也不建议要这个孩子。”迟莫时很自然地把“医生”搬了出来，当然也没忘把医生那一套因为抑郁症的说法照搬出来。

一向话不多的爸爸终于忍不住咆哮起来，“胡扯！这什么狗屁医生！”

“医生也是建议吧？也没说一定得拿掉孩子吧？”陈阿姨也不愿相信。

爸爸的咆哮和陈阿姨的怀疑并没有让迟莫时有任何松口的迹象。陈阿姨只好退而求其次，“孩子要不要，咱们可以晚点商量。但是你和许愿的婚事，可拖不得。要不给你家里打个电话，把这事早些定了吧。”

迟莫时脸色一白，偏巧手机响起，他飞快地按掉，然后说：“叔叔阿姨，我们没打算这么快结婚。”

许爸爸的一张脸瞬间变成了猪腰子色，“你什么意思？现在……现在都这样了，还不结婚？！”

“许愿，你坐在这发什么呆？我真没说错，你就是脑袋进水了，叫你不自爱，活该你受罪！”许爸爸怒急，站起来就使劲戳向许愿的脑袋。

许愿的头嗡嗡地响，她拼命地说服自己，她和迟莫时的确没这样的打算。可是，在他这样痛快地断然否决时她还是觉得浑身发凉，整颗心都垮塌了。爸爸戳她的时候，她身子支撑不住地向后仰，那只手伸出来扶她，她不由自主地就往后缩，甚至觉得陈阿姨身上那股麻将室的烟腐味也比这熟悉的怀抱要安全得多……

许爸爸怒气未消，眼见弟弟许诺去端了碗冰激凌回来，火气更甚，使劲一拍桌子，“吃，你就知道吃！”把许诺吓得半死，旁边的人也侧目看来。

陈阿姨声调立马就高了，一边护住弟弟一边瞪道：“是你女儿不争气，你冲小诺发什么脾气？”

这边早已经一团糨糊，迟莫时却像是个局外人，在他那十分嘹亮的手机铃声响起时，迟莫时说了句“对不起”，他说，“我接个电话。”

“什么电话这么重要！非要现在接？”陈阿姨本就不爽，见迟莫时起身，也不知哪根筋爆了，拿出平日去菜场抢限购的架势，一把将迟莫时的手机抽了过来。

“羽香嘉？”陈阿姨大概是不认识“翟”字。

迟莫时脸色有些尴尬，一改平日里温吞的作风，也顾不上说话，伸手就去夺手机。

陈阿姨把手机往怀里一揣，迟莫时无法下手，只好说道：“阿姨，你别闹了。我这是有急事。”

陈阿姨冷笑道：“急事？大晚上的，一个女人给你打七八个电话，我倒是很好奇，能有什么急事！”她一不做二不休，直接按了免提，那边传来焦躁的女声，“迟莫时，你骗我！你根本就没在家，你到哪里去了？喂？你说话，你到底在哪里……”

通话被许愿按掉，她甚至异常“冷静”地从陈阿姨手中拿过手机，还给迟莫时。

当众被拆穿的迟莫时有些惊魂未定，但还是想法解释，“这两天是我爸爸生日，翟香嘉见我居然没有回家给他祝寿，替我妈骂我不孝呢。”虽然不曾见过迟家父母，但他们的生日在哪一天，她还是知道的。

她问他，“莫时，你的家在哪？”他的眼眸里闪着迷茫，显然没明白她的意思。

可她却是如梦初醒。这半年来，他先是频繁地回美国探亲，而后是频繁地到北京出差，原来无非都是为了那个女人。

时光兜兜转转，他心爱的人，终究还是没变。

“好啊，我说怎么就不愿要这孩子，不愿结婚呢！敢情是脚踩两条船，把我们家许愿当什么啊！”陈阿姨激动地站起来，这声音顿时将店里面所有人的注意力都集中了过来。

迟莫时受不了这万众瞩目，脸一白，塞好手机就道：“小愿，我先回家了，有什么事到家里说。”

“家？那里还是我的家吗？”许愿胸闷得厉害，更觉得疲惫，他曾说过，心爱的人在哪里，他的家就在哪里。他带着她去买新居，和她一起亲手布置，再把钥匙递给她的时候，她只觉得这世上最幸福的是也莫过于此了。可到如今，那不过是他给她的海市蜃楼。

她的呼吸终于渐渐急促起来，她对他的依赖，对他的爱意此刻都化成了蛛网将她箍得透不出气。她突然感到畏惧，对即将发生的事感到无比的恐慌。她害怕与迟莫时对视，害怕就这样直面那难堪的摊牌。她害怕他告诉她，他不是不要孩子，不是不愿结婚，只不过他也许不想要的是她的孩子，结婚的对象也不是她罢了。

她已经很久没有在公众场合突然情绪紧张，从前遇到类似情况时，他都会说个冷笑话来逗她，因为有他，她总能很快安心下来。可是这一次，迟莫时再没有从前的耐心，只是把她推给陈阿姨，扔下一句，“照顾小愿。”这就要走。

却被陈阿姨一把拉住，“这就想走？”她嗓门不小，这边的动静也早引起了不少人停了筷子，探头围观。

被人大庭广众下揪着，他顿时窘迫地捂着脸，拼命挣脱。在她的印象里，迟莫时一直是不温不火，风度翩翩的。却不曾想他也有这样的时候。

她只觉得鼻子发酸，使劲地把陈阿姨的手拽开。顿时惹来了陈阿姨不满的怒视，“你在发什么疯？”

迟莫时却已经趁机一溜烟冲下楼去，陈阿姨赶紧冲旁边站着的服务员大声疾呼，“喂！这顿他买单啊！”

第三章　我，想要什么？

作为新人，除了每周的几个例会、小会，我也就只有早上的时候会和其他人一样，进他的办公室简单地交代工作，顺便送上咖啡。郑定对于我的拉花不但不排斥，有一天甚至说："做我们这行，最重要是与时俱进，得跟上世界前沿。这拉花也一样，得创新。"

等我回到办公桌前，他就用 Gmail 发来一链接，我以为是什么介绍科研前沿甚至是诺贝尔奖的视频，打开一看，差点没雷翻，却是 PSY 那个韩国大叔的"江南 style"。他还煞有介事地补充一句，"就跟做合成一样，多自由发挥。"

于是第二天，他的桌上就出现了那张戴墨镜的大叔脸，再后来，变形金刚，蜘蛛侠轮了一遍，我有一日终于突发奇想把化学分子式放了上去。结果那天刚好胡总也在，我刚送上去，胡总就一口茶喷了出来，笑得脸都变了形，"这是你画的？"

郑定的脸色已经成了猪腰子，语气变得不善，"你从哪里找来的？"

我没明白气氛怎么突然变得那么诡异，有些紧张地说道："我就是随便从合成组那些记录里头找了一个，怎么，是画错了？还是公司机密？"

"没，没画错，苯环、双键都画得非常标准！哈哈，要不然我怎么会一眼认出来呢？”胡总拍了拍郑定的肩膀，“我发现每次来你这里，都能有惊喜，真不错！”

郑定见我仍旧一脸无辜和不解，无语地说道：“你画的是枸橼酸西地那非中间体，俗名叫做伟哥。你还真是会挑！”

我脸刷地一下就热了。当时只顾着想要怎么创新，哪里会想到公司的其中一大客户就是美国辉瑞制药，为他们的合成研究有很大一部分都是基于伟哥产品的。眼见胡总和郑定一个笑得暧昧，一个气得脸红，我赶紧抢过桌上那个还是迪斯尼图案的咖啡杯，灰溜溜地退了出去。

没过多久，Gmail的对话框就跳出来，“幸亏你没印在杯子上。你打算怎么弥补？”

我连忙打了个问号。

“业务不纯熟，还敢公然嘲笑我是怪物。”前两日，因为五一节，我订了一批马克杯给合成组的员工，因为是学美术出身，我索性给每个人都画了一个与之相对应的漫画像印在杯子上。唯独郑定的，是一只绿色的史莱克。

“这样吧，把我们今年第二季度所有项目的分子式都默写出来。”

我差点没昏倒。对于一个对化学一窍不通的外行，那些分子式简直比天书还要恐怖。

“要不今晚我请你吃饭吧，其他的事咱们慢慢聊……”

“一顿饭就想收买了？太没诚意。”

我嘴角一笑，原来他在这里等着我。看着邮箱里头与他绝对不算少的聊天记录，我犹豫了几秒，终于还是打下了一行字，“那我亲自下厨会不会好点？”

有些紧张地盯着屏幕，过了几秒，多了一行，“不好吃的话，惩罚加倍。”

心口的那颗大石落了地，既然郎有情，妾有意，是时候让我们的关系进一步了。

下了班，我便早早地打的士直接去住处附近的沃尔玛买菜。原本想告诉郑定等七点半的时候再通知他过来，哪知道在沃尔玛结账的时候，他却来了个电话，说他就在外边。

他的车十分显眼，我一出沃尔玛就瞧见了。走到近前时，他已经下了车，打开后备箱，从我的手上接过两个塑料袋塞进去，“我还以为你要整个满汉全席呢，专门跑来接你。看来是不用太指望。”

他说话一向如此，我有时候也能把他挤对回去，“满汉全席当然也行。不过一百零八道菜，我怕等我买完菜，洗完切了再炒，你早饿死了。”

“那就你边做我边吃，干脆今天先做两道，明天继续，做足 54 天，算一顿饭。”

“那我天天给你做饭，不成你……”我话卡在那儿，不禁瞟了他一眼，只见他扶着方向盘的手有些僵硬，我于是小声补足，“成你的佣人了。”

是人也听得出原本要说的两个字和“佣人”差了十万八千里，不过他没有说什么，也没什么多余的表情。

车从我所住的小区飞驰而过，我连忙提醒郑定。

郑定说：“去我那儿做好了。”说完，他忽然觉得这句话听起来也有那么些怪异，只好画蛇添足又说了句，“做饭。我比较喜欢在自己家里做——做饭！”心里一旦有虫子在爬，自是越说越尴尬。郑定都恨不能把嘴巴给缝上了。

我心里暗笑，只当全然没听出他的“口误”。

郑定住在三十层的十八楼，房间十分宽敞。一进门便有个超大的客厅，甚至有两扇窗户。我曾经也做了家装，一眼便看出来他这是把两室两厅的户型改造成了一室一厅。风格简约却干净得有些过分。白色大沙发前的那黑色大方几一尘不染地堪比电脑桌面。

郑定把东西放到厨房，便把两手一插，“那我去坐着了啊，在保证质量的前提下，注意速度！”

我原本以为像他那样有稍许工作狂潜质的单身男子，独居之所厨房应该只是摆设，却不想厨具一应俱全。大到高压锅、慢炖锅，小到打蛋器、漏勺，样样都有，但冰箱里头却是空空的，都是些水果和即开即食的食品，看样子最近是没有再开伙了。

我正切着菜，郑定走过来搁下一瓶拧开的矿泉水，我瞟了他一眼，“怎么不去好好歇着？”

“我是来监工的。”郑定说道，还真就摆出一副监工的架势，“喂，小白菜一般都会用有机磷农药的，应该多泡一下。”他说着，手却没有停下，直接把水槽里头接满水，一边择菜一边往水里头泡。

我笑说：“看你动作这么娴熟，应该是被哪个女人训练出来的吧？”

郑定反唇相讥道：“看你这刀工，一看就不是合格女友吧。”

我脸一红，“什么啊，你家这种日本厨刀不好用！等下你就知道我的厉害了。”

郑定不相信地哼哼一笑。

我已经拧开火，把锅坐上去。郑定于是洗手出去了。厅里头响起了电视的声音，正是新闻联播的时间段。

我脑袋忽然就浮现出一幅画面，男人翘着个二郎腿坐在那儿看新闻，系着围裙的女人端着一盘又一盘的菜走出来，这多么像传统的夫妻生活。这一瞬的恍惚，油已经烧热，我赶紧把腌好的肉滑了进去，哪知道噼里啪啦地油水就飞溅出来，我吓了一跳，连铲子都扔到地上了。

“怎么了？”郑定飞快地冲了回来，瞧了一眼，便赶紧拎着我到水龙头前猛冲，好在脸上并没有溅到，只是手背红了一块。郑定指挥我不要挪开，他则转身出去戴了一副厚边框的眼镜回来，处理我留下的残局。

“你这也叫会做饭啊？就这水平还随便上门做厨师？”他说着，手上却十分利索地把糊了底的锅给洗了。

从前我都是打下手，洗菜择菜，只因那个男人说切菜掌勺有些危险，怕我一迷糊就受伤了。原本以为在一旁见得多了，也八九不离十。却没想到一上来就丢丑，多少还是有些窘迫。

我只好说：“其实我比较擅长的是糕点，咦，你家有烤箱，要不……”

“得了，吃不成饭是小事，你要是再一把火把楼给烧了，我可承担不起。”他嘴巴上没放过我，却已经把炒锅里里外外擦干净，重新打火热锅。

我有些讪讪的，无奈手还浸泡在冷水里，无法走开，只有乖乖地站在一旁。郑定十分娴熟，一会儿的工夫，鲜香十足的葱爆虾就已经装盘了。

郑定的手指纤长，想必是因为实验做得多的缘故，他烧起菜来，也给人格外专业的感觉。不知是不是厨房里的温度比较高，我总觉得这油烟味竟熏得我的心也有些暖暖的。

“喂，现场有大厨亲身示范，你还不好好学着，站在那发什么呆？”

我一怔，抬起头正好与他四目相接，我这才意识到自己似乎有些乱了方寸。我尴尬地把手抽了回来，擦干后，挤了一点郑定搁在我面前的烫伤膏抹匀，一边随口问他，“你为什么炒菜的时候要戴眼镜？莫非你平时上班戴的隐形？”

郑定苦笑道：“就我这双宝贝眼睛，我哪里敢戴隐形？”

我听他这话里意思，再想起那天他对眼睛进咖喱的紧张，不由问他，“你的眼睛怎么啦？”

“也没什么。几年前在美国上学的时候出了一次意外，本来都好了，哪知道前阵子又突然复发，只好回去复诊了一次。”他说，“怪不得人说，失而复得才知道珍惜，我都两次了，能不好好保护吗？”

“莫非你上次去美国是去看病的？我还以为你是去探亲呢。”提到探亲，我的心不由加速。连忙再挤了一点药膏，轻轻地揉着。

他笑了笑，不置可否，反问我，“那你呢？应该是去探亲吧。”

我心咯噔一跳，“你怎么知道？”这段时间，我和他虽然也熟络了许多，却并没有提到我和他在飞机上的那次相遇。

郑定因为在炒菜，并没有注意到我情绪的变动，“那还用说嘛？路易斯维尔又不是什么旅游城市，一般出去旅游的不是美东纽约华盛顿，就是美西。怎么，你家有亲戚在那儿？近亲？”

看得出来他只是随口问，我于是应了一声，低着头道：“直系亲属，你说近不近？”

他也没细问的意思，眼瞅着又炒好了一盘番茄西芹，他一面接水洗锅，一面说道：“那好啊，什么时候你要是再去，说不定咱们可以一起。”

这算是一种暗示吗？我心怦怦直跳，脸上的肌肉都变得有些紧张起来，于是飞快地答应道："好啊！会有这样的机会的。"

这顿饭吃得宾主尽欢，鉴于这顿饭，我的贡献被郑定批判为微乎其微，为表达诚意，我决定给他画一幅画。

"天桥上画肖像的二十块一幅，你还真是越来越有诚意。"

我脱口道："什么呀，我的画还在兰陵路那儿挂着卖呢！"

"是一直挂着吧？"郑定嘴巴上说归说，却把冲干净的碗筷放进洗碗机，转身去房间里拿了画夹和2B铅笔出来。

我不服气地抽了一张纸出来，"你说得这么轻巧，那不如比一比，看谁画得快画得好！"

"哇，你学美术的，还跟一个业余的人比？"郑定嘴巴上不饶人，兴致却高涨得很，"不过，比就比，谁怕谁！"

别的我自然是没信心，可在画画，尤其是肖像上，我自认为是有质有速，哪知道我才刚刚完工，正准备最后调整一下，那边郑定就已经叫道："我画完了。"

"啊？"我一愣，"怎么可能？"下意识地就去抢过他手里的画夹，登时傻了眼，那哪里是我，他根本就是画了一只维尼熊！

"喂，你这是什么意思？"

"对啊，又贪吃脑袋又笨，不就是你吗？"郑定戏谑道，同样把我手里的画板夺过去，啧啧道，"嗯，不错，马马虎虎，勉强符合专业水准。"

我佯怒道："人家很认真得在画，你却在恶搞。不喜欢就算了。"我伸手去拿，郑定却站起身往后退了一步，刚好让我够不着。

他翻起旧账来，"只准你画我是史瑞克，就不准我画你维尼熊了？

要不你把大家拉出来评评理，到底是史瑞克的形象好点还是维尼熊。”

“那怎么一样……”我正要说话，外边的门铃突然响起。

郑定诧异地看了我一眼，显然不知道这个时候，会有谁来？他正要走过去，就听见外边胡总的声音响起，“老郑，开门！”郑定的脸色一下子就变了，我识趣地低声说：“需不需要我躲一下？”

郑定正要说，有什么好躲的。话还没出口，估摸着想起胡总那戏谑的表情和他那张比他还要讨厌的嘴巴，终于还是默许了我的提议。

我于是麻利地拎着包拿起鞋就往房间里跑，走了一半就被郑定拎住，我这才意识到这家伙的卧室是没有安门的。他有些不好意思地指了指卫生间，我只好瞪了他一眼，灰溜溜地往厕所里跑。

胡总的嗓门越来越大，郑定只好去开门，听得出来他非常不满，“你把门拍烂了，我可就用公款报销了。”

“你敢！”门一开，胡总就想往里头闯，被郑定堵在外头，“有什么事？”

“老情况，在你这儿借住一晚呗。”胡总嬉笑道。

“不借！”郑定斩钉截铁地拒绝，“你游戏花丛被抓包，凭什么总让我给你收拾烂摊子？”

“呵，你今天怎么了？平时来你这儿也没看你这么多名堂？哦，莫非有情况？”他声调上扬，“咦，你这儿怎么有股饭菜香味？你刚做手术，不能进厨房。该不会有人给你做饭吧？……”胡总一下子来了兴致，听外头乒乒乓乓地响，想必一个在找，一个在拦。

我百无聊赖，只能借着从磨砂玻璃门外透过来的光，打量着卫生间。宽大的盥洗盆前，摆着一个口杯，一支电动牙刷，电动剃须刀和男用洗发水，旁边的扶手上搭着一匹灰色的毛巾，靠里的洁白浴缸的搁架上只有白色的浴巾和一瓶沐浴露，外头是一双男用拖鞋，整个卫生间里没有丝毫女性留下的痕迹。

我心里头打着小鼓，以郑定这样的高富帅，没有女朋友可能，但没女人却不大可能。是他有洁癖，极少带女人回来？还是有过情伤，目前正是空窗期？

不过，是哪种又和我有什么关系呢？

我自嘲地笑了笑，听得他们的声音往这边来，下意识地就往浴缸里头躲，顺手将浴帘拉上。只是浴缸还有些湿，我着急地往里头一站，一个重心不稳，一屁股重重地滑了下去，半边浴帘被我扯脱不说，顺带还把脚给扭了。

磨砂门被人推开，郑定和胡总一齐冲了进来，我那狼狈的模样顿时就暴露在两人面前。

“你没事吧？”郑定一个箭步冲上来，也顾不得胡总在背后意味深长地笑。我摇了摇头，想要支撑着爬起来，才觉得屁股生疼，脚使不上力，只得又重新坐了回去，尴尬地抱着被我扯脱的白色浴帘，“对不起啊，要不我给你做个浴帘吧，保管独一无二，市面上买不到。”郑定见我没什么大碍，脸色缓和了少许，听我这番话，脸立马又臭回去了。

胡总很快就“识趣”地找借口离开了，郑定把我从浴缸里头“捞”出来，检查了一下，基本上除了脚踝略红，手肘磕青，并没有什么大碍。我拒绝了郑定去医院的提议，坚持表示回去贴块膏药就好了。老实说，我脚上并没有伤到筋骨，走回家并没有问题。可因为红了一大块，再加上我站起来迈步时蹙眉的模样，让郑定根本就分不清程度。于是在我面前蹲下腰，指了指自己的背部。

我扭捏道：“没事，我自己可以走的。”说着还拎起包勉强走了一步。

“你这样走到明天天亮也出不了这楼！”郑定有些无奈地说，“快上来吧，我就当饭后运动，扛了一头猪。”

“你才是猪呢！”我推了他一把，得偿所愿般地爬上了他的肩头。

郑定终于不得不送我回家。那不过是我两个月前才租住的。搬进来前，让房东把之前的家具都清空了。按照我的喜好新买了家具，又花了好几天的工夫重新布置。

有人说，征服一个男人得首先征服他的胃。这一点，我只怕是做不到。可知道那人的性格，再按照他的喜好布置出他偏好的家居风格，让他不止感到舒适，更能感到认同，却是我的专长。或许，我得感谢那个男人，从前若不是在他的公司，做些墙体彩绘，得到了不少锻炼的机会，我也不会这般得心应手。

郑定一进来，便如预期般地眼前一亮。

进门是半面鹅黄的装饰墙，顶着一头卷曲的金发的小王子孤零零地站在属于他的星球上。打开进门处的开关，琉璃的吊灯正好照亮小王子。

郑定随身带着一记事本，浅褐低调的封皮，却在背部下角留有一行中文落款，是由美国一家名叫 Carousel 的剧院设计留念的。这家剧院只在北京办过一场友谊演出，票价高得离谱不说，还不容易买到。能让郑定费力专程跑到北京，他对他们的代表作舞台剧《小王子》想必是有着一种狂爱吧。

和一般的家装不同，客厅简洁得有些过分，四面墙壁都被我刷得雪白，只有沙发的上方，从宜家挑了几块白色的挂架作为装饰。郑定刚把我放下，就直奔那几排挂架上的海螺去了。

BBS上有人提到过，公司去年组织去大连旅游时，郑定也不怕冷，天没亮就直奔海边，像个大男孩一样，拎着小桶找海螺贝壳。他小心翼翼地把玩了一圈，说道："看不出来你居然喜欢收藏贝壳？"

"谈不上收藏，其实我也不懂贝壳，只不过每次去海边，就一定要去捡一些来的。我总觉得，只有自己捡来的贝壳才值得好好藏着，就算是珍藏一份回忆吧。"

"这些都是你捡的？我可不信！"他指了角落上不起眼的一个贝壳说，"你这个是在哪里找的？"

那是当初和那人去三亚时，别人送的纪念品。我因为一直觉得那上面纹路很有意思，便留了下来，也没扔掉。见他双眼放光，明显感兴趣，我便说："是有一年去鼓浪屿，在海滩偶然捡到的，觉得还蛮特别。对了，你知道这是什么海螺么？"

"哦？你确定是在鼓浪屿？还是你亲手捡的？"他打断道，我只觉得他原本还轻快的声音忽然就硬了起来，不由一怔，"是啊。怎么了？"

他没有吭声。只是再没有兴趣看墙壁上的海螺，转而道："要不要我给你倒杯水？"

没等我回答，就直奔厨房。他在厨房停顿了好一会儿，只听见冰箱门橱柜门打开又关上的声音。我挣扎着站起来，正要去瞧他在做什么，却见他已经拎了两只高脚杯和半瓶红酒走了过来。

那红酒还是上次与他一起去吃饭时剩下的。他往两个杯子里都倒了小半杯，将一杯递给我，却已是一仰脖子，一饮而尽，他对着灯看那晶莹的玻璃杯，"原来这瓶酒是这样的味道？"他回过头来，朝我诡秘地一笑，"你怎么不喝？"

我总觉得郑定有些不对劲，费尽心思却总是猜不透他的真实想法。直觉告诉我，和他的进展应该在此打住。我于是把杯子放下，嫣然笑道："今天都这样了，哪里还有心情喝酒？改天好了。"

"也是。哪里用得着喝酒呢？"他刚说完，身子便朝我一倾，湿唇带着浓浓的酒气就贴在了我的脸颊上。我心突地一跳，下意识地往旁边躲，他却一早就箍住了我的手，另一只手将我别过去的脸生生地掰了回来，这一次却是不由分说就朝我的嘴唇肆掠而来。

"喂！"他重重呼出的热浪以及唇齿间那完全陌生的气流让我紧张羞愤，更加惊恐，我不理解为什么刚刚还好好的郑定会突然间像变了一个人似的。我用尽全身的力气挣扎，险些将他的舌头都咬破。

他吃痛的发出了一声闷哼，手终于松了一些，我一把将他推开，站起来退在一旁，厉声质问道："你这是做什么？"

郑定有些颓然地倒在沙发上，"我在做什么？"他仰着头苦笑，像是反问自己似的重复了一句，忽而猛地站起来，重新又走回厨房，两大步走回来，将两个冰箱贴重重地甩在我面前，"难道这不是你想要我做的事吗？！"

一个是史瑞克，另一个则是一个戴着工人帽、穿着印有字母 PT 恤的小玩偶，是他所在的普度大学的吉祥物。

我脸一白，两只眼睛却是无辜茫然地看着他，完全不懂他在说什么。

郑定怒极反笑，轻轻地把那海螺拿过来，冷笑道："你不是问这个是什么品种吗？那我告诉你，这是龙宫红翁戎螺，只在深海的岩礁底下生长。就算是日本都少得可怜，而中国大陆沿海几十年都没有发现过这种海螺的标本。这是中头彩的几率吧，就被你在鼓浪屿捡到了？"

我顿时变了脸色，当初以为是一个不起眼的小贝壳，只是因为买的贝壳都太绚丽，而被我拿来凑了个数，却没想到会因此出卖了我。

“这么巧就和我搭同一班飞机，这么巧就来我的公司应聘，这么巧你我就住得这么近？这是怎样的缘分啊？沈盼，你是把我当弱智，还是在看童话书穿尿布的小孩？”他把那枚海螺摆在茶几上，海螺因为不平而在桌面上左右轻轻地摇晃，“花这么大代价，不计成本地接近我，沈盼，你到底是想从我这里得到什么？”

我想从他那里得到什么？

那时候，爸爸劝她把孩子打了，她只是不听。陈阿姨倒是支持她的想法，说什么也不能就这样轻易放过迟莫时。只是迟莫时像早知道他们的心思似的，那天之后，索性便断了联系。

她后来才知道，他第二天就赶往北京了。她还是高估了自己在他心里的分量。在翟香嘉面前，她不过是过眼云烟。

当初陈阿姨趁她在家，偷翻她的记录本，找到迟莫时父母电话，告诉他们她怀孕的事，她还对陈阿姨心存埋怨，觉得这是她和迟莫时之间的事，不该把父母牵扯进来。可若非迟家知道她怀孕的消息，迟母非要不远万里从美国来探望，她只怕还见不到他。

“趁着大家都在，咱们现在就把话说清楚。就两个选择，要么，你和那女人一刀两断，立马和许愿结婚登记。要么，我们许愿把孩子打了，你给赔偿，咱们从此后一拍两散。”

陈阿姨话刚说完，迟妈妈就紧张起来，“孩子怎么能打了？那可是我们迟家唯一的血脉！”

陈阿姨见迟母这副模样，越发有了底气，故意说反话道：“我们也不想，可有人不想负责任，我们有什么办法？我们家许愿才二十出头，难道要让她一个人把孩子拉扯大？未婚先孕，你让她以后怎么做人？”

厅里鸦雀无声，一双双眼睛都看向迟莫时。他从进来起就低着头，此时此刻更不敢看她的眼睛，因为他说，“对不起，小愿，是我对不起你。你想要我怎么做都行，可是，那个孩子，那个孩子……还是不要了吧。而且我，我已经答应香嘉，我已经向香嘉求婚了。”迟妈妈噌地站了起来，一巴掌就想拍向迟莫时，可她终究也是不忍心，只是捶着他的胸脯哭喊道：“儿子，你怎么就这么浑，你怎么就那么浑！你只顾着爱她，那妈妈呢？爸爸呢？那可是我们唯一的孙子，你怎么就这么狠心看着我们的孙子……”

她默默地看着他们，一时间觉得自己好像外人，一时间觉得自己好像在演琼瑶剧，只不过她演的是女二号，想要用婚姻、家庭绑架男主角，拆散一对天造地设的璧人。

“妈，那怎么会是你们唯一的孙子。”迟莫时不耐烦地打断迟母，“而且，你明知道，这个孩子根本就不可能……”他眼角的余光扫了她一眼，终究还是没有再说什么难听的话。

他和翟香嘉结婚后，自然会生宝宝。他又没有计划生育的限制，还可以多生几个宝宝。迟母想到这一点，终于平复了少许，但抬眼看到她的小腹，眼里还是划过一丝不忍，“那也是一条生命啊，不试试怎么知道呢？医生也没说这胎儿一定有问题啊。”

眼见迟莫时又要把抑郁症的事搬出来，她猛地站了起来，“孩子有问题，我负责。”

他眼光闪烁，眉头拧做一团，她的坚持让他满脸烦躁，她却也从心底生出绝望来，冰凉的手抚摸着还是平平的腹部，好容易才挤出一丝微笑来，“迟莫时，恭喜你找到你的幸福，你放心，我不会用这个孩子绑着你的，更不会妨碍你的幸福。他是上天给我们的礼物，你要是不想要，没有关系。但是我不会放弃，你也没必有一直贬低我的孩子。”

她把那串钥匙递到他面前，“从今天开始，我的孩子，和你，和你们家，一点关系都没有！”

迟莫时脸色一白，尴尬地不愿接那钥匙，“那房子你可以继续住的！”

陈阿姨恨不能把我的嘴巴捂起来，“你在这里说什么疯话！你一个人养什么孩子。”

“我可以！”她耗尽全力地说，竟然有种久违了的酣畅淋漓的感觉，恨不能优雅地一笑。可嘴角还没咧开，脑袋却越来越沉，眼前越来越黑，手和脚仿佛都不再是自己的。耳畔仿佛传来家人急促的呼唤声，眼前依稀是迟莫时泛绿的面孔。随着钥匙串上的水晶“乒乓”落地，他那张熟悉又陌生的面庞也渐渐裂开……

“我想要什么？我也很想知道我做这么多，费这么大力气要什么！”一个人待在家的时候，我经常抑制不住自己的眼泪，现如今他这样一质问，眼泪不自主地就流了下来。

“就因为在飞机上遇上了你，不知道为什么，回家以后就老是想着你。本来也只是一场没有交集的相逢，可要不是你告诉我你的名字，我也没办法找到你，更不会想着去公司应聘。要不是胡总把我指派给你做助手，我也不会生出贪念，幻想着能够和你在一起。我知道你住在这附近，所以租了这里的房子，可我不过是想，或许哪天晚上下了班，或者周末在外边买东西吃的时候能够碰到你。只要能够多见你一面就好。是你，是你给了我期望，这些天下来，我越来越难以自拔，也越来越觉得自己有那么点希望。”

郑定一动不动地站在那里，他的眼睛冷冷地看着我，那迸发出的犀利眼光仿佛能轻易穿透我。

我并不是个会演戏的人，此时此刻却也只有奋力一搏，“你可以说我有心机，可以说我不单纯。可是，喜欢一个人，主动去追求有错吗？”我拉住他的手，手心里还有着眼泪的湿润和温热，“郑定，我不知道该怎么接近你，怎么让你能对我有好感。我知道我自己的这些手段在你眼里头很拙劣，甚至惹你讨厌。我也很讨厌现在的自己，可是，可是我就是没办法制止自己做这些事……”

我的“真情告白”并没有得到郑定的同情和怜爱，他毫不客气地把手抽离出来，转而给我递上纸巾，只是用冰冷的声调说，“不，你不喜欢我。喜欢一个人，不是你这样的。我在你这里感受不到一点点真诚！”

我抬起眼，朦胧的视线里，仿佛能看到他眼眸里的失望。我想要再挽留，他却已经起身出去，毫不拖泥带水地把门给关上了。

我和他，就这样了？

我有些不甘心地追了出去，走廊上早已没有了人，我回到厅里，下意识地走到窗边往下张望，他的车已经点亮了车灯，但却迟迟没有开走。我的心一动，想要折下楼去。走了两步，还是又缩了回来。

我追上去又能怎样？他对我或许是还有那么一点意思，可他临走时的说话像是早已经和我划清了界限。以我拙劣的表演，追上去，只怕会将他仅剩的一丝好感也消磨殆尽了。

第四章 生日会 & 天涯

我第二天照常去上班，照例端了一杯咖啡进到他的办公室汇报工作。

他只是静静地听我说，一句多余的话也没有。临到最后却是拨了May的内线，“给我倒杯咖啡。”当May捧着雪白的马克杯进来时，他还不忘提醒我把桌上多余的东西拿走。

我的脸有些火辣辣的，不得不当着May的面把那个史瑞克的杯子拿起来，一瘸一拐地走出去。杯子里还冒着热气，晃荡的咖啡早把说着“对不起”的那张笑脸冲地七零八落。

他没有开除我，却也不再和我有任何工作之外的交流。哪怕和May还经常开一两句玩笑，可路过我桌边时，却连正眼也没有一个。我试着用gmail跟他说一两句话，他除了一句“公事直接发邮件”便再也不回答了。

我原本就不在行怎样讨一个男人欢心，对待郑定这样阴晴不定的人便更是乱了阵脚。眼瞅着日子一天天过去，他和我俨然已经成了两条平行线了。

公司的伙食算高新区里头出名得好，但因为我是个新人，再加上近来总感觉有人看我的眼神怪怪的，我一般都在外边的一些小店解决午饭。

有时候吃不完的盖浇饭，也会打包回来去公司后边的小花园里喂野猫。

那天中午，天气出奇地好，我看时间尚早，便留在后边多逗了一会儿小猫。不知不觉间，背后已多了一个人，是胡总。

我一怔，连忙朝他问了声好。一时间不知道说些什么，也不知道该不该走。

他却饶有兴致的在我旁边坐下，“哇，又是豆豉鱼又是红烧肉，你这样喂法，小心把方圆几公里内的野猫都招来了。”

“啊？是不是影响不好？”我没留神，听他这么一说，是感觉猫有逐渐增多的趋势。

“我又不是猫，怎么知道在野猫界有什么影响。”他笑着道。

我这才听出他在开玩笑。

我干笑了两声，因为实在不想应对他，便找借口要回去工作，他却喊住我，“晚上有没有空？一起吃饭？”

我有些不解他的意思，他知道我对郑定的态度，就算郑定拒绝了我，可这身份也尴尬得很，他这又是唱得哪一出？我说：“江城想要跟胡总共进晚餐的人，从公司排队可以排到长江大桥去，我可不想捡这样的大便宜，免得口水都可以淹死我。”

他嘿嘿直笑，“这才上班多少天，连说话的风格都跟老郑那傻帽一样了。”

听他提到郑定，我不禁有些心情烦躁，更加打算先走，胡总在我背后喊，“喂，郑定也会去的，不知道你兴趣有没有多一点？”

我停住脚，回望他。他已经从上衣的口袋里掏出一个浅蓝色的小信封递给我，“记得穿漂亮点啊！”说完扬了扬眉，便笑着离开了。

信封里头是一张邀请卡，封面是一张小男孩的照片，两三岁的样子，调皮天真，里头写着“胡小钊的生日会”，我正纳闷，一看落款却是吓了一跳，原来是董事长公子的生日会。

董事长胡森和小胡总胡广励本是兄弟俩。听说董事长背景复杂，房地产、矿产都有涉猎，这家化学合成公司，不过是因为小胡总的兴趣才投资成立的，胡森也不过是名誉上的董事长，极少到公司来。原本也没见得有多大的野心，却不想近年科技发展迅速，公司因为走在前沿，和美德日合作频繁，反倒引领了国内生化的潮流，也一跃成为了国内的领军。

胡公子的生日会，郑定自然会去。

我犹豫了许久，想起郑定 IPAD 里的那幅画，终究还是回家好好装扮了一番。

这样耗着不是办法，要么奋力一搏，要么趁早离开。

生日会在梅西山庄的一幢别墅里举办。那地方有些偏远，却因为远离市区，又在半山腰上，空气格外地好。

那栋别墅最靠里边，我打的进去的时候，远远地就可以看到那栋不一样的建筑。风格有些希腊地中海的风格，大气古朴。别墅外边早已经还了一圈的高级车，隐约有音乐声传出来。

门口站着个西装革履的帅哥，笔直的身子加上瘦削严肃的脸孔，让我一下子想到董事长的背景，背脊竟然有些发凉。我赶紧递上邀请函，他仔细打量后，才把我放了进去。

Party 设在后院。前院左右两边各有两条石子路绕到后院，路上装置了彩灯，七彩绚烂像是迪士尼乐园。别墅的后院却是宽敞的惊人，两旁的草坪上摆了好几套乘凉的桌椅，中央本有一个喷泉，却临时被覆盖了铁板，搭起了舞台，旁边请了专门的乐队，有 DJ 放着音乐。别墅的左侧另起了一个吧台，也有调酒师在那儿调着各种鲜艳亮丽的鸡尾酒。几个凹凸有致的女人端着杯子似模似样地聊着天，猛一眼看过去，倒有些眼熟，想不起是在什么电视剧里头看到过的面孔。

我正观察着，便瞧见胡总满面春风地从房间里走出来，左手胳膊上还挂着一个靓丽的长腿女模特。他看到我，眼眸一亮，笑意更甚了，“是 Stella 啊？差点没认出来！”

我穿着一件黑色的蕾丝纱裙，若隐若现，却也不失优雅。头发松松地盘在脑后，只画了淡妆，看起来脸上甚至还有些疲倦，在一众艳丽的烘托下倒成了楚楚可怜。

胡广励身旁高挑女模的目光已然有些犀利，他胳膊上的两只手吊得更紧了，好在胡广励很快就朝我眨了眨眼，指了指楼上，“好酒好菜都在上边呢，赶快去吧。”

我脸一红，朝他微微点了点头，就侧身进去。隐约还听得他旁边的女人发出娇滴滴的声音，“我也要喝好酒，你怎么不带我上去……”

“那是烈酒，你喝不了……”

说是小孩的生日会，可在别墅里外或站或坐的，都是些有身份地位的商务人士以及他们携带来的名模佳人，所谓生日会，也无非是给这些人洽谈合作或是勾搭传情的借口罢了。

我拿了一杯香槟，走上楼去，原本悠扬的钢琴曲却忽然被喜羊羊和灰太狼的电视声取代。原来一楼是大人的聚会，二楼却是孩子们的天堂。有七八个小朋友在地毯上或爬或闹，有些人满脸满手都粘着食物渣滓，也有人安安静静地坐在地上看着动画片。

而陪坐在那儿的，还有一个大人笔直的背影。

不知怎么，我就想起那天晚上郑定说的气话，他质问我，是把他当成弱智还是在看童话穿尿布的小屁孩。现在看到这一幕，我不自觉地就笑了。

他大概感觉到了我，下意识地回过头来，原本还算放松的身体陡然僵硬起来，一张脸拉得老长，语气不善道："你怎么在这？"

"是胡总给了我邀请函。"我说着，见他怀里端坐着的小男孩正是邀请函上今天的主角，连忙从晚宴包里掏出一个小盒子递给他，"是小钊吧？生日快乐！"

孩子最喜欢的便是拆礼物，那小男孩对"喜羊羊"的关注度立马就下降了，迫不及待地打开盖子，"是奥特曼！"

我参加生日会是为了郑定，只是不好两手空空，便随手拣了一个闲暇时捏的软陶做孩子的礼物，没想到会这么受孩子欢迎，他那一叫唤，好几个小孩都眼前一亮，胡小钊高兴地拉住郑定直叫，"定哥哥，我最喜欢奥特曼了，这个做得好好！看！"因为喜欢，他索性在郑定的身上做起了奥特曼的经典动作。

郑定翻了翻白眼，"跟你说过很多遍了，我不是哥哥，要叫叔叔！"可显然胡小钊正全神贯注地把玩着奥特曼，没空理会他的抱怨。

我见气氛不错，于是对小钊说，"姐姐陪你看灰太狼好不好？"

小钊刚刚得了礼物，此刻自然是用脆生生的声音回答，"好！"，我趁机在旁边坐下，屁股刚碰到地毯，身旁的郑定却把怀里的小钊举了起来，挪到了地毯上。他揉了揉小钊的头，"你慢慢看吧，叔叔有事下去了。"便像是没看到我似的，直接下楼去了。

我一个人坐在那里，起身也不是，不起身也不是，再加上几个小孩围着我，缠着要我再做软陶，我只好眼睁睁地看着他的身影消失在楼梯的拐角。

与孩子玩耍固然让我心情很好，可越是开心，心里的某一处就越是痛得厉害，越是告诉着我，应该要做什么。

等我终于从孩子们当中抽身而出时，楼下院中已经开始了舞会。

像是怕吵着楼上的孩子们似的，音乐声并不大，悠扬轻缓，都是些慢节奏的舞曲。灯光暗下来，男女双双对对地相拥起舞，翩翩然飘向舞池中央。

我搜寻着郑定的身影，却瞧见胡广励牵着方才那个长腿丽人从扭动的人潮中退下，朝我走来。他捏了捏她的腰，笑道："乖，去帮我拿点吃的。"

一面朝我伸出手道："能不能赏个脸？"

我一愣，下意识地就要拒绝，胡广励却已经牵起我的手，往舞池中央大踏步走去。

"喂！"我有些局促地想要往回退，他却把手轻轻地搭在我的背部，不等我挣扎离开，就在我耳旁轻轻道，"别动，看你的右前方。"

我不解地顺着他所说的方向看去，却原来穿过人潮，郑定斜靠在藤椅上，他和旁边的人说着话，目光也在舞池的四周穿梭着，不知在搜寻什么。

"知道怎样得到一个男人吗？首先你得让他清楚认识到你在他心里的地位，如果他为你和另一个男人跳舞而吃醋，那就是成功的第一步了。"胡广励握了握我的手，补充道。

我有些愕然地看着他，从力挺我进公司，到送我邀请函，他看出我对郑定有意思，便不遗余力地促成？我苦笑道："你这么做就不怕郑定和你翻脸么？"

“我帮他解决终身大事，他感谢我还来不及，为什么翻脸。”胡广励嗤笑道。

“胡总这次恐怕是看走眼了，郑总对我，不是你想的那样。”

胡广励脸上的笑意越发浓密了，“他什么想法，我比你清楚。要不是突然发了根芽，我干吗对着那块早风干了的石头浇水啊。”

“可是……”他是对我有意思，但他有意将这丝萌芽硬生生掐断。

“别可是了，专心跳舞，听我的就好。”胡广励握了握我的手，刚才轻缓抒情的乐曲已然结束，有人迫不及待拿起麦克风甜美地说道，“我给大家带来一首《天涯歌女》，大家一起来恰恰恰。”

恰恰？没想到一上来就这么热烈活泼，胡广励却是眉毛一扬，笑道：“这曲子不错。”随着那轻扬妩媚的歌声，便给了我一个眼神示意，右脚滑出了一步。

我一向不喜欢舞蹈更不喜欢参加什么舞会，只是当初那个人非要教我，我实在没法对他说个“不”字。开始学的时候，我怎么都放不开，他只是说，舞蹈便是要尽量打开自我，周末一有空甚至还要带着我去大学里的各种舞会练舞。我渐渐地也入了佳境。后来我才知道，多少年以前的高中毕业舞会上，他们被所有人选为国王和王后，他对教我跳舞那么乐此不疲，不过是在用另一种方式怀念和翟香嘉的美好时光罢了。

小舞台上，女歌手已深情款款唱道：“天涯呀海角，觅呀觅知音。小妹妹唱歌郎奏琴，郎呀，咱们俩是一条心”，歌声曲折婉转，我只听出悲凉来。

恰恰舞姿热情，相比于刚才慢四的标准舞，腰部臀部的扭动都比较大。我心里头别有一番悲凉，反映在恰恰上，却生出力度来。原本我今天穿着黑色的蕾丝裙，转动时轻纱的裙摆也随之飞扬，配着那妩媚的歌声，十分应景。再加上我不自主地加大了幅度，倒显得越发激情四射了。

当我意识到自己不知不觉开始投入时，胡广励已经顺理成章地牵引着我流向舞池中央，成为了众人瞩目的焦点。

想要收手却也来不及。我稍稍定了定神，忍不住往那个方向看去。郑定只是拿着啤酒杯一大口接着一大口地灌着，压根没有往这边看过来。倒是和他坐在一起的另两人目光一直徜徉在我和胡广励的组合上。

一曲终了，即便全场响起了掌声和口哨，郑定也始终没有抬起头来。胡广励得意洋洋地在我耳畔轻声说，“那家伙已经快要挂不住了，走，赶紧去瞅瞅！”他弓了弓胳膊，示意我挽住他。

我有些犹豫地把手搭上去，随他一齐走向郑定。他的无视恰恰说明他心底的在意，可胡广励这种做法当真是在帮我吗？

“哥！”胡广励高兴地冲着其中一人喊了一声，从桌上拿起一杯Martini就狂喝见底，“正在聊什么呢？”

我这才知道和郑定坐在一起的那个不苟言笑的男子就是公司的董事长胡森。“一天到晚都没个正形。”他批评了一句，转而介绍面前坐着的另一人，“这位是华生涂料的刘总，想和你们谈合作的事。”

那有些中年发福的秃头男站了起来，朝胡广励伸手，“小胡总，久仰啊。一直想和你们合作，可是我是个对技术一窍不通的人，生怕在你和郑老弟面前出了丑，所以到现在也不敢到你们公司登门拜访啊。”

“哈哈，刘总说什么话？您这尊大菩萨要光顾我们的小庙，我们公司的员工还不都得在外头列队欢迎，哪里还有多余的人跟您谈技术啊。”胡广励笑嘻嘻地打了会儿哈哈。

那刘总突然把视线转移到我身上，“小胡总，这位是……也不介绍介绍？”

我一怔，总觉得他们这些老板谈生意怎么会无端端地提到我，于是忍不住看向他。这一瞧，便瞧出些不祥的预感来，这个秃头男竟然有些眼熟，不知在什么地方见过。

胡广励瞟了我一眼，已经说道：“哦，Stella 可是我们老郑的秘密武器。是不是啊，老郑？”

郑定像是没听见似的，依旧垂着个头，却原来已经玩起手机来。

我连忙自我介绍道：“刘总您好，我叫沈盼，是郑总的助手，您也可以叫我 Stella，还请多多关照。”

刘总的目光里头别有一番意味，“原来是沈小姐？哦呵，幸会，幸会。”他刚刚朝我伸出手，一个女人就斜刺里蹦了出来，从我和胡广励的中间穿过。

我穿着高跟鞋，被她一撞，险些就要跌倒。对面的刘总眼疾手快地一把将我捞住，他的手紧紧地托着我的腰，直让我感觉十分不舒服。我一站稳，就赶紧抽离出来。对面的郑定终于抬了抬眼，但一和我目光相接，就又重新收了回去。

“亲爱的，你答应过我，今天晚上不谈别的，只陪我一个人。你再犯规，我可就生气了。”便是之前挂在胡广励身上的长腿美女，她美目含嗔，身体却像是无骨一般往胡广励的怀里直贴，“我想到一个好玩的游戏。”

她几乎贴着胡广励的耳朵轻声耳语，姿态撩人。胡广励听得眉毛一动，搂着长腿女的腰就向几人告别。

“胡总——”我有些紧张地喊了他一声，虽说我并不认为他的“帮忙”有效，可也没这种“忙”帮了一半就拍拍屁股走人的道理。

事实证明，胡广励刚才不过是“心血来潮”一把，压根就没想过什么“售后”保证。他看了我一眼，于是朝胡森丢下一句，“哥，要不你和 Stella 跳一段。”话还没说完，就已经被长腿女扯偏了重心。

长腿女死死地拽住胡广励往房间里去，一边回转头挑衅又得意地看了我一眼，仿佛宣誓着她轻易地就赢了什么争斗似的。

我有些尴尬地立在那里，只好说道：“胡总、刘总要喝点什么？我去拿好了。”

刘总连忙拦住道：“别急嘛！”他说着抬眼看胡森，“胡总，您不和沈小姐去跳一曲啊？”

“我可不想晚上跪搓衣板。”胡森的话让刘总吃了一惊，不由大笑起来，“之前就听说胡总对夫人万里挑一得好，今天算是见识了。”

胡森轻轻地瞟了我一眼，又斜睨郑定，翘起的二郎腿往左一伸，勾得他的椅子擦着地面发出刺耳地响声。郑定不得不抬起头，有些不耐烦地看着他。

“拜托你别对着手机了好不好？我好不容易趁小钊生日才能开一次 party，你就不能有点朝气。”胡森怒道，“去跳舞去！”

我于是鼓起勇气道：“Dr. 郑，能不能一起跳一曲？”

郑定终于收起手机，站了起来。我心头一喜，却见他已经大步走向吧台的一个短裙美女，痛快地朝她伸出了手。看得出来那美女脸带惊喜，毫不扭捏地就把手递给了郑定，走向舞池。

我一个人站在原位，顿时脸如火烧。我当着胡森和刘总的面主动邀请，却不想他完全就像是没听见一样，一点情面不给。

我有些垂头丧气，明知道他是一点余地也不留了，莫说今晚的酒会，我没有机会，便是公司的那份工作，我在那儿耗着也不知能有什么意义。

我扭身就走，面前原本就不亮的光线突然暗了不少，一双油亮的皮鞋挡在了我的面前，“沈小姐，不知道我有没有这个荣幸，能和沈小姐跳一支舞？”

是刘总。

“刚才我就跟郑总说，想要请沈小姐跳舞的，郑总于是就成人之美了。”他欠了欠身，做出一个绅士的动作。我知道他这么说不过是为我挽回一点面子，我本可以大方地接受邀请，至少这样不会太尴尬，但我还是摇了摇头，“谢谢刘总的美意。不过，我今天太累了，想要回去休息了。”

我来这里的唯一目的不过是郑定，既然无望，我又何必费力和其他人应酬呢？

一想到此，我便连和大老板胡森道别的念头也省了，掉头进屋拿我的晚宴包。重新走出来，却又碰到刘总，他甚至笑眯眯地立在门口，像是专门在等我似的。我心里微微一汗，朝他稍稍点了点头，这便要走。

他却追了上来，“沈小姐，我送你回去吧。”

“不用。”我不想和他有任何交集，便丝毫没有掩饰自己的不悦，语气也有些强硬起来。可是刘总没有适可而止，甚至还有贴上来的趋势，“沈小姐，不要急着拒绝嘛。你心情不好，何不开我的车出去一起兜兜风？”他说着，把有着双 R 标志的车钥匙递到我面前，挺着他那象征着“成功”的肚子，得意的脸上怀着一丝期待。

他的嘴脸实在让我恶心，我懒得看他一眼，只是冷语回敬，“刘总要带美女兜风，里边多得是。不过，很抱歉，我实在没兴趣。”

可是，我实在低估了他的无赖程度。眼瞅着我都要走出院子，他却突然伸出手拽住我，“沈小姐，不如你开个价吧。”

他的声音不大不小，却足够让门口的保安听见。保安有些见怪不怪地打量了我一眼，眼眸里头充满了理所当然。

我心中忿然，愤怒的言辞还没有说出口，满脸油光的刘总就说道："请原谅我说得直接了点。我这人吧，就是喜欢直来直往。也可能年纪大了，凡事都讲究效率。其实，我自打第一眼见到你的时候，就喜欢上沈小姐，哦，不，或者说是许小姐才对。"

那一瞬间，我的身体禁不住打了个寒战，终于想起他为什么会有些眼熟了。他是一家油漆龙头企业的董事长，自然会和迟莫时有业务上的往来。迟莫时虽然带我出去应酬的场合不多，可哪怕只有几次照面却也将我的身份暴露了。刘总看到我的表情，原本就笑呵呵的面孔如今胀大地像是一张烙饼，"许小姐终于想起我了？咱们可见过好几面呢。当初我就觉得迟先生眼光真好，我怎么就没能遇上许小姐这样的佳人。没想到，还有这样的机会。"

他的诉说只让我恶心得想吐，偏偏又无法发作，只是压低声音道："出去再说。"他知道我的底细，哪怕只是一知半解，却也足以毁掉我全盘计划。

刘总只当自己有了机会，居然把他的胳膊也往我肩头搭了上来，我触电般地闪了开去，就听见背后响起沉沉的声音，"刘总，这么早就走了？"

我身体一僵，是胡森！回想起他那如鹰隼般的双眼，我的神经一下子就紧绷起来，好容易才克制住自己夺路而逃的冲动。刘总却越发放肆地往我身上靠，恨不能把他的肥头大耳都埋进我的发间，"胡总，我这不是还有紧要任务吗？沈小姐这样漂亮，一个人回去不安全。我这也是替你的员工着想。"

他到底是老江湖。明明刚才就知道我改名换姓，却不说破。

“是吗？沈小姐这么早就要走？确定不多玩一会儿？”胡森的声音平平，但他的目光投向我，落在了刘总搭在我肩头的手掌上，依然让我感觉到一股凌厉。

尽管对全身上下都散发着酒臭的刘总厌恶到不行，我却只能强笑着容忍他的无礼，“谢谢董事长关心，因为我习惯早睡，就先告辞了。”我到底还是不忍心就这样放弃我的计划，心里头不禁存着一丝侥幸，无论如何不能让刘总把我的底细泄露出来。

我朝胡森挥了挥手，视线却无意间和他身后的人相接，郑定不知什么时候已经站在了那儿，正冷冷地看着我。

一曲未了，他就退了出来，和他一起共舞的女子还有些意犹未尽，但只当郑定要送贵客，便也在一旁微笑地挥手送别。

刘总一下子就瞧见了有美女相伴的郑定，连忙朝他打招呼，“不用这么大阵仗吧，这我怎么好意思，让你们都出来送。行了，赶紧进去玩吧，改天我做东，请胡总、郑老弟还有小胡总，咱们一起好好聚聚。”

他说话的时候，一直扣着我的肩膀，扭转身的时候，重心甚至一边倒的往我身上倾斜，我想我现在的模样定会让郑定唾弃嫌恶，可我没法推开刘总，甚至不得不伸手扶住他。

郑定没有爱上我不要紧，但是，他没有爱上我，我的身份却被揭穿了，才是要命的。

我只想快些和刘总离开。郑定却突然一个箭步冲上来，把刘总从我身上架开了。

我愕然地抬起头，他的目光并没有在我身上停留，只是对刘总说：“刘总喝了这么多酒，开车怕是不方便，我让人送您回去。”

“不用！”刘总的手依旧往我腰间穿来，“这不是还有沈小姐吗？我看沈小姐就只喝了两口香槟！”

“她不会开车！”郑定不假思索地说道，转而对门口的黑西装保安说，“你找个人帮刘总把车开回去。”他的语气有些生硬，更有些毋庸置疑。眼见刘总的身体又朝我贴来，他再度把刘总往自己身上扛，只是命令我，“沈盼，胡总在楼上谈合作，你去看一下。”

我有些哑然，郑定此举算是什么意思？替我解围？刘总虽然喝得头昏脑涨，却也听出些门道来了，明明脸上满是笑意，却没掩藏他的不满，“郑总，你这是做什么？怕沈小姐在我这儿吃了亏么？郑总爱惜下属，那是好事，可也该问问沈小姐的意思，我有强迫她么？”

刘总斜眼看我，我不由苦笑，此时此刻，我还能说什么？

“Dr. 郑，对不起，您叫别人吧。我真的累了，今晚，就当我向您请假好了。”我装作若无其事，扶着刘总从他面前闪过。

“沈盼！”他大声地喊我的名字。眼见郑定还不肯放行，胡森不得不站出来制止，“够了！郑定！凡事也该有个限度，酒没喝多少倒发起酒疯来了。”

是啊，我心甘情愿地跟随刘总离开，对接下来可能发生的事并不排斥甚至早有心理准备，那他在这里阻挠些什么？莫说英雄救美算不上，根本就是自讨没趣吧？

郑定顿时露出一种荒谬的表情，好像突然间才意识到，原来这个世界，发疯的人是他。他无奈地松开手，任由刘总一脸得意地带着我离开。

第五章　给我，一次机会

我和刘总走向他的车，是最新款的加长幻影。即便在一众好车当中，也显得格外耀眼。刘总不忘卖弄地打开独有的顶棚，邀约道：“今晚星光好，咱们把车开到江边去，可以在后座一边欣赏夜景，一边醒酒。”

我把他推开，只要郑定他们不在场，我自然就不用再忍受刘总，“还是让人把您送回家，早点休息得好。您喝了那么多酒，今晚的星光没看成也就算了，就怕连明天的星光也再看不到了。”

声音不大却足够淋他一盆狗血。刘总的脸一下子就垮了下来，连醉意也少了，“沈小姐这是什么意思？哦，我懂了，沈小姐是一门心思都在郑总胡总他们身上呢吧？嗐！女孩喜欢帅气小伙子，就跟男人喜欢漂亮姑娘一个道理，都是自然天性。可是，沈小姐啊，这男人吧，太帅是靠不住的，反而不如我们这样的人实在。你跟迟先生在一起也没几年吧？他留给你什么没有？难道你吃一次亏还不够？”

我听他提到迟莫时，脸色刷的一下白了，浑身的汗毛都竖了起来，整个人都成战斗状态。

刘总在一旁冷笑。迟莫时当然没有留给我什么，在刘总的眼里，我不过是为了金钱而改名换姓接近郑定的，倘若衣食无忧，又何必出来做这种勾当？

他见我没有说话，显然被他言中，越发不顾及，继续直白道："对了，我听说迟先生把这边的工作都全部停了，说是要彻底地退出中国市场，只在美国发展。哇，这么大个市场，他正如日中天的，说不要就不要！真令人佩服，可也够令人害怕的啊！"他挺了挺胸脯道："我老刘可就没他那股子狠劲。不管是做事业还是对女人，都得留有余地。你不妨去打听打听，跟过我老刘的姑娘，哪个到后来不都还是念着我的好的？"

"沈小姐，你仔细想想，除了一张稍微帅气点的脸蛋，他们可以给你的，我有什么不能给的？"刘总倚靠着他的座驾，一副理所当然的样子，"沈小姐，我不喜欢绕弯，你说个价。"

我上下把他打量了一个遍，原来所谓的有钱人多半都是这样的嘴脸。至少迟莫时还曾打着爱情的幌子，而不是像他这样只懂得买卖人肉来求欢。

我冷笑道："刘总，既然价钱差不多，我为什么不选个年轻帅气点的？至少，不用到一半的时候，还需要下床去喝瓶伟哥什么的。"我或许应该好好甚至低声下气地婉拒他，可我实在没有耐性应对他那张令人作呕的面孔。也不知是不是和郑定共事了一段时间，说话多少也有了他的几分尖刻。

我转身就走，身子却被人大力一拽，一个踉跄，整个人都往车身上扑去，脸撞在那冰凉的金属外壳上，磕得我牙齿生疼。

刘总那肥大的身躯压了上来，别看他身材像个笨拙的肥猪，可接近猪的体重却也让我根本就无法挣脱开来。他一只猪蹄将我扣住，另一只却腾出来掐住我的喉咙，"沈小姐，我好声好气地跟你说话，你倒把屁股翘到天上去了。你这是敬酒不吃吃罚酒！”

我怒瞪着他，“你想怎样？这里可是胡总的……”

“是胡总家又怎样？”刘总不等我说完就冷笑打断，“别说这是在他家外头，就算在他家里头，我想要把你上了，又有什么大不了？难不成他会为了一个不相干的女人跟我过不去？不怕告诉你，老子想玩的女人，还没有玩不了的！”

他似乎再没有耐性，打开车门，扯着我的头发就把我往车里头一推，眼见他也爬了进来，我拽起手头的包就往他头上使劲一砸，刘总吃痛地捂了捂额头，却越发大力地箍住了我，两只眼睛放出凶狠的光芒来，“好啊！沈小姐，你今天就是跪在地上求老子也没用了，倒不如想想等会儿怎么讨好我，说不定你表现得卖力，我用完了舍不得交给其他人。”

我面色惨白，下意识地就看了一眼车外，虽然说这个肥猪的车停的位置有些偏，可大声呼救不可能没人听得到。我就不信他敢这样嚣张！可他却像是知道我所想似的，狞笑道：“你要是不介意现场演一段A片，你就只管叫，我倒要看看有哪个不长眼的会来跟我过不去！”他甚至把手机往我身上一甩，“你要不要报警试试看？要不我帮你拨，公安局长的电话，这级别不够？那就省公安厅厅长的？要不我跟他们说，我想要强奸一个女人，咱们一起来听听他们是怎么说的？”

我又惊又怒，当肥猪的身子压上来，浑身不可遏制地颤抖起来，手脚动弹不得，我便只有张开嘴狠狠地一口咬住他的耳朵，他吃痛地大吼了一声，却是一个耳光扇了过来，手一扯便将我身上的蕾丝裙撕掉了一大片。

这一巴掌扇得我头昏脑涨，原本就无力挣扎，此刻直接瘫倒在真皮的椅垫上。被我咬痛的刘总表情十分狰狞，酒醒了大半的他手脚越发利索，那只肥掌便往我裙下探去。

“滚开啊！”我哭喊道，扭着身子说什么也不能让他得逞。这边的动静到底还是惊动了其他人，有人过来敲了敲车窗。肥猪腾出手来放下车窗，是胡森的手下和另一个宾客闻声而来，“哟，是刘总呢，搞这么大阵仗？”

我连忙大声呼救，跨坐在我身上的刘总却是瞪了他们一眼，那两人根本就不等我说完，便朝刘总挥了挥手，赶紧离开了。

我万万没有想到那些人会真的视若不见，眼见刘总一脸得意地关上车窗，越发嚣张。他毫不留情地撕扯着我的衣服，我手脚被他那肥大的身躯压得发麻，全身动弹不得，只能歇斯底里地哭喊着，做着无谓的挣扎，近乎绝望。

忽然，一股凉风倒灌进来，我身上突然一轻，那头肥猪像是被法海的金钵吸了出去，只听他一声惨叫，像是重重地跌在了地上。我的大脑早已一片空白，我的身体也有些血流不畅，整个人竟一下子反应不过来，仍旧倒在那里抽噎战栗。

又一个人俯身靠过来，我下意识地把身子一蜷，却听他说道：“别怕，是我！”婆娑的泪眼终于看清了来人，头一次觉得他那张英俊的面孔这样亲切，我“哇”的一声大哭起来，便往郑定的怀里头扑了过去。

郑定轻轻地抚摸着我的背，温柔道：“没事了，没事了。”他的身上有着淡淡的香水味，是他惯用的 Hermes 大地香水，不像一般辛辣的男士香水，柔和的香气给了我一丝温暖和放松。原本麻痹的心也被拉回了正轨。

郑定见我情绪缓和了些，这才松开手。我擦掉了泪，发现自己衣衫不整，甚至内裤也被褪了一半，不禁有些羞愤慌张地整理衣服，郑定连忙把他的外套脱下来，罩在了我的身上。

他的动作很轻柔，可他的脸色却阴沉地犹如暴风雨来临前的天空，我还没有反应过来，就见他扭转身对着刚刚从地上爬起来的刘总伸手就是一重拳，刘总一个踉跄，重又跌倒在地上。

郑定却不解恨似的，不等刘总说话，又一拳挥了出去，直接打在了他浑圆的啤酒肚上，刘总一反胃，甚至呕出了一口酒水。

“够了，郑定！”那刘总到底不是一般人，郑定不过打了两拳就已经被人架住了。远处的胡森和胡广励也赶了过来，制止郑定的动粗。

看着郑定的背影，不知为何，眼眶竟然又有些模糊了。

我赶紧抹了抹眼睛，套上郑定的外套，离开这辆脏车。眼见围过来的人越来越多，我心里不禁有些害怕，紧了紧衣服，想上前把郑定拉走，哪知道脚上无力，高跟鞋踩不稳，扶着车门人就歪了下去。

郑定回头看了我一眼，转头对胡森道：“你拦着我做什么？这种人渣！”眼见是打不成了，他挣开其他人的手，调转头过来扶我。他的眼睛有些红，掏出手机就拨了110。

我连忙按住，“不要报警了，其实我也没有什么事。”他斩钉截铁道：“不行！”两只眼睛里头是掩藏不住的疼惜和愤怒，我的语气都有些近乎乞求了，“就当为了我行吗？我现在想回家……”

我是真正的无助极了。此时的我狼狈不堪，换任何一个女孩，恐怕都没有勇气待在这里。郑定终于意识到这一点，不得不暂时打消了报警的念头，他轻轻地拢着我，便要离开。

“慢着！你们就这样走了？”背后的刘总却吐了一口浑痰，摇摇晃晃地站起来。

我心一凛，恨不能把脚步放得更快些。郑定却挺直了背，扶着我停下步伐，回头冷冷地盯着刘总，“是吗？那刘总想要怎么处理？”声音平平，却听得出唇齿间压抑的愤怒和不满，随时都准备奉陪到底的样子。

论资历和人脉，郑定固然无法和刘总相比，可说起来，也是刘总胡来在先，就算郑定把他打了，他也没道理这么横。胡广励只当刘总不肯轻易罢手，不由说道：“刘总，本来也没多大个事，不过是大家都喝多了，有些冲撞。明天酒醒了，不就全忘了。可这事要是闹大了，受影响的怕是你吧？”

刘总擦着嘴道：“郑老弟，你要说她是你的女人，我说什么也不会碰的。”

郑定冷道：“不管她是不是，你都没理由在这里对胡氏的员工非礼！”

刘总啐了一口沫子道：“换了别的女人，今天我挨你这一顿打，是一句埋怨也没有。可她算是个什么东西！”

“你嘴巴放干净点！”郑定怒斥道，若不是我拉住他，只怕又是一拳过去，我早已经手脚冰凉，脸色发白，眼见得今天这身份是瞒不住了。

刘总道：“郑老弟，我是为你好！怕你被这个婊子骗了！”他话还没说完，郑定已经遏制不住地再度一拳挥了出去，这一次径直冲刘总的门脸房去，刘总一个踉跄，再度摔倒在地。屁股再肥厚，却也是一时半会儿起不来了。

刘总只觉鼻下一热，一抹果然手上都沾了暗红的鼻血，他冲着被胡森拉住的郑定道：“你是不是疯了？为了这个婊子？郑老弟，你醒醒吧，你不过是被她宰的冤大头，她哪里姓沈？我呸，你们都被她骗了，她不过是被人穿过的破鞋，如今被人甩了就把姓名都改了，充起淑女来。你们倒是去建筑界打听打听，谁不知道……”

明明已经被他当众揭穿，可听得他就要把迟莫时的名字报出来，我还是控制不住地上前一脚踹向他的裆下。别人都只顾拦着郑定，哪里想到我会突然上去一脚，刘总当即痛得“嗷嗷”大叫，再没有机会把剩下的话说完。

他一边护住下体，一边伸手指向我，两眼尽是凶狠之光。

胡森和胡广励都是用狐疑的眼神看向我，刘总的话虽然没有指名道姓，可说得有鼻子有眼，也绝不可能是空穴来风。

我只觉得浑身上下的汗毛都竖了起来，他们每个人都挂着恍然大悟却又是耻笑的表情，我好像听到有人指着我说：“原来你就是那个女人？怎么，这是想来捣乱还是妄图来报仇？就凭你？”

“仇没报上，倒是又来丢了把人，许愿，你注定就是被人踩的！”

我的耳朵嗡嗡直响，仿佛被他们的嘲笑声环绕着。我忍不住掉转头发足狂奔。脚下踩着的高跟鞋差点把我绊倒，我索性把鞋子脱了，赤脚踏着冰凉的柏油路，背后的喧闹声和隐隐的靡靡音乐越来越远。

快出别墅小区时，背后传来嗡嗡的汽车发动机声，车灯将我面前的柏油路照得犹如一粒粒黑珍珠平铺而成。我下意识地就要往旁边的花丛树影里躲。车却突然停住了，从车上跳下来一个人，直冲过来拽住我。

“啊！”我有些惊吓地大喊，想要挣脱却被他更加大力地护入了怀里，同刚才一样温暖人心的香水味，一下子让我镇定下来。

“沈盼，是我！”他轻抚着我的后背，“放心吧，没事了。有我在，有森哥在，那个姓刘的不敢乱来的。”

他的话一下子提醒了我方才的情景，渐渐缓和的大脑瞬间又紧张起来。我使劲地推开他，一脸警惕，“你过来做什么？来看我笑话吗？”

郑定道：“我怎么会是要看你笑话？”他伸手过来，想要安慰我，“上车吧，我送你回去，好不好？”

他平时说话素来都是直来直往，难得能够用个商量的语气。想到他方才的挺身而出，他为我的义愤填膺，我的胸口微微有些发涩，“郑定，姓刘的刚才说的话你没听到吗，你还来找我做什么？”

“那种人渣说的话，我为什么要听？”

“他说的话你不信，可你自己的感觉呢？你不是说我不够真诚，你不是早就已经打算漠视我吗？现在你又来做什么？”我看着他，冷笑道，“你就不怕我缠上你，到时候把你的身家都卷跑了。”

“不，你不是这样的人！”郑定斩钉截铁道，“沈盼，不错，我是觉得你不够真诚，觉得你对我并不是你所说的那样。可你也绝对不是一个不堪的人。你只是把真实的自己藏了起来，伪装成另一个模样。你为什么不肯展示真实的你，非要把你的真心藏起来？”

我一怔，他闪烁的眸子那样清澈。我定了定神，否定他道：“你以为你有多了解我，你才接触我几天，凭什么说我不是那样的人？”

“郑定，我实话告诉你吧，刘总说的话都是真的。我去公司应聘，住在你家附近，花钱买一堆贝壳放在我家里，我这么刻意讨好你，不是我有多喜欢你，不过是因为仗着你对我有那么点好感，是送上门来的凯子，不钓白不钓。”

纸是包不住火的。刘总早晚会把我和迟莫时的关系透露给他，既然是藏不住了，我还不如自己把这层纸捅破了，至少输得也没那么难看，我于是一字一句道，“在我心里，你和我之前的男人没什么两样，不过就是一个可以傍的金主。得了，反正今天身份都拆穿了，这戏我也不用演了。我就顺便跟您辞职好了。”

郑定的脸色越来越黑，但他却并没有掉头走或是给我一巴掌的冲动，仍旧站在那里，停顿了两秒才又说，“就算真的是这样，那又有什么分别？”

我一怔，抬头却见他对着我苦笑，“如果可以，我希望我没那么喜欢你。”

如果可以，我希望我没那么喜欢你。我心中一动，从前的那个我，大概也说过这类似的话吧。只是时移势迁，这番话，却是由另一个男人对我说出来。

这原本是我期待的吧？可我竟说不出心底究竟是一种怎样的复杂情绪。

郑定并不理会我，只是做他自己的独白，“沈盼，其实我一直就知道，你并不是真的喜欢我。我讨厌你的刻意接近，讨厌你的试探。从一开始我就不想理你，甚至想把你开除，永远地离开我的视线。可是，我就是狠不下心来。就好比今天吧，我就该放手不管的，可我越是对自己说不要去关注你，就越是没办法把自己的心从你身上挪开。”

“你看，哪怕你真的那么不堪，哪怕我对自己说了无数次争气一点，但到最后真的站在你面前，我想问你的也只是——能不能给我一次机会。”他似乎有些绝望地笑了起来，他笑起来的时候很好看，可我第一次觉得他的笑那么可怜，可怜到让我觉得那么似曾相识。

她那天昏倒后，在医院待了好些天。倒不是孩子有什么问题，只是她觉得医院这样清净的地方比较适合独自一个人静静地舔舐自己的伤口。

陈阿姨很赞成她住久一点，每天也会定点过来看她，按她的话说，这种便宜不占白不占，尤其是还不知道以后有没有机会再占的时候，越发不能放过这种机会。于是她每次都会带两个空的保温杯，把医院为她和陪护准备的饭菜点心带回去些。

迟莫时一次也没有来过，她嘴硬得没有问起他。可当陈阿姨告诉她，迟莫时在她昏倒当天来医院办了手续后就走了，她的心还是不可避免地隐隐发痛。

陈阿姨自是坐在一旁把迟莫时狗血淋头得骂了一番，末了拿起一洗净的苹果使劲啃了一口，信心满满地说道："所以，对他这种人也别客气，去那边只管狠狠地宰他，养你和孩子本来就是他应尽的义务。"

她一时没反应过来，"去哪边？"

"当然是美国啦。"陈阿姨拉起她的手，"我们已经商量过了。孩子，还是到美国去生比较好。你爸这两天在给你准备材料，顺便把我们的户口也都拿去申请护照。你爸平时没什么用，干这种事情倒是比我在行多了。"

她只觉得大脑充血，瞬间有种不知怎么回事就被人卖了的感觉，不由打断兴致勃勃地陈阿姨，"我不去！"

陈阿姨早知道她会是这样反应，说辞也都准备好了，"你别急着说不。我知道你有骨气，不想和他们迟家搅在一起。可我问你，你一个人在国内怎么生？你挺个大肚子，上哪里找工作去？就算你自己扛得住，也要为孩子好好着想吧？这奶粉、尿不湿，将来上幼儿园上学哪样不要钱？你不让迟家出，上哪里去找便宜爸爸？”

她依旧抿着嘴，倔强道：“我自己养得起。”眼睛瞥了瞥旁边的速写本。

陈阿姨一看就知道她显然没有把自己的话听进去，抽走她视线里的速写本，转而将准备好的一张报纸塞到她手里边，“你瞧瞧，你瞧瞧。80后未婚妈妈为让孩子落户嫁给80岁老头。就这样还没成！你知道在中国，孩子没户口有多难？有多被人瞧不起！你想让你的孩子跟你一样天天被人戳背心？”

“但是你要是去美国生，就不一样了！孩子直接是美国人。咱楼上老雷老婆说，好多有钱人专门花几十万去美国生小孩！多少人羡慕都羡慕不来。迟莫时的爸妈说了，就算你不认他们，这个孩子他们也会负责到底的。说起来，迟家还算是有诚意的。不单是你，还让我和你爸也办护照、办签证，到美国去照顾你，所有费用他们都报销！”

她听了只是一味地皱眉，陈阿姨殷殷地望着她，她最终还是说：“我不去。我已经说了，这个孩子是我一个人的。不关他们的事。”

陈阿姨有点不高兴了，“你怎么这么倔呢？男人嘛，犯这种错，不是很正常？何况小迟那么优秀的男人。人家是打小认识，感情不比你这两三年的要深厚？你不想去美国，不过是拉不下这张脸。可你要这张脸有什么用？能当饭吃？能保证你孩子好吃好喝，将来不被人欺负？”

她心情一不好，就会不停地画画，陈阿姨见她手中的画笔飞快地涂抹着，终究还是缓和了一下语气，“其实，你也别丧气。要我说，你也不一定就斗不过那个女人。你现在怀着孩子，迟家父母就把你当正牌了。就算为了孙子今后着想，也希望他有个完整的家，是不是？再说了，小迟已经在我们面前下了保证，你要是在美国生的话，他会陪你待产。这么长时间，你就不会好好把握一下机会？男人嘛，那些情爱不过是一时的，孩子家庭才是根本。而且我觉着小迟对你还是有感情的。时间久了，他未必就不会回心转意。”

或许是陈阿姨日复一日地强调现实的残酷让她的心生了畏缩，或者是想到美国的医疗条件和食品安全对生个健康宝宝有好处，她最终还是没能抵抗他们的安排。

然而，当她坐上了前往美国的大客机，起飞的那一刻，因为紧张而不可避免地手心冒汗，她不由自主地就想起第一次坐飞机，被迟莫时捏着手的情景。直到那时候，她才意识到，找了那么多个理由，其实，她的私心里，不过是希望能够再给他，给他和她一个机会。不论多么失望，多么怨恨，多么看不起自己，她到底还是没有办法就这样放下对迟莫时的爱。

我不禁潸然泪下。

过往的一幕幕就像是锋利的刀片轻易就在心口上划上一刀又一刀。

郑定有些不知所措地看着我，“我只是说我的心情，怎么倒让你哭成这样了？”

“喂，你再哭，小心把野猫招来了。”他胡说八道着，是真的着了慌，“我其实没别的意思。你就当我什么都没说，还不成吗？我就是想送你回去，你要是不想见到我，要不我让别人……”

他还没说完，我就已经伸手环住了他，头用力地埋在了他的胸口，嘴唇紧贴着他的衬衣发出含糊不清的声音，仿佛他的身体也在“嗡嗡”声下发出了共鸣，“郑定，对不起，能不能也给我一次机会？”

对不起，郑定，不是我不给你机会，而是曾经的那次“机会”令我遍体鳞伤地回到原点。如果可以，我也不想将你牵扯进来。要怪也只能怪你自己送上门来。要怪也只能怪那一对男女，既已经把我推入了地狱，我只好做个厉鬼，从此后阴魂不散地跟着他。

第六章　不愿回去的年少时光

我是从一阵浓郁的羊肉香气中醒来的，坐起来的时候，不禁看了一眼旁边的电子钟，居然已是早上 9 点半。

这些日子，若没有安眠药我基本上很难睡安稳，更别说在外边的床上一觉醒来已是这个点数。想必，昨晚上是真的累了吧。

外边传来时快时慢地脚步声，穿梭在厨房和厅之间。我从房间里走出来，桌上已经摆好了餐具和小菜。戴着眼镜的郑定正拎着汤锅从厨房里走过来，见到我愣了一下，居然有些赧然地说，“你先去洗一下吧，很快就能吃饭了。”

我也有些不适应，赶紧往卫生间里头钻。洗脸台上已经放了新的牙刷、杯子以及毛巾，看这款式应该就是在楼下不远的便利店买的。

我大致梳洗完毕，走出来时，郑定已经为我拉开了椅子，高兴地说：“尝尝我的拿手好汤。”

原来是萝卜羊肉汤。

“我在普度的时候，有一阵子可想吃羊肉，但是沃尔玛没有卖。我就只好到中国超市去买了用来吃火锅的涮羊肉，做了这个汤解馋。发现味道也不错。”

我尝了几口，味道的确鲜美，但看他那得瑟劲，忍不住回嘴，“哪有用涮羊肉做汤的。真有那么想吃，就到路易斯维尔去买好了。”

“就算要去也去芝加哥啊。普度离路易斯维尔要3个小时，也挺远的。不过，那时候可没闲工夫到处跑。”

我正想说，你不是有亲戚在那儿么，幸亏话到嘴边又咽了回去，只是乖乖地把汤喝了个精光。

郑定见我战果不错，又给我添了一碗，见他目光殷殷，我不好拒绝，只得把这一碗又吃了。谁知碗刚刚放下，他就立马拿去继续添汤，我吓得赶紧用手捂住碗，“饱了，饱了。”

“这就饱了？你食量这么小？”郑定颇为遗憾地看着我，“我煮了一大锅呢……要不我们中午接着吃？”

我一听差点没有把下巴掉桌上，大哥，你再喜欢也用不着这样推销吧。

正吃着，郑定的手机响了。他看了一下来电显示，眉宇间似有些意外，“森哥？你怎么一大早就给我电话？”

是胡森。

他大概是问郑定为何没去公司，郑定一边喝汤一边笑着说，“今天不是周末吗？……我是常加班，怎么就不许我偶尔放松一下？……你平时都不去公司的，今天怎么？……为了等我？”

他脸上的笑容渐渐凝滞，我心里一凛，果然见他的眼神从我身上划过。

他倏地站了起来，手中的汤匙扔下，把碗里的汤汁溅了好几滴出来。他走向阳台，有些气急败坏地说，“我不想知道！我的事也不用你们费心。就这样！”

他飞快地收了线，重新落座的时候，画蛇添足地解释说：“他们兄弟俩都一个德性，平时也没瞧见去公司的，我周末没去还有意见了！”

我沉默了片刻，说：“对了，我正想跟你说，我想辞职。”

郑定一怔，下意识地就急道：“你不用理会他们！昨天的那件事就算是尘埃落定，他们要是再提……”

我伸手拉了拉他的胳膊，微笑道：“我不是因为别的。我是什么样的人，我在做什么事情，并不需要向不相干的人交待的。”

接过他探寻的目光，“我进公司的确是因为你。我撒了谎，其实，我对那份工作并没有多大的热情。现在……我好像的确是没什么必要继续待在公司。”我抬眼看他，只见郑定的脸色渐渐缓和，眼角似乎含了一丝笑意，眼下的两颊竟生出些微酡红的迹象。

我心中一动，不由说道：“而且，我如果继续待在公司，恐怕对你影响也不好。”老板和员工谈恋爱，换做任何公司，都只会带来无尽的麻烦和演变成为别人八卦的谈资。

他伸手握住我，他的手心暖暖的，让我忍不住也回握住他。郑定于是起身过来拥住我，在我的唇上吻了吻。作为回应，我也印了印他的额头。

回应？我这算是回应吗？

我微微有些走神，郑定却有些情动。我推了推他，提议道：“不如我们出去旅游吧？”

旅游无疑是增进男女关系的催化剂。郑定显然也觉得可行，立马就赞同道：“好啊！你想去哪里？”他刚刚答应着，便想起什么，有些为难地说：“我下周一一早要在北京做报告，你介不介意陪我去？”

是专门去旅游也好，是陪他出差也罢，甚至去哪里，我都无所谓。于我而言，这些又有什么关系？重要的是，“只要跟你在一起就行。”

郑定十分高兴，当即就撺掇着我回去收拾东西，他一会儿直接开车接我去机场，赶上哪班飞机就坐哪班。

我的确想趁这段时间，和他一起好好给这段感情加加温。这出戏，到现在这个份上，便是再无稽，便是我要撞个头破血流，我也只有继续演下去。因为我已经一无所有。

哪知道才从郑定家走出来，就看见胡广励倚着车对着我讪笑，“你果然在这儿。”

我并不大想理会他，扭头就走。哪知他却追了上来，一把拉住我的手，我一个踉跄，跌进他的怀里。我吓了一跳，慌忙挣脱，他却继续往回拉，他的手摸向我脑后的头发，那温热的手掌却让我心底发麻，“不如你跟我吧。”他说着，甚至低头把嘴唇凑了过来，我不禁又急又怒，推不开便只有去踩他的脚，这才让他松开手，似笑非笑地看着我。

“你想干什么？！”我怒气未消，却实在不知道胡广励这是唱得哪一出。

他仍是那吊儿郎当的模样，“我怎么着也比郑定那木头有情趣得多吧？”

我冷了脸，“胡总开玩笑也要有个限度。我还有事，先告辞了。”

“Stella，”他喊住我，“这句话应该是我对你说才对吧。郑定他可不是能随便开玩笑的人，你要是图一时新鲜，我觉得我倒是比他爽口些。”

闹了半天，原来是担心郑定。看来，昨天刘总的话，看来至少他们两兄弟是听进去了。我不禁冷笑道：“胡总误会了，我还真不是图一时新鲜……”

胡广励听着，微微一笑，他打开车门，做了个请上车的手势，“既然这样，那么这番话，还是留着等会儿说吧。”见我仍立在那里，他补充道：“我大哥要见你。”

他笑靥如花，我却忍不住吞了吞口水。想到大老板胡森的背景，一连串的香港黑帮电影在我眼前拂过。以至于到公司的时候，手心里全都是汗。

胡森只是缓缓地点了一支烟，平静地问我，“你知道我为什么要办这家公司吗？”

胡森手下边的产业极多，譬如在江城好几处中心地带商业圈的楼盘，譬如最近要建的地标性的江城中心大厦，眼下这家化学制剂公司，虽说前景一片大好，但以胡森的人脉和今时今日的地位，做点什么不比花那么大的代价去发展这样的实业来钱快，来钱多？

我知他说这些不过是谈话的前奏，只是默默地端坐在那儿倾听着他的下文。

他说，“我十二三岁的时候，就出来在外头混，砍人和被砍说起来也算是家常便饭。有那么一次，我跟着当时的老大出去抢地盘，结果搞出了人命。老大为了脱罪，一个劲地都往我身上推。我那时候刚好满了十六岁，要不是我爸妈去求眼镜伯伯想办法救我，我估计到现在我还未必出来了。眼镜伯伯和我爸是发小邻居，后来读书考上了大学，再后来成了区长。他把我的年纪改了，也让我从主犯变成了胁从犯，不过是到少管所待了两年，就提前放出来了。那时候，我心里头就记得两件事。第一，人还是要有点权利才好办事，另一个就是，我这条命是眼镜伯伯给的，我这辈子都欠他们家的。”

他吐了吐烟圈，优雅地拈着半截烟往茶几上那四方的紫砂烟灰缸里弹了弹，苦笑着道："不过可惜，没过几年，刚刚升任副市长没多久的眼镜伯伯就出了事。他和伯母在狱中自杀，只为保一双儿女平安。而我，这辈子，欠眼镜伯伯的，也只能还在他的儿女身上。"

我的背心微微又起了汗意。胡森把我面前已经凉了的茶水推了推，"沈小姐应该知道我说的眼镜伯伯是谁的父亲吧？"

此时此刻，我便是再无知，也猜得到他口里的眼镜伯伯应该是郑定的父亲。怪不得郑定对他的家事讳莫如深，外人也知之甚少，原来还有这样的过往。

"沈小姐，再不喝，茶就凉了。"胡森盯着我瞧，他眼中仿佛有种锋芒，让我不禁心虚。我深吸了一口气，定了定神，强笑道："胡总大周末叫我来，不会只是为了告诉我您和郑总兄弟情深吧？"

胡森不动声色地把一个文件夹递给我，里边都是我入职时填写的资料，"我觉得'许愿'这两个字听起来可比'沈盼'要动听多了，沈小姐就这么不喜欢从前的名字？还是有什么不可告人的秘密，沈小姐不仅连名字改了，就连毕业证、学位证也都要一齐伪造？"

我脑子里嗡嗡地响，他们这么快就知道了。也是，一旦对我存了心，他只要稍微派人去公安局派出所查问，自然知道我改名换姓的事。我强按住自己想要夺路而逃的冲动，却见胡森已掏出了支票夹，递到我的面前，"你自己填个数，不过我请你放过郑定。从今以后，再不要出现在郑定的面前。"

我冷笑地看着他推向我的支票夹和仍旧在茶几面上滚动着的钢笔，原本手心里的汗意被捏紧的拳头紧紧包裹着。是啊，有权势就可以逃避法律的制裁，就可以无法无天！这些人便是仗着自己兜里有点臭钱，便能这样趾高气扬地随便践踏别人的尊严。

“随便填个数字？胡总这是要做善事发善心吗？您还真是看得起我。”我站起身，朝他弓了弓腰，“不过可惜，这世上，不是什么问题，钱都能解决得了的。”

“Stella，”我走到门口，却被迈步进来的胡广励堵住，他有些惊诧地望了一眼桌上的支票夹，提醒我道，“你考虑清楚，这可是一笔不菲的现款，你拿了钱，想要做什么不好？”

背后的胡森也按灭了烟头，冷语道：“老实说，郑定不过是这家公司的副总，算上工资和年终分红，一年到头，你从郑定那儿得到的能有多少？说句不好听的，只要你不再和他来往，你只管去傍别的男人，就算一千个一万个，我也绝对不会坏你的好事。”

看着这两兄弟的嘴脸，想到前一晚胡广励还帮着我去追郑定，不过一夜之间，就像是回避瘟神一样对待我了。我顿时觉得可笑起来，“两位胡总以为我是想从郑定那儿得到钱吗？”

钱？我的心咯噔一跳，难道他们以为我只是想要钱？我下意识地看向两人，胡森和胡广励互望了一眼，后者不禁哑然笑道：“Stella 你改名换姓不顾一切地进了我们公司，接近我们郑木头，难道不是因为他对你有好感，送上门的傻子不钓白不钓？你可别跟我说，你是真爱他，我哥和我可不像那郑木头那么好糊弄。”

听到此，我却是突然间松了口气，甚至瞬间燃起了一股侥幸的心理。怎么胡森兄弟和郑定手足情深，竟然不知道他和迟莫时的那层关系？还是刘总并没来得及把我和迟莫时的过往告诉他们？不管怎样，到目前为止，他们竟只是单纯地认为我改名换姓接近郑定只是为了傍大款而已。

“为什么我就不能真的‘爱’上他呢。”我重新落座，神态轻松了许多。可我被揭穿身份时的惊悸到底还是被胡森捕捉到。落在他的眼里，自是以为我怕傍不成大款而心虚了。我索性问他，“郑定知道吗？”

胡森冷冷地看着我，“沈小姐是希望我们替你隐瞒？”

“不是。给我一点时间，我只是想亲口告诉他我的过去。”我微笑着，准确地说，这是我一直所期盼的。

胡森笑道：“给你时间，好让郑定那小子彻底地爱上你，就算知道了也还是舍不得离开你？沈小姐倒是挺会打算盘的。不过，你觉得我们会眼睁睁地看着郑定那个傻子往火坑里跳？”

我好笑道：“我怎么就成火坑了？郑定又不是十几岁的小孩，还有父母操心着怕被人拐骗。两位胡总是太看得起我了，还是就这么怀疑他的智商？退一万步说，我就算不是真心对他，就算骗了他，他就连这么点承受能力都没有？”

“啪！”胡森脸上的笑意顿时全收，茶几上那枚紫砂的烟灰缸被他狠狠地砸在了地板上，支离破碎，他的面目竟变得有些狰狞，“沈小姐，你最好想清楚，要么，你现在拿了钱有多远滚多远。要么，你就真心实意地对郑定，要是被我发现你有一点不老实，你应该知道得罪我的下场是怎样的。”

他这是在用他的强权来威胁我？！胡广励咳嗽了一声，拍了拍胡森的肩膀，缓和气氛道：“哥，别吓着Stella。”他扭转头朝向面色惨白的我，“Stella，我哥的意思其实很简单，你要不是真心对郑定，还请你放过他。”

请我放过他？我看着一本正经求我放过郑定的这两人，不禁双目肿胀，求我放过他？可谁又肯放过我？！

那时候，她天真地相信，或许到了美国，一切会有转机。她甚至卑微地等待着他的回心转意。可久而久之，她才渐渐意识到，那不过是她的无端奢望。

她住进迟家老宅的时候，已经有四个多月的肚子。那是临近市区的一栋三层的别墅。

迟父是当地有名的医生，开了许多家诊所，最初的一家就与老宅相邻，因附近新开了一家医院而搬迁他处，如今改为了教堂。迟父迟母并不住在这儿。他和迟母早年在市郊购置了农场和大宅，这段日子便在那儿养马种树，并不太过问诊所的事务。他们觉得对于原本就孱弱的她来说，定期看医生不够方便，所以就找了个中国保姆陪护她住在老宅，只是隔一天来探望一回。

碍于迟母，迟莫时初时倒也来得算勤，在老宅里待上几个小时，但不过是吃饭和看个电视，她试着想要找回他们之间的感觉，但不论她做些什么，他都无动于衷，不愿和她有任何亲密的行为，哪怕是一个拥抱也不愿给。

她怀孕辛苦，那天醒得格外早。洗漱的时候听见外边有说话的声音。她走过去趴在窗边一看，却是迟莫时与一个女人背对着坐在门外草坪的椅子上。女人的一只手搭着他的背，头轻轻地靠在他的肩膀，恰巧对面的教堂发出清脆的钟声，这一幕竟让她觉得格外和谐美好。

女人侧过脸，与他耳鬓厮磨地说着什么。那是她来美这么久后，第一次见到翟香嘉，发丝的掩映挡不住她的精致和优雅，她的唇角微微上翘，自信的笑容让躲在窗后偷看着的她不知不觉就生出了一丝自卑，他们才是一对啊。

她眼前瞬间模糊了，低落地扭头回房。也就是那时候，她终于下定决心再不对他存任何的非分之想。迟莫时是那种一旦认定了就不容易改变的人，他不可能这么轻易就放弃翟香嘉的。她曾经想，迟莫时和她在一起的这两三年，多多少少还是有些感情。如今她有了他的孩子，想要他留在身边，未必不可能。可现在她才知道，卑微的她根本就改变不了什么。而他于她的那两三年，也未必是真的爱情。既然如此，她不想让自己和孩子成为牵绊彼此的桎梏。

她给他打电话，坚定地说，她决定放下他了，让他不必来看自己。他像是如释重负一般，就真的再没有来过。只是在迟母的督促下，每天会打个电话给保姆，询问她的情况。

只是，她已经打算退出，翟香嘉却找上门来。她心里暗笑翟香嘉的多此一举。小三出现在原配面前耀武扬威，不过是希望原配乖乖地知难而退。可说到底，她和迟莫时才是一对，她，她不过是迟莫时寂寞时的一段小插曲罢了。

她说，“你放心吧，生完孩子我就会回国回江城。以后不会和他有任何的接触。”

“你既然都已经不喜欢莫时了，又干吗非得生这个孩子？”翟香嘉摆出一副为她考虑的样子，“不如我现在送你回国，把孩子打了，好好调养身体，你要是缺什么，需要什么，今后有什么帮助的，只管告诉我，我一定会尽全力帮你。”

她只是扶着肚子一言不发。翟香嘉终于没了耐性，把一大摞纸往我面前一堆，“医生说了，你的胎儿侧脑室的宽度在1.05厘米，孩子有可能会有问题。你何必呢？”

那时候她已经有八个月的身孕，是个小姑娘。小家伙似乎听到翟香嘉极不友好的说话也忍不住踢了一脚，她终于出声冷笑道："她有没有什么病我不知道，可是我清楚地听到了医生跟我说，你可以把孩子生下来。他们会帮我！"

怀孕初期的时候，医生告诉她，胎儿不是很稳定，可如今月份这么大了，她能真切地感受到孩子的心跳和动作，与她血脉相连。她这胎怀得不容易，她心里清楚以她的身体条件，这孩子算不得健康。可即便她的英文再不好，听不懂那些专业术语，可是当她问医生到底孩子能不能生下来，他的回答是 Yes 还是 No，她还是知道的！

"你只要不生出个怪物，医生当然会劝你生下来！"翟香嘉很是气急败坏。若不是手机响了，只怕再难听的话也说得出来。是迟莫时打来的，她的怒气未消，自是逮着迟莫时发一顿火，"你还真是无时无刻不在关注着这儿啊！好吧，你说怎么办，你的许愿说什么也不肯把孩子引产！"

她听到这句话却是整个身子都麻痹了。"引产？这是你的意思，还是迟莫时的意思？他也想让我把孩子引产？……"她的心好像被碾成了肉饼，她可以不去争他，她可以再不见他，但是这孩子是他们的血与肉，再有两个月它就能够呱呱坠地，而在他那里，竟然从始至终都没有把它当成哪怕是一个小生命。

她觉得胸口的跳动变得僵硬，原来，在他的眼里，她是这样的一文不值。

"Stella，你没事吧？"正在开车的胡广励伸手在我眼前晃了晃，将我涣散的目光重新聚集起来，"吓着了？我哥这人是威严了些。不过，只要你没惹着他，他也不至于乱咬人。"

我冷冷地一笑，“胡总用不着这么千叮万嘱吧？既然这样不放心我，你们干脆找个人 24 小时看住我，洗澡上厕所也别偷懒，谁知道我会不会在那时候动什么歪心思呢？”

胡广励挑眉看了看我，眼角微微上翘，“这个主意不错。要不就我接着好了。”他空出右手，不经意地搭在扶手上，垂下来的手掌蹭着了我的腿。我往外缩了缩，越发冷声笑道：“胡总用不着一直试探我。我算是知道郑定为什么一直单身了，有两位胡总做门神，哪个女人敢不对郑定敬而远之？你们真的是为他好么？”

胡广励重又双手扶着方向盘，苦笑了一声，“你真的知道郑定为什么一直单身吗？”他把车顺势开进了旁边的地下停车场，熄了火又点了一支烟，看样子是打算给我讲一个不短的故事。

那一年，郑定应该是十七岁吧。正是高中的最后一年。因为他的成绩在火箭班里是数一数二，再加上人长得俊朗，性格也活泼，在那段时光里，郑定基本上走到哪里都不缺乏女生的目光。

郑定当然没有浪费这青葱的岁月，甚至因为他的性格和外形，谈恋爱的次数也比一般的男生要多了点，就连女朋友也不仅仅局限于背负着高考压力的那群女生。

阿敏便是其中一个。

郑定和几个男同学会在一周仅有一次的休息日——周六下午去打台球放松。台球室的旁边连着溜冰场，当他们打球的时候，只要一抬头，就能看到阿敏婀娜的身体踏着旱冰鞋，在雷动的掌声中完成一个又一个漂亮的旋转。

阿敏早就没有在上学，也没有上班，似乎她的工作就是在溜冰场里头没日没夜地玩耍。玩累了的时候，她也会去打台球放松一下手脚，很快就与郑定熟识了。

她和高中的女孩子自然是不一样的。没有了超负荷学业的束缚，十九岁的阿敏，就像是自由起舞的黄莺，有着随性浪漫的笑容，以及即便是郑定也十分向往的野性。虽然没有什么共同语言，但仅靠着最原始基础的吸引，这一对少男少女也很快就走到了一起。

郑定成绩再好，因为临近高考，也难免焦头烂额。但是阿敏总是能有法子让他暂时抛开那些烦恼。郑定很喜欢和阿敏待在一块儿，阿敏也会掐着点在校门口等着郑定下晚自习，坐在他的自行车后座，搂着他的腰，和其他情侣一样，抓紧时间躲进无人的角落里，耳鬓厮磨。

郑定虽然谈过好几次恋爱，可到底还是学校的好男生，在那个时代，情窦初开，也不过是搂搂抱抱再到亲吻而已。在他和阿敏的交往中，始终是大胆爽辣又年长一些的阿敏在主导着。朦胧月色下，郑定的理性早已被阿敏接连的言语挑逗和她那成熟妩媚的身体扫出了大脑，原本单纯美好的恋爱逐渐被阿敏引出了青春最原始的冲动。在几番挣扎下，郑定终于按捺不住自己的蠢蠢欲动，趁着父母到外省出差的时机，偷偷地带着阿敏回了自己家。

借着啤酒和月色，亢奋的郑定终于在阿敏身上把虚无懵懂的幻想化作了真切的实际，生涩却沾满了青春的激情。对于第一次，那原本是永生难忘的美好，即便若干年后的今天，已经忘记那个女孩的模样，却也一定无法忘记那一晚的羞涩生疏，无法忘记第一次有女孩枕着自己胳膊醒过来的骄傲。

然而，郑定醒来的时候，阿敏早已经不在他的臂弯里。他是被破门而入的警察惊醒的。那时候，郑定只穿了一条内裤，在左邻右舍的探头张望下，惶恐地从警察口中得知自己被控告强奸。当他赤着脚被带走，临回头看床上的一片狼藉时，还不禁怀疑自己仍旧身处梦中。

时至今日，停留在郑定脑海里的，不是那晚的夜色，而是天亮后日光的惨白。

得到消息的郑定父母急忙赶了回来，可有被告和“专心准备”的证物呈据，即便郑父身居高位，却也还是一下子就陷入了被动。

这原本就是一个局。

郑父身为副市长，分管建设规划，曾将一市中心的烂尾楼强行拍卖，该烂尾楼的老板本打算打点上下，重新启动该工程，却不想郑父拒不收礼，硬是将该楼依法拍卖了。如此一来，梁子结下。这个老板背后本就有些来头，胆子也大，便想出了“父债子偿”的好点子，把主意打到了郑定的身上来。郑父和主管司法的刘副市长都是市委副书记的可能人选，他们不合是不少人都知道的事。对于这桩“强奸案”，刘副市长亲自做了批示，公安系统必须要“依法办案”。

他们俩的的确确发生了性关系，这种案件，只要“被害人”不松口，郑定基本上是难以脱罪。郑父为了儿子不得不做出妥协，许了那个老板别的利益，才令阿敏改口销案。

可郑定的事还是在学校悄悄地传扬开来，原本的天之骄子不得不放弃高考，灰溜溜地远走异国他乡，甚至连姓名都改了。

然而，事情却并没有到这里就结束。被下套的郑父心有不甘，以牙还牙让那个老板付出了血的代价，却不想自己也因此事被抓了把柄，成为了政治斗争中的那个突破口。政治斗争，一旦被牵扯出来，作为牺牲品，郑父与郑母不得不在狱中自杀，以保儿女平安。

阿敏究竟是事后被收买，还是从一开始她就是刻意接近他的，郑定不得而知，也不想再追究。对于郑定父母的离世，那桩案子不过是一丁点催化剂罢了，并没有直接的关联，可这么些年过去，郑定却始终无法释怀。

于他而言，这是他始终想摆脱却又永远无法忘掉的苦痛。即使改名换姓在异国生活十余年，想用流逝的时光来逃避这段过往，可最后也只是让这段记忆没那么深刻而已。

我大概终于知道为什么郑定对我的态度会有些奇怪，有些前后不搭，知道他为什么会在我第一次提议去他家的时候，反应那么大。

"老实说，事情过去那么久，郑定也该放下了。可这么多年，我基本上就没见他谈过恋爱。男人嘛，哪怕游戏花丛也总比这么单着好吧，他这样多伤身啊。我都以为他看破红尘都要当和尚了呢！不对，人法海都还会对青蛇动情呢。"胡广励说着玩笑话，扭转头看我，"可能是眼睛出事后，他反倒是想通了。他做完手术从美国回来的时候，居然告诉我他对一个女生一见钟情了，还说如果再见到她，一定要追那个女生，而没多久，那个女生居然还就跑到咱们公司来了。"

他的目光有些扎人，我却只是一脸木然地看着他，"所以胡总坚持招我，还破例把我放在郑定旁边，甚至撮合我和他？"

胡广励苦笑地摇头，"是啊。老实说，刚见到你的时候，我觉得郑木头眼光算是不错，一下子对你动了心也算是情理之中。我心里只想着，那个木头终于枯木逢春，我当然要帮他一把。虽然因为你的主动，他有点抵触。不过这恰恰说明他对你有兴趣，对你很在乎。我就更没有理由坐视不理了。"

胡广励敛了笑，却是实实在在认真地对我说，"Stella，你是沈盼也好，许愿也好，你为什么要换名字，有什么不为人知的过往，这都不重要。我只希望我没有看走眼，不管你从前对郑定的哪部分感兴趣，现在你如果决定留在郑定身边，就请你认真地对待他。否则就请尽早离开。郑定好不容易走出来，而且明显他对你是对了真格的，我不希望他刚刚从峭壁爬上来就又重新被人推下去。这一摔，他必定粉身碎骨。”

我微微泛寒。好容易才说服自己把胡广励的这些说话驱逐出大脑，我不停地对自己说，郑定是可怜，是无辜，可难道我就不可怜，不无辜了？不是我要让郑定上不了岸，而是我被他们推入了地狱，就注定要在地狱里头等着他们一个个跌落下来。如果不小心连累到了不相干的人，我也在所不惜。

第七章　梦里的钟声

到北京的时候，已经是夜晚，因为气候不大好，飞机降落的时间比平常要久一些。飞机时高时低，我顿时有了晕机的症状，耳朵被气流挤压地嗡嗡直响，手心里头也全都是冷汗。

郑定握紧我的手，一面对着我张大口做深呼吸，一面来回地做着吞咽口水的动作，示意我学他，“我听说掐内关穴也有用。你闭上眼，我帮你按。”他给着各种建议，忽然间想到，“对了，可以嚼点口香糖！”索性松了安全带，站起来去取行李柜里的背包，硬是把空姐都惊动了，走过来示意他坐好。

他对我这种方式的着紧顿时让我的晕机症状瞬间减轻了不少，脸色却被他吓白了少许。郑定显然觉得这种分散注意力的方法不错，推了推我的胳膊示意我看窗外，“你看外边的那些灯火，像不像萤火虫？”

飞机在北京的上空浮浮沉沉，一片连着一片的点点灯光，因那云层的遮蔽而一明一灭，当飞机渐渐靠近时，就像是一大片蜿蜒连绵的萤火虫朝自己飞来。

“嗯。像。”我应了一声，眼前不可避免地又浮现出另一个人的面孔，依稀觉得拉着我手的并不是郑定，而是他。

郑定甚至和那人说着一样的话，“离路易斯维尔不远有个大雾山国家公园，那儿有世界上独一无二的同步萤火虫。六月的夜晚，世界各地的人都会跑过去看那个盛况。漫山遍野，所有的萤火虫一起亮，一起暗，场面很壮观。沈盼，不知道你去看过没有？”

“没有。”

郑定不禁有些替我惋惜，但他很快又说道：“还有一会儿到六月，要不咱们去看萤火虫？”

“我还真是想去呢。”我苦笑道：“可是我的签证过期了。”

郑定说：“时间还长，你再申请也来得及。再说，我们也不一定非要去美国看。我听说国内也有一个地方有同步萤火虫，离江城不远，也不知是不是真的。要不你跟我一起去看看？”

我心里一咯噔，心里头不可避免地生出一种厌恶来。他这话八成是听那个人说的吧？是他们闲聊时不经意提到的？是了，我在他那儿，便只有是不经意被提到的份吧。

我于是笑着说：“一定会！”那些萤火虫只在夏天生，一年也就只有那么短暂的几天会格外耀眼夺目，就像是最美的爱情，让人永生难忘。我一直抱着心愿，希望能够带着我心爱的人，回到我的家乡去看一年一度的萤火虫盛会。

只可惜，这个愿望，我已经是无法实现了。但是和迟莫时一起去看萤火虫的愿望，却又悄然在我的心底滋生起来。我，迟莫时还有郑定，我们几个人一起去看萤火虫，一定有趣得很呢！

我闭上眼，美滋滋地想，这个愿望，一定要比前一个更容易实现！

郑定已经订好了酒店，是一个有两间卧室的套间。

郑定拎着我的行李走进其中一间，又帮我打开浴室的灯，一面说道："你早点洗澡睡觉吧。我看你的脸色从飞机降落起就不好，我可不想明天拖着个腌黄瓜逛街。"

我笑了笑，他已经温柔地亲了亲我的额头，把门给关上了。

这间房是主卧，有着极好的景观，能将静谧的北京城夜空囊括进视野，也有着一间独立宽敞的浴室，浴缸的旁边甚至还摆了精油、浴盐，好教人好好泡个热水澡，睡个安稳觉。

我洗完澡，躺在床上却无心睡眠。好像郑定也已经径直进了隔壁的房间，他似乎并没有要过来的意思。

我有些摸不清楚他的意图。昨天还有着亲密的关系，怎么出来一趟反而倒退了？这旅游到底是加温还是减温的？我把睡衣脱了，重又裹上了浴巾，走了出去。

郑定的房门是虚掩的，我推开便瞧见他盘膝坐在床上，一手拿着薯片往口里塞，另一只手则是操作着他超级本的鼠标。见我进来，他猛地抬起眼，眼眸中不可避免地出现一丝情动，口中咀嚼的动作和手指送薯片的动作非常一致地停滞了半秒，那滑稽的模样顿时把我逗乐了。

郑定这才意识到自己的好笑，他连忙收回手，合上嘴，想要把薯片一口吞下去却不想噎着自己，全部喷了出来，他顿时掩住脸，飞快地往外头冲，好一会儿才弄干净自己，赧然地走进来。见我整理床铺上的残渣，更加尴尬，连忙把床上摊开的薯片零食一股脑儿抱起往旁边一扔，那模样倒像是个考试作弊被抓到个现行的学生。

郑定还在努力维持自己的形象，"机场的那些快餐店都做得偷工减料，我在飞机上就饿了。你怎么这么晚了还不睡？"

我已经止住了笑，在他旁边坐下，身上还有着刚抹上乳液的香气，实话实说：“我在等你。”

郑定显然有些不镇定，用手拨弄了一下鼠标，示意我看，“我还在整理周一开会的汇报呢。”

我把鞋一脱，身子一歪，正好下巴搁在他的肩膀上，我顺势用手环住他的腰，甜甜地说：“那我等你弄完。”

“不用了！”郑定一紧张，声音也不禁大了好些。

我趁机咬了咬他的耳垂，我抱住的身体不自主地颤动了下，我心里微微有些得意，凑在他耳畔轻声哝哝，“真的不用？”

郑定却没有如我所想一般抱住我，甚至是从我的怀抱里挣脱出来，转头对着我，认真地说：“沈盼，你不用这样子对我。”

我有些不解地看着他，“我这样不好吗？你不喜欢？”昨晚的郑定无疑是热切如火的。

“昨天晚上我喝多了，我没想要那样。”郑定低眉说。

我像被泼了一盆冷水，这便是郑定对昨晚的解释？就像是所有电视剧里的情节，男人在酒醉后与女人一夜缠绵，酒醒后，对女人说，那只不过是个意外，以后不能够再继续那样的错误。

“你这是什么意思？”倘若说郑定没有继续的意思，那么带着我来出差又是做什么？我忽然打了个激灵，难道他早知道我的身份了？却欲擒故纵，故意等着我出丑吗？

是了。刘总昨天都已经说得那么明显了，他怎么会不去打听一下？他其实已经知道我和迟莫时的关系，也已经猜到我来找他是抱着怎样的心理，却是假作不知，好教我自己心甘情愿地往我挖的坑里跳！

我只觉得大脑充血，顿时有种被耍弄的感觉。

我冷冷地看着他，却听到他的唇间吐出三个字，“对不起。”

“对不起？”我只觉得喉咙里头有股血腥味往上翻，只觉得他头顶的那盏吊灯照得我浑身上下都臊得慌，照得我身上裹着的那条白浴巾格外地刺眼。我的手紧紧地揪住胸口的浴巾，却已经气得浑身发抖起来。

“你有什么对不起的？”昨晚上是我主动的，只为了和他能够有进一步的关系。只为了让郑定能够爱我再深一点，能够再迷恋我一点，昨晚的我便也是那样的投入。只因为他每多一分的享受，多一分的快乐，我就以为自己离成功更进了一步。却不想，自己不过是个跳梁小丑，心甘情愿地跳进盘子里给别人当盘中餐罢了。我死死地咬住唇，心里头只是有一个声音不停地对自己说，许愿，说什么也不能倒下。就算被耍被玩弄也绝对不能够再没了自尊。

我强撑着坐直了身体，准备站起来的时候，郑定却伸出手臂拦住我，“沈盼，你听我说完。”

“听你说完？说什么？说我有多傻嘛？说你昨晚上就觉得我爬上你的床是多么的可悲又可笑吗？”我再说不下去，可就在我以为自己要支撑不住时，郑定却伸出双臂紧紧地环抱住我，“你怎么是可悲可笑？沈盼，事情不是你想的那样！”

“不错，我喜欢你，不管是伤心难过的你，安静优雅的你，还是性感妩媚的你，我都喜欢得不得了。都快十二点了，我干吗要现在打开电脑？还不是因为我满脑子都是你，我一想到你就在我隔壁，就在洗澡，我……我就煎熬得不行，我想大概就只有分子式能够让我稍微冷静一点。”

“什么？”我的心神一下子有些恍惚，好容易才将郑定的话在大脑里重组起来，我重又盯着他，因为被我盯得太久，他已经有些不好意思，再想起刚才的剖白，脸上不由渗着酡红。

他好像什么都不知道？他并没有发现我的身份？他，还是他们口中那个单纯无害的“木头”？

我不由拍了拍自己的心口，差一点自己就不打自招了。好悬！

“那你为什么又不想要？”我定了定神问他，若不是他言行举止这么不一致，我也不至于会误解了他的意思。

“我当然想要！”郑定像是生怕被人怀疑他能力不足似的，抢白道，“但我更想要的是你和我真正的在一起，而不是像现在这样。”

我这次是真的云里雾里了，“我们现在不就是真正的在一起吗？”

郑定摇了摇头，笃定道：“不是的，这跟我想象的不一样。你不觉得我们这样太快了吗？好像少了点什么。”

瞧见他认真的样子，我有些忍不住想笑，居然这年头还会有男人嫌进展得太快了，郑定还真算是一朵奇葩。我于是憋住笑说：“那你的意思是，咱们是不是该像中学生一样，从传纸条开始，然后过几个月可以拉拉小手、再过几个月可以拥抱再到接吻，再……”

“我不是指这个！”郑定红了脸，“我是说感觉。昨天晚上是很美好，好得让我觉得不真实。你跟我也很合拍，合拍到让我觉得你像是为了要证明什么一样。”

我一怔，下意识地想要回避郑定的目光。他是敏感的，不论我再怎么催眠自己，再如何放纵自己的身体，他还是能够察觉到什么。

“沈盼，我跟你说对不起，就是想告诉你，我喜欢你，是我的事。你不用急于向我证明什么，也不用刻意来讨好我。你以前是什么样，又为什么在这里，我都不在乎。只要你肯陪着我，愿意给我机会，我就已经非常满足了。其他的，我愿意慢慢来。”

他笃定的模样让我有些心虚，想到胡广励跟我说的话，我忍不住问他，“如果我只是利用你呢？我的意思是，万一,万一我根本就没变，就是像他们说的那样，你就不怕再受伤吗？”

郑定执着我的手，轻描淡写地说，“沈盼，老实说，我很怕会受伤。但是，我想给自己一次机会，我愿意相信你，我也相信这一次的感觉一定不会错！”被他握住的手没来由地烫得厉害，他却紧紧地拉住不放，“沈盼，我对你是认真的。所以我不着急，我愿意等你，因为我想给你足够的时间，让你从心底真正的接受我。”

我的心有一丝小小的震动，那双清澈的黑眸让我几乎觉得不忍去看，郑定却浑然不觉，直在我的手背上深深地一吻，“我不是只想要昨晚而已，我是不是贪心了点？”他的声音因情动而有些哑哑的，可他的眼神却像个十几岁的少年一般天真。

我仿佛看到一个十七八岁的少年正朝坐在他自行车后座的女孩天真烂漫地微笑，那个少年当初也是这样被那个叫做阿敏的女孩所吸引着的吧！

“我去睡了。”我猛地抽回手，眼见郑定有些茫然地看着我，我才慌里慌张地指了指旁边，“不是你说的吗，让我好好休息，明天才有力气逛。”

郑定点点头，笑颜重新浮上来，他打开门，吻了吻我的额头，“沈盼，晚安，明天见。”他每一个字都说的字正腔圆，好像这几个字说出来是多么美好的一件事似的。

“嗯，晚安，郑定。”我说。

因为没带安眠药，我躺在床上，是无论如何也无法入睡。脑袋里好像在放电影一样，一会儿是打桌球的少年在铁窗里颓然地看着外边，一会儿是美国的黑人警察粗暴地把哭啼的婴儿扔进培育箱里。

因为住在崇文门附近，在临近清晨的时候，北京站的钟声能透过空气隐隐地飘来。那时钟一到六点就放起怀旧的《东方红》，歌声放完之后，才是报时的钟声，咚——咚——悠扬绵长，倒和教堂的钟声没有什么两样。

因她月份大了，迟家也怕会影响到生产，到底没有再让翟香嘉来捣乱。但迟莫时也不再打电话过来向保姆询问情况，就连迟父迟母，为了避免麻烦，也来得少了。许是心里有愧，迟家倒是把陈阿姨从国内接了过来，陪她安心待产。

原本还有近一个月才生产，谁知那天做完常规检查，她就被直接推入了病房，问了半天，只说是羊水过少，胎儿条件不大好，必须要直接催产。虽然之前也看了不少生产和哺育方面的书和资料，可事出突然，她还是莫名地紧张起来，加上阿姨回去拿事先准备好的东西，只剩下对英文一窍不通的陈阿姨，越发衬得她六神无主，下意识地就还是给迟莫时打电话。

只可惜等到打了催产针，来的人也只有迟母一个。她感觉到全身犯冷，终于知道什么叫做真正的绝望。在他的心里边，父亲这两个字眼，真的是这样的微不足道，乃至于厌恶至极。

因为没有打止痛针，她只是细致地体会着宫缩带来的一轮强过一轮的疼痛。陈阿姨告诉她，必须把力气省着，所以她不敢大声地叫。

也不知挨了多少个小时，连值班的护士都换了一轮，周围的护士和医生才终于动了起来，她听到他们忙碌的声音，却压根睁不开眼。医生仿佛在耳边说可以生了，可她却根本使不上力。

大脑越来越空洞，越来越迟钝，她努力睁开眼，所有的人影重叠交织在一起，恍惚中，她竟也看见了迟莫时的笑脸。与他在一起的点点滴滴，好的坏的，曾经的温暖，之后的冷漠，以及现在的绝情都一股脑儿扑面而来。看到那张笑脸渐渐远去，她只觉得浑身泄气，直到旁边的陈阿姨和迟母喊起加油，她才猛地反应过来，我还有孩子！从今往后，孩子才是她生命中最最重要的人！

她不能就这样昏睡过去，她说什么也一定要生下这个孩子，她要好好地疼爱她，养大她！

"沈盼，沈盼！你醒醒……"耳畔的加油声忽然变成了郑定焦灼的叫唤，医生护士交叠的人影也渐渐在眼前重合成一个人影。我好容易才分清楚梦与现实。原来郑定正紧紧地搂着我，用他宽厚的手掌抚着我的后背，"没事了，没事了，别怕。"

其实我早习惯了，每晚每晚都是睡不安寝，每天清晨，几乎都是从同一个类型的噩梦中惊醒，郑定开了灯，拿纸巾替我擦拭眼角的泪痕，强光让我的眼一下子适应不了，我重又闭上，一面说，"我是不是吵到你了？"

郑定心有余悸道："你又哭又喊的，真是吓死我了。"

我睁开眼，只见郑定顶着一头乱如鸟窝的头发，赤着上身只穿着一条短裤就冲过来了。我说："没什么，做了个噩梦而已。你冷不冷？"室内温度挺低的，他赤膊着身体，还是容易着凉。

“还知道关心人，看来是没事了。”郑定松了口气，不禁揉了揉胳膊，“哎，可惜了，我的美梦才做了一半。”

我赶紧挪了挪位置，朝他拍了拍枕头，掀了掀被子。郑定还愣在那儿，“干吗？”

“你不冷吗？要是你感冒了，我可不负责照顾病号啊！”话还没说完，郑定光洁的身子就已经“滋溜”钻进了被窝，一进来就叫道，“这里头怎么这么冷？你把温度调高点啊。”

我没好气道：“你要嫌弃就赶紧出去好了！”他嘻嘻一笑，当然不肯出去。一边搓着手，一边问道：“你做了什么噩梦？怎么我好像听你一直在喊孩子？”

我的心停滞了一秒，过了一会儿才说，“是啊，我好像梦到生孩子了。可能是在梦里面，觉得生孩子很累，很痛，所以才会又哭又喊吧。”

郑定恍然道：“怪不得我喊你半天都没反应，像失去了意识一样。我还以为你是鬼压床了。”

我自顾自地说：“是啊，在梦里边生孩子，把力气都耗光了呢！当那个东西终于抽离出身体的时候，整个人都虚脱了，就想好好地睡一觉，再也不想醒来。”

“那你还梦到了什么？”

“我梦到有两个护士正在有条不紊地帮那个婴儿剪脐带，帮她吸痰。对了，那个护士还把孩子单手托起，好让我能够看得更清楚一点。那是个很小很小的小宝贝，身体都皱皱的，还粘着血污，浑身是泛紫的肉色，她的一双眼睛紧闭着，只有一张看不清嘴唇的小口张开着，像是在呼吸，也像是在打哈欠。那个小宝贝好像对这个世界没有太多的好奇。对了，她虽然闭着眼，可我还是看得出来，小宝贝非常可爱，长大了以后一定是一个非常漂亮懂事的女孩……”

“沈盼……”郑定等我说完，才把手臂绕到我背后，轻轻地拍了拍，他的手已经搓得热热的，贴着我的背，恰好在心脏的正后方，仿佛能给人以温暖，“你怎么会做这么奇怪的梦？”

“奇怪吗？”我的后心贴着他的手掌，“可是在梦里边我觉得很真实呢。我觉得那个孩子是我在这个世界唯一的指望，就算这个世界上的所有人都抛弃了我，背叛了我，至少她不会，她是我的，会一直陪着我。”

“傻瓜，你有我。我绝对不会放弃你。”郑定伸手将我的头往他那里揽了揽，我的头抵着他的头，我的手则紧挨着他的胸口。他的胸口，滚烫滚烫的。我的手只在那儿稍稍搁两秒，便能感觉到他明显有些高频的心跳。

我下意识地把手往回缩了缩，“你才傻呢，我说的是刚才的梦。我的梦里，可没有你。”

郑定一听可不高兴了，“不会吧，我刚才还梦到你了，你再仔细想想，你的梦里真的没有我？”不等我摇头，郑定就灵机一动道：“会不会在你的梦里头，那个刚出生的婴儿其实就是代表我？”

我没好气道：“怎么可能？”

“就是的啊。你看，我也是你的宝贝，也是光溜溜的什么都没穿。”他的话顿时把我原本的悲愤和伤感给打击得七零八落了。但此时的郑定不知道是不是被他自己的形容给撩拨得有了一丝心痒，再加上在清晨，男人本就格外地亢奋。

他的身体好像在一瞬间变得火辣辣的，他的脸也换了个方位，专心致志地就直奔我的嘴唇而来。

猝不及防之下，我飞快地把身体往后移了移，把脸挪开。

郑定的动作本来就不大，见我如此反应，便立马不声不响地中止了。我有些尴尬，连忙解释说："没刷牙呢。"一面画蛇添足地用手遮了遮嘴巴。他也没说什么，只是温柔地看着我，将那份情动掩藏了下去。

但他也没有离开的意思，依旧保持着方才的姿势。侧着身子，枕着手臂端倪起我来。

这样近距离地被他瞧，我只觉得浑身都不自在，连忙也尽量嬉笑着说："我不会哭得太厉害，满脸都是眼屎、鼻涕痕吧？"

郑定摇头，依旧专心致志，只是有些自顾自地说："我在想我第一次见你的情形。"

"第一次见我？"我的心一颤，刚刚恢复正常的肾上腺素又蹭蹭地往上蹿。

郑定浑然不觉，回忆的节奏有些迟缓，"不是飞机上那次。是再之前。我其实在飞机上有跟你提到过，是在路易斯维尔 Downtown 的那家诺顿 Healthcare Center。有没有印象？"

有没有印象？

她怎么会对那家医院没有印象？她就是在那家医院生产的，甚至还在那儿住了两天。

这边医院规定，若是顺产，孕妇顶多只能住 48 个小时。所以第三天的时候，在一大堆表格上签好字后，迟母办完了离院手续，让陈阿姨陪着她离开。可是都眼瞅着要上车了，她还没瞧见保姆把孩子抱来，不禁有些慌了，"孩子呢？不一起吗？"

保姆的表情有些尴尬，看了一眼迟母，“孩子不是……”

“孩子还不能出院。”迟母的态度有些冷淡，说的话也少得可怜，越是这样，便越是让她着急，“孩子为什么不能出院？她是有什么问题吗？”

这两天她并没有机会见到孩子。只因保姆告诉她，孩子在 NICU，一般不让探视。而她也的确是虚弱得很，再加上陈阿姨和保姆都坚持认为产妇杜绝下床吹风，她倒也没有坚持。她早就看过资料，早产儿因为比较虚弱，一般都会放在新生儿重症监护室里头由专门的护士看护一段时间，以免感染。她想反正以后有的是时间，便也不好坚持，给别人徒添麻烦。

“孩子只有 4 磅不到，加上之前就有些小问题，暂时不能出院。”迟母有些不耐烦地说，一面让保姆打开车门，示意她进去。

“还有什么小问题？怎么我没听说？”她一时间也没注意迟母的态度为什么会这样不好，她一门心思都在孩子身上，“我……我先去看看孩子！”

迟母黑着脸阻止道：“不用了！你去了也就隔着玻璃瞧，又不能做什么。放心吧，这边的医疗条件很好的，有什么事，我和香嘉会照料。”

翟香嘉？我一愣，迟母的话让我有些不知如何接，“她……她怎么会照料……”

迟母说：“她好歹也是医学博士，难道不比你会照料人？”她的回答有些呛人，陈阿姨立马就忍不住接道：“亲家母，话可不是这么说，从来都只有亲妈疼孩子，你说是不是？”

她那声“亲家母”叫得迟母直头疼，恨不能马上拿个条子贴住她的嘴，但几番接触，却也知道陈阿姨不是那种好打发的人，她只有对许愿说："你别站在这里吹风了，冬天冷，小心落下痛风。孩子，你就别管了。"

她自那日生产完后，就没再见到孩子，如今听迟母不让她把孩子抱回去，哪里肯就这样轻易离开。她正要再说，却见翟香嘉从医院里走出来，见到许愿，目光只剩下冰冷。

她没来由地有些心慌，这个翟香嘉出现在这里必定没什么好事。她好像也终于知道为什么迟母的态度和之前不一样。

"呵，别人生孩子，有些不相干的人倒是来得勤快。"陈阿姨嘟囔着，在翟香嘉瞪向她的时候，更加高声道："怎么没瞧见小迟？他有去看过孩子吧？长得可真像他！"那不过是个刚出世的婴儿，又哪里看得出像谁。陈阿姨这么说，无非是故意恶心翟香嘉。

"看过了……"迟母回答的声音有些虚弱，她下意识地看了翟香嘉一眼，忽然间就拉起许愿的手，"就当我求你了，你快点上车吧。我现在实在是没有精力管你了。"她的手有些冰凉，她的脸上满是疲惫和厌烦。

这让许愿有些不安。平心而论，迟母待她并不薄，为了她的事之前也是操劳了不少。她也知道翟香嘉是什么样的个性，想必迟母夹在中间，也吃了不少苦头。事到如今，她对迟莫时不敢再有半点奢望，甚至他有没有来看孩子，她也不那么关心了。可是，看见迟母这副模样，她不由心软，心想有翟香嘉在这儿，不知道她又要闹些什么，孩子的事，还是等回去以后再说吧。

她点了点头，待要松口，旁边的翟香嘉已经先一步把迟母的手抽了过去，亲昵地说："伯母，他们来了，我先过去了！"迟母对待翟香嘉的态度自是不一样，精神也比对着许愿时好多了，连忙催着翟香嘉去。

陈阿姨忍不住也伸长脖子，“是小迟来了？”

她终于没忍住，也将目光投往翟香嘉奔去的方向，眼见她从一人手中接过轮椅，从一辆黑色的大切诺基里扶着一人走下来，坐向轮椅上。她的心还是忍不住颤抖了一下，差一点就要走过去。

一旁的陈阿姨也忍不住添嘴，“哟，这小迟是怎么了？两只眼睛都蒙着了？”

她到底还是关心他，可是又碍于如今的情形，只是惴惴地站在那里，远远地看着。

可是等到翟香嘉把缠在他头上一圈的纱布揭开时，她不由松了一口气，陈阿姨也发出感慨，“不是小迟啊！那个男人是谁啊？怎么这女人这么紧张？”

她大声说着，顺便斜瞅向迟母。可惜迟母充耳不闻，只是匆匆看了许愿一眼，叹口气道：“行了，都看过了，你走吧。”

“凭什么……”陈阿姨话还没说完，就被她拽住了，“好，我们上车。”说到底，除了孩子，她和他们从此不过是陌路。她不想让他们为难，更不想和他们冲突。

她没有等陈阿姨说完，就拽着她钻进了车里。

第八章　第一份礼物

“喂，你有没有想起来？”郑定脸上浮现出一丝笑，“在诺顿Healthcare，你那天穿着一件浅蓝色的外套，就跟那天的天空颜色一样。”

“哦，是吗？什么时候，我好像不是很记得了。你记得可真清楚。”我把头往枕头里埋深了些，与他的视线正好错开。

郑定的声音听起来有些遗憾，“真的还没有想起来啊。你那天分明是看到我了啊。对了，和你在一起的还有一个阿姨，那是不是就是你说的直系亲属？你家人？是有谁生病了，你去探望？”

“喂，你听。外边有钟声。”我不想再和郑定继续这个议题，赶忙岔开话。他静静地听了会儿，“是北京站报时啊。这也叫五星酒店？隔音玻璃是水货吧！”

已经是七点了。

“我们去看升国旗吧？我还没看过呢。”我从床上坐了起来，努力让自己精神抖擞点。

“现在？现在早就已经升完了。”

“啊？是吗？早知道就应该设个闹钟早点起来了。”我颇有些“遗憾”的表情，终于成功地把郑定从上一个话题挪了出来，“你这么想看啊？怎么不早点说。真看不出来你这么主旋律。”

“是啊。”我惋惜道，“听说国旗班的升旗手护旗手个个都是一米八以上的帅哥，身材挺拔地像一棵松柏。我记得建国 60 周年，我在电视里看他们升国旗，我当时心潮澎湃呢。当时我就想，要是能找个这样的男朋友，可真就是人生无憾呢！哎，没有去看一眼，真是遗憾！”

“身材个个都像根杆子有什么好看的，而且听说每天都要站很久，肯定都有关节炎啊什么的各种毛病。这种人当男朋友有什么……”没等郑定在那儿说完，我已经笑着抱起衣服进浴室里去洗漱了。

当我把自己收拾好走出来的时候，郑定已在客厅的茶几上非常明显地留了一张字条：先去餐厅吃早饭，8 点半在酒店大堂见。

我探头看向他房间，房门是打开的，房间里头并没有人。

这才七点半，也不知道这家伙去哪里了。

我于是走了进去，他的床上依旧很凌乱。被单和登机箱里翻出来的衣服就堆在那里。墙边的书桌上还堆着昨天从冰箱里搜出来的零食，以及没空关上的笔记本。

我见屏幕还是亮的，忍不住走过去瞧了瞧，Chrome 浏览器还开着，开了一排网页，大致的标题都是类似“北京最浪漫的地方”“第一次约会”之类。

第一次约会？他一定很上心吧。我的目光上移，正好从书桌上方的大方镜中看见皮笑肉不笑的自己。

我只带了为数不多的衣服来北京，因为要出游，我只好挑了这套 Juicycouture 的外套和运动裤，偏巧也是蓝色。

我的确不记得那天我穿的是什么颜色的衣服，可当郑定在飞机上鼓起勇气告诉我，他对我一见钟情时，我就已经想起他来。原来他就是那个坐在轮椅上被纱布蒙了几圈的男人。

我到顶楼的餐厅慢悠悠地吃完早饭，再下来的时候，见郑定已经在沙发上坐着，正低头玩着手机。我走到跟前，他才察觉到，“吃完了？”

我点了点头，“你去哪儿了？怎么不一起吃饭？”

郑定指了指旁边的一辆自行车，“我去找这个去了。”那是一辆旧自行车，车前边挂的篮子里还有一点风干的菜叶子夹在铁丝缝隙里。

郑定有些尴尬，“想要在这附近找个卖自行车的店不容易，尤其还是这种有后座的。这个，就将就一下吧。”

我这才弄清楚郑定的意图，敢情他想到的约会方式就是要骑车带我游北京呢。郑定兴致满满地把书包往篮子里一扔，跨上自行车后，朝我使眼色示意我坐在后座上，“咱们出发吧！”

我正要去抱他的腰，脑海里不由自主地浮现起十几年前的画面，当初的阿敏也是像她这样跳上郑定的车，看着他在前边很“幸福”地踩着轮子，载着她的吧？

“怎么了？”见我有些犹豫，郑定反过头来看我。

看到他一脸高兴的样子，我不知为何有些不忍，“你行吗？”

“你这是在小瞧我吗？我高中的时候骑自行车可是全班第一快的好不好！”他刚高傲的说完，声音不自主地有些停滞，在那一瞬间还是有了一点不自然。他定是想到了那个伤痛吧。

我于是跳上车，环住他的腰，“别吹牛了，可不许把我摔伤了。”

郑定重又高昂起来，“摔疼了我把头借给你垫屁股——哈哈。”

“你这家伙……”我无语地捏了他一把，郑定的车龙头歪了歪，差点没撞上正好推行李进门的门童，“喂喂，不要搞小动作。乘客失误引发的事故保险公司不赔偿啊。”

我轻笑，“咱们去哪里？是北海公园吗？”

“这里可是首都啊，今天又是周末，你是想去参观下 people mountain people sea 么？”

“那去哪里？”

“南湖公园。”

我一怔，“没听说过啊，不是什么著名的旅游景点吧。”

“就是不著名，人才相对少点嘛。”郑定好像准备很充足似的，“出发啰！抱紧啦！”

他踏着车，还非常聒噪地按了按车铃，门童有些囧地看着他，但还算反应快地拉开了门。郑定于是加速冲了出去，一溜烟就沿着酒店的车行道溜了下去。

“喂，喂，你到底有没有带过人上街啊！”我免不了有些心慌，赶紧死死地抓住他，不禁腹诽这人的心智到底有没有成年。

“带过的。”郑定的速度瞬间慢了下来，他的回答有些简短。我一怔，不免有些担心他会不会又想起什么，但他很快就又补充道，“虽然很多年没带人了，不过宝刀未老，技术依旧啊，哇哈哈！”

虽说如此，但到了街上，他到底还是收敛了许多，没敢乱窜。

“……”我没有说话。看起来，十几年前的伤痛，他终于已经淡忘地差不多了吧。只是命运是如此的可笑，时隔多年，再一次坐在他后座的女生却还是怀着同样的心思。

刚开始的时候，郑定还在前边吹着口哨，有一搭没一搭地跟我说着话，可半个小时以后，他显然已经有些累了，也没什么精力吹口哨。我忍不住问，“还有多久啊？”

郑定扫了一眼手边的 Iphone 地图，“还有四分之三吧。”

“……”我有些无语，“到那儿岂不是都已经十一点多了？”郑定想的约会方式还真是有新意……

实情似乎也有些超乎郑定的预料，他赧然道：“这个自行车的速度比我想象得要慢了点。”

“要不咱们先找个地方喝点东西休息一下吧？”我建议道。

郑定马上说：“不用休息，不用休息，我不累！”他的声音明明已经有些喘了。

我忍住笑道：“可是我坐得有些屁股疼了。”

当然，最后我们并没有去南湖公园，因为当郑定还没有骑到一半的时候，就已经被交警拦下了。

“你们不知道在北京市区骑自行车是不能带人的吗？”交警义正言辞地批评，一面伸手示意郑定掏身份证。

“啊，什么时候有这个规定的？新交规？”郑定话还没说完，交警就翻了翻白眼，“好几年前就有了。”说着已经将一张罚单连同郑定的身份证一起交到了郑定的手里。

郑定一看金额——罚款五十，转头对我说：“在国内开车头一次被开罚单，居然还是自行车罚单……得好好留作纪念了。”

“行了，别贫了。不准再带人了啊。”

“不带，不带。”郑定应着，朝我使了个眼色，意思是等到了前边，离开了交警的视线就继续。可那交警大概已经觉察到了郑定的这点小动作，竟然也骑着个摩托车在背后缓缓地跟着。

就这样走了一百米，郑定有些无语了，“警察叔叔，你不用一直跟着我们吧？”

“这是我的片区，我这是在日常巡视。”警察大叔估计有些无聊，居然不生气，非常好脾气地回答。眼见郑定有些灰头土脸，警察大叔得意地笑，“嘿嘿，小伙子，想等我走了再骑吧？我今天都会关注你的。要是再被我看到，可就不是罚款那么简单了。”他表情有些得意，我摆明了就是跟着你，看你怎么办。

郑定的心思被他猜了个透，没好气道：“我微博又不缺粉丝，才不稀罕你关注呢。”眼见那警察大叔在一旁笑眯眯，郑定只好把自行车交给我，走上前去央求道：“警察叔叔，你行个方便吧，我和我女朋友正约会呢！就一辆自行车，难道非要让我们俩分开走吗？”

郑定急得流汗，我却一直没忍住笑。见警察大叔看向我，只得也朝他点了点头。

警察大叔用我能听见的音量拍了拍郑定的肩膀说：“女朋友真漂亮啊！不过，干吗非得骑自行车约会呢，就算骑，也可以找两辆嘛。喂，你们是刚认识不久吧？约会过几次啊？哟，这是要去哪里？南湖公园？你们怎么会选择去那里约会？……”

于是，郑定最后不得不在警察大叔的监督下，把自行车停在了一个小超市的门口，拉着我往地铁口走去。要转弯的时候，还远远地瞧见锲而不舍的警察大叔朝我们招手。

“北京市交警的安排非常不合理啊。主干道上不多排几个，往这种胡同巷子里塞，这不是浪费资源么。”被警察大叔“折磨”地缴枪投降的郑定很有些不爽，“真是扫兴。计划都被他打乱了。”

“没有啊。我觉得今天的约会挺好的。”我嘻嘻笑着，反握了一下被他拉住的手，“我们现在去哪里？”

郑定已经拿出了方案二，“先坐地铁去三元桥，那儿有个凤凰汇，咱们可以去那儿吃饭看电影，然后再去 798，公交车很多。”

“坐公交车去 798？”我瞪大了眼睛看向郑定。

“是啊。你不是号称自己的画也在画廊里头卖吗？身为艺术家不是很应该去 798 同行评审一下？”郑定笑道。

“不是啦。”什么啊，我只是好奇为什么要坐公交车去。我话还没说完，郑定就已经把手机往我面前一放，“咱中午吃这个吧，很多名人推荐。”

我扫了一眼，“大众点评？”

“是啊，我今天早上刚下的 App。”虽然两条腿在往前挪，但郑定的眼睛还是没有离开手机屏，“对了，你刚才说不是什么？”

这会子才反应过来我刚才说的话。

又是挤地铁又是坐公交，郑定这些安排都是从网上搜来的吧。想想也是，在网上做这些推荐的，大部分应该都是还在读书的大学生，想到的出行方式自然也是地铁公交。眼看他认真地用手机做着“功课”，和那些刚开始恋爱的大学生根本毫无分别。或许，他潜意识里头，是想要好好把他这些年错过的那些体验也一起找回来吧。

我于是摇了摇头，“我是想说，这样安排挺好的。”

周日的下午，798 有些人满为患。不过，和其他旅游景点一样，大多是进去挂眼科，出来狂拍照。作为第一次到访的理科生，郑定显然也是属于这类游客，不停地照着相，只不过同时还要拉上我。

虽然到北京的次数并不算多，但这里，我其实也是来过的。当时迟莫时正在设计上海淮海路附近旧社区改造，于是陪着他三天内从北京到上海，都转了一圈，好找些灵感。那时候只觉得分分秒秒都不想与他分开，哪怕一直在跑也一点不觉得累，现在想来，不过是自欺欺人。

和他来 798 的时候，是工作日的上午。原本就是冬天，天气又不好，大多数店都还没开门。不像现在这般人满为患，两个人在几乎有些空荡荡的路面上走着，偶尔遇上开张的画廊和工作室，便进去溜达一圈。

印象最深刻的，莫过于一间新开张的工作室，因为刚刚简单地装修完，店主还在和工人一起安排展柜的摆放以及在墙上钉着钉子。整个房间里只有一副画着太阳从水面初升起的油彩，并没有挂起来，只是倚靠着正对门口的大柱子放在地上。

798 有很多后现代主义的作品，原本看这间工作室的装修也大约是这样的风格。谁知却摆了一幅有着明显浪漫主义色彩的油画。迟莫时觉得有点不解，忍不住就问那店主，“这幅画是您的作品吗？”

店主点头走来。我也不禁开腔，“怎么工作室的装修风格好像和您的作品不太搭？”跟着迟莫时做了一段时间工程，多少也有了些经验。

店主赧然道：“是啊。其实是和朋友搭伙开的。我没什么钱，就算把身家都拿出来，连个门面也租不起。更别谈装修了。所以工作室的基调基本还是为他们的作品服务的。”

迟莫时笑道：“其实，你挺有眼光的。”

店主一怔，“啊？”显然没懂迟莫时这句话是什么意思。

他指了指地上那幅画，“你不是刻意把自己的画放这儿的？”

“怎么会放在这儿？这儿是打算放尊泥塑的。画再怎么着也得挂到里头去吧。”店主没说完，迟莫时就笑着拍了拍他的肩，“不如你把这里的其他地方都让给你朋友吧。你的画永远都只放一幅。喏，就像现在这样，搁在这里。”他指了指静静靠着柱子的那幅油画。

“就搁在这儿？”店主半信半疑地看着迟莫时。

“不如试试吧。”迟莫时笑着，捏了捏我的手——

“走吧。”——

我的手一暖，紧盯着搁在柱子前那幅画的目光才蓦地收回来，正好迎上郑定探寻的温和目光，“看得这么入神？喜欢这幅画？”

不知不觉又进了那家店，时隔两年，虽然店里的装修已经换过，虽然晨曦换成了牧羊女，但这根柱子，以及画框摆放的位置却还是和记忆里一模一样。

一个打扮摩登的女郎从里边走了过来，做了个请的手势，“两位请到里边看。”

我并没有挪动脚步，只是朝里边扫了一眼挂在墙上的那些画。除了这一幅格格不入的“牧羊女”，里边的画倒是极其统一的俄罗斯写实主义风格，那个店主到底还是听从了他的建议，并坚持到现在啊。

郑定忍不住又捏了捏我，“要不进去看看吧？你们这幅画摆在这儿是不要的吗？”

原本维持着笑脸的女郎无语地看了郑定一眼，这是有多么的门外汉。她于是有些冷冷地说：“这幅《春日牧羊》售价2万4。”

“两万四？”郑定重复了一下，“两万四的画你就搁在地上？这边是按日元还是韩币卖的吧？”他一出口就让那女郎差点没有气昏过去。

要是画家亲耳听到，非得拿个扫帚把郑定扫出去，我连忙扯了扯郑定，“别胡说八道了。这个位置是卖得最好的位置，整家店都是在突出这幅画的。”

女郎的脸色这才回复了一些，“小姐很有见地。实不相瞒，后边那些都不是我们老板的作品，整家店其实只有这一幅画是我们老板的。”

我抬起头再度观察了下，原来当初那个为艺术献身还有些身家窘迫的画家已经变成了这间画廊的唯一主人了。

“这么大个店就只有这一幅画是他的？”郑定显然没有意识到自己的不招待见，“看来玩艺术的人就是败家，你们老板其实是靠出租摊位给你们发工资吧？”

我估计再这样待下去，那女郎也要去拿扫帚了。我赶紧对女郎说：“你们老板的画非常好，不过我不是很喜欢这种超现实的色彩。”这就要离开，那女郎却叫住我，“其实我们老板还有一些别的作品，可能您会感兴趣。”

女郎相邀，我一时不好拒绝，只好跟着她进店后边的隔间里去参观。

隔间是一个简单的画室兼做库房，墙边摆着一些还没来得及展出的作品。女郎正要介绍，我却是一眼就被挂在墙壁正中央的一幅油画吸引住了。红彤彤的太阳正从水平面冉冉升起，有一半还藏在水中，另一半则照映着水面，那些沐浴在晨曦里，从水平面冒出尖尖角的石块或多或少都流光溢彩，静谧却又生机盎然。

“这幅画！”这幅画和记忆里的那幅几乎重叠。

女郎以为我感兴趣，连忙说：“哦，这幅画其实是我们老板第一幅画的再版，我们老板说，他当初遇到贵人帮助，第一幅画非常快就卖掉了，后来他的业绩也都非常好，甚至让他很快就能独立经营这间工作室，所以他非常感谢当初的那个贵人。后来他把第一幅画重新画了一遍，挂在这儿，就当作是纪念。”

我听着女郎的描述，看着眼前的画，仿佛视线能够穿过这幅画，穿过时光，看到当初那个傻气冲天的女人正和她以为命中注定的男人一起走进这间店。或许在店主的眼里，那也是一对璧人吧？

“喂，想要啊？”或许是我的眼神太入定，郑定于是有了这样的看法。

我还没来得及否定，那女郎就提醒道：“真是抱歉，这幅画我们没打算卖的，老板都没有估价。”

“嗯。那算了。”画中传达出的朝气不知为何压迫得我有些喘不过气来。我于是扯了扯郑定，“我累了，咱们走吧。”便实在没有兴趣再看其他的作品。

或许是那幅画勾起了太多不该有的回忆，这之后我的情绪并不高涨。直到一通电话打来的时候，心情才重新好转起来。

那是兰陵路上的画室打来的电话。怀孕到后期的时候，想到以后拿什么养孩子，多少还是有些担心害怕，便想着要是能够卖画，多多少少可以补贴一点家用。

没有名气的画手，想要靠卖画为生基本上很艰辛。我也只有抱着试一试的心态，让爸爸带着我的画到兰陵路上找画室洽谈。

爸爸去了好几家都是碰壁而回，最后只有一间极小的画室愿意把我的作品暂时放在他们那儿，条件还很苛刻，要求我每个月付一点租金，收益也是对半分。

这么久过去了，我都要以为自己的画永远卖不出去，却不想接到了一个这样的好消息，怎么不值得让人高兴。

郑定说：“不错啊，卖了多少钱？”

我刚才太兴奋都忘记问了，连忙打了个电话过去，感激了一番后，告诉他，“八百八。五五分成的话，我可以拿 440。”

“不错，不错，大画家，咱们今天的晚饭总算是有着落了。”郑定嘻嘻笑着，我忍不住拍了他一下，“喂，你知道什么啊。多少人的画摆在那儿几年都卖不出去一幅呢！”

郑定收了笑，指了指旁边的露天咖啡厅，“你去坐着歇一会儿，我马上回来。”便头也不回地一溜烟跑了。

过了好一阵子，他才回来。我还以为他人有三急，中午吃坏了肚子。正想关心一下，他却神秘兮兮地将一个大塑料袋往桌上一立，登时把他挡得只露出一双晶亮的眼来，“送给你的，祝贺你卖出第一幅画。”

袋子里的东西扁平方正，用三层牛皮纸平整地包着，边角和中间都用泡沫加了固。一看便知道这里头是画框。我看了一下外包装的 LOGO，正是我们刚刚去过的那家店。

“你把他们门口的那幅画买了？”我一惊，谁知郑定比我还意外，“不是外头那幅，是他们里面那幅。你不是很喜欢那幅画吗？我看你盯着看了很久……”

“我……”我万万没有想到郑定居然会去把那幅画买下来，眼见他跑得一头汗，此刻却在为自己是否揣摩错了我的心意而忐忑，我不好直说自己其实压根就不想见到这幅画，只是问他，“他们不是不卖这幅画吗？”

“是啊，他们是不卖。不过我凭着我的三寸不烂之舌，说服了他们呗。”郑定得意道。

我扬眉看他，一脸不相信的表情。那个女郎明明都不想理他好不好。

郑定于是挨着我坐下，“我给他们老板打了电话，我说我女朋友一眼就看中了这幅画，她非常喜欢，我想送给她做礼物。然后那个老板就答应了，而且特别好心，只象征性地收了点钱。”

“是吗？你该不会做了冤大头吧？”

“真没有。好吧，其实是我跟他说，这是我送给女朋友的第一份礼物。”郑定有些赧然，“那个老板说希望能把他的好运带给我们。”

看着面前这份郑定费了不小力气买来的“礼物”，我有些哭笑不得，却也只好假装高兴地收下。

天色渐晚，我们走出 798 的街区，郑定根据网上的推荐，提议要到附近一间胡同里头去吃特色菜。刚刚从大路拐弯，我的身后忽然有一股压力紧扑而来，我刚要扭身，一边的郑定似乎也同时感觉到，连忙用手护住我回头看。

只这一回头，便听到郑定“啊”的一声，下意识地就伸手去捂左手手臂，他的手臂一阵剧痛，整个胳膊都只觉脱力，腋下抱住的画框瞬间往下直坠，却被身后窜过来的黑影一把抢过。

我脑袋一蒙，顿时反应过来，这是在抢劫！

那人抱住画框撒腿就要跑，却不想被袭击的郑定却反应极快，也跟着迅速地冲了出去。我吓得不轻，回过神来时，只是扯破嗓子喊，“抢劫！抢劫啊！”

我一面喊，一面浑身颤抖地跟过去，已经跑远的两个身影终于重叠在一起，一番纠缠，又分了开来。在被惊动了的路人围过来之前，一只黑影已经仓皇地跑走，另一只还留在原处。

我踉跄地跑了过去，只见郑定一动不动地立在那里，正大口大口地喘气。

我大脑好像被血块凝住了，连话都有些说不利索，“郑定，郑定你没事吧？”

郑定也像是被梦魇给套住了，一句话也说不出来，只是把胸前的画框双手举起递给我。那包裹在外的塑料袋已经被扯得稀巴烂，他却紧紧地握住了上边的两个角，我的声音突然就变了调，“血！郑定你的手在流血！”

当郑定的两只手都被包扎好，医生看着片子确认他的手臂只是软组织损伤，并没有骨折，我才稍微放下心来。跟过来的警察见郑定没什么大碍，这才录笔录，一面说道：“这两个月，798附近都犯了好几次类似的案件。现在这罪犯都精着呢，大家出门都刷卡，谁还拿一把钞票出来花。他们抢钱包抢手机能有什么赚头？什么书画啊、收藏品啊，可就不一样了。798游客多，人流复杂。那些犯罪嫌疑人平时也就在里头转悠，也知道哪家店卖的画值钱。他们看准了猎物，就远远跟着，一有机会就下手。一般呀，也都能得手。毕竟谁敢跟歹徒过不去，一般人抢就抢了，破财消灾嘛！你可是第一个冲上去跟歹徒搏斗的。”

郑定委屈道：“谁想要去跟歹徒搏斗啊，我从小的志愿又不是要长眠在八宝山。这不是守护人民财产的公仆们都不知道去哪里了吗？”

“我们最近也在查呢，上周才加大了警力。不过，这些犯罪嫌疑人都是亡命之徒，有时候非要在你眼皮子底下搞些事，完全不要命啊！”那个警察皮笑肉不笑地说完官话，“说起来，你还真是胆子大，还敢徒手去跟歹徒抢，真是不要命了。这也亏得是你运气好，当然了，也是我们最近查得勤，让那个歹徒心有些慌，才会刀被你一夺住，就赶紧逃跑了。要不然捅你一个大窟窿，你医药费去了多的。”

警察走后，我陪着郑定在医院又观察了一阵子，确认暂时没什么大碍，这才回去，到酒店的时候已是半夜。他双手因为都被刀刃划伤，左手手掌甚至还缝了两针，此时都被纱布围得严严实实的，两只手根本就废了。

我只好把主卧的浴缸放满水，帮他脱衣洗澡。他初时还有些不好意思，想要自己勉强搞定，但到底连脱个牛仔裤都压根使不上力气，这才只好作罢。只是当我帮他把贴身的背心脱了后，他便急不可耐地赤着脚往浴室跑，四角裤也不脱就跳进了浴缸里。

等到他把两只手臂高高地举过头顶，全身都泡进了热水里，他倒是觉出些好来，特别是眼看着我帮他小心翼翼地擦拭着身体时，甚至有一丝洋洋得意似的说："没想到还有这样的福利呢，这算不算是因祸得福啊？"

本来一直没有吭声的我忍不住把毛巾往浴缸里头一扔，水花溅了他一脸，也溅了我一身。我早就已经憋不住了，不禁板着脸教训起他来，"郑定，你是不是疯了？跟那种亡命之徒去搏斗！你没有听到警察说的吗？你没有被捅一刀，已经算是万幸了。你还不好好反省一下，还在这里嬉皮笑脸？"

我想我是真的生气了。刚才那一幕，即便事后回想起来，我也只觉得后怕。匕首那样锋利，要不是郑定运气好，双手抢住，或者那个歹徒没有急着跑逃走而是直接使劲给郑定一刀……我简直不敢再想下去。

"我反省，我发誓我会好好反省。"郑定把两只手臂又抬直了一些，"下次绝对不会再赤手空拳和歹徒搏斗了。要不我随身携带一瓶浓硫酸？或者王水？好歹可以自卫。"

“郑定！你能不能认真点！”我真的有些着急。一抬眼就能看到他双手的纱布以及手臂那被歹徒敲得乌青了的肿块，他根本就是捡回了一条命，却要摆出一脸没所谓的样子，在那里故作轻松。

“我讨厌你这个样子！”我忽然就有些情绪失控，也不知为什么，眼眶不知不觉就红了。

郑定终于觉察出了我的情绪不对，他的笑意一下子就跑不见了，整个人也都有些慌张，“沈盼，这是怎么了？我这不是没事吗？”他两只手搭在我的肩膀上，想要拍拍我的背安慰一下我，可他越是这样，我的眼泪忽然就一下子忍不住流了下来。

“傻瓜，别哭了。我这不是好好的吗。你哭成这样，都让我怀疑是不是医生还检查出我有什么癌症绝症呢。”

“你胡说八道什么！”我被郑定气得哭笑不得，把背拧过去擦自己的眼泪。

“沈盼，”郑定忽然叫我的名，我扭转头时，冷不防的他却是突然俯身下来，当我回过神时，他已将我的唇噙住，我想要躲避，却又鬼使神差地任由他吸吮吐纳，齿间辗转反复，几乎都要吻得窒息了。

末了，我轻轻推了推郑定，他才恋恋不舍地缩了回去，重又坐回在浴缸里，柔声道：“沈盼，我不知道，原来你这么在乎我。”

他的眸中满是欣喜和满足，直让我的心微微颤动，越发觉得心虚。我的确是怕他出事，说到底，我只是想要利用他打击别人而已。原本就已经有种负疚感，但不管怎样，我也只是利用他的感情而已。可若是连累他身受重伤甚至害了他的性命，我又该怎么偿还？

“郑定，我求你，一定不要拿自己的性命开玩笑好吗？”我恳切地说道。我知道现在的自己很自私，但我也只能这样了。

“不会的。为了你，我一定不会这样了。”郑定诚挚地说道，“其实，今天的事，我想想也觉得不可思议。不知道自己怎么就脑门一热冲上去了。当时，就只是想着你没了这幅画，一定很失望，所以也没想那么多。要是给我五分钟考虑，我肯定就犹豫了……”

他的话只是让我更加的惭愧，“我根本就不喜欢那幅画！”

“啊？”郑定看着我，不知道我说的真还是假，“可是，你明明盯着那幅画看了很久，而且，你看到那幅画的时候，明明两只眼睛都有在放光。这个……难道不是喜欢吗？”

“不喜欢，我讨厌那幅画，讨厌到了极点！郑定，你就是一个大笨蛋，你怎么就那么傻！你知不知道你傻到家了！”想到客厅里那幅血渍未干的画，想到那幅画背后的过去，我终于情绪崩溃了。

为什么老天爷会是这样的安排？看着郑定无辜又紧张的眼神，我头一次因为自己的计划而深深感到不安，总觉得背心有一根刺扎得我坐立不安，“对不起，郑定。我到底是不是做错了？”我喃喃自语地问着自己。

“你没错，你没错，错的是我。”郑定根本就不知道我在说的是什么，他只是胡乱地想要安慰着我，“是我不够了解你，所以才会会错意。”

“怎么会是你的错。你看提议去 798 的也是我，要买画的也是我，最后说要去吃什么特色菜的也是我。说白了这都是我的错，沈盼，这根本就不关你的事啊。”郑定伸手想要替我擦眼泪，可是抬起来，就像是哆啦 A 梦的两个圆爪子，“你看，要去逞英雄的也是我自己，这个，我想怪别人都怪不上！”

我泪眼婆娑地看着他，不知为何便想起他之前把画递给我的情形。被抢劫的时候，他其实也是吓坏了吧。扑上去的时候，他也是害怕极了吧。可是，就像他说的，那个时候他的潜意识里就只有一样，就是他一定要把他送给我的第一份礼物拿回来，亲手递到我的手上。

我忍不住说："郑定，要是你没有遇见我，对你来说，该有多好。"

郑定听得脸都绿了，"你怎么会这样想？沈盼！"

他很是着急紧张，"沈盼，你知道吗，我的眼睛几年前在普度做实验的时候被碱烧伤，做了眼角膜移植的手术，谁知道后来又复发，去医院诊断的时候，医生说，我运气再差一点就真的再也看不见了。刚刚发生事故的时候，我还太年轻，总觉得没什么大不了。可是这一次，我却有些害怕。其实总共也没有多少天，我却觉得经历了好长好长时间的黑暗，那段时间，我才意识到，自己这么多年都没有好好认认真真的爱这个世界。人生固然是有很多不如意，但这世上还是有太多美好的事物。沈盼，那时候我头一次真的很害怕自己会再也看不见光明。我对自己说，如果老天爷能让我重获光明，我一定会好好珍惜生命，因为幸运不可能总是这样眷顾我。

沈盼，你知道吗，那天，我睁开双眼，第一眼看到的人就是你。我很高兴重新回到这个世界的第一眼就能看到这样美丽的你，我当时就好想去认识你。可是，不怕你笑话，我年轻的时候，受过爱情的伤害，这么多年，我都没有从那件事的阴影中彻底走出来。我那时候还有一点犹豫，可就那么一小会儿，你就走了。我以为我跟你就只有那一面之缘，后来还懊恼了好一段时间，怎么也没有想到我们会在飞机上重遇，会有现在这样的发展。

沈盼，我是真的喜欢你。从见到你的第一眼就喜欢你。这之后，我只是越陷越深。对我来说，能够睁开眼就遇上你，是一件非常美好的事，能够跟你有现在的发展，更是我的幸运。所以，你千万不要再说什么没遇上我对我多好这样的话！”

他的话只是让我的心越来越堵，堵到我的呼吸都有些不顺畅了，我忍不住告诉他，“郑定，别傻了，这世界上最靠不住的就是一见钟情。”

郑定茫然地看着我，不明白我怎么会说出这样的话来。我心知自己再这样待下去，非得把自己的全盘计划都说出来不可。我于是站起来，把旁边的浴巾打开，搭在洗脸台上，对他说道：“我累了，你洗完澡就出去吧。我想要睡了。”这便走出了浴室，不论郑定在里头发出了什么声音，我都没有再搭理他。

第九章　我们，到此为止

我想，我是真的有一些动摇了。

郑定的一句越陷越深，让我多少生出些不忍来。说到底，他是无辜的。

那日的意外相见，他满心以为那是老天爷给他的一份幸运，却不知道这根本就是他噩梦的开始。眼睁睁地看着他一步步地沦陷，报复的快感固然暂时冲淡了我心中的苦闷，却也让我的良心越发地不安。

我找了个理由，说江城那边的画室约我商谈卖画的事，便趁郑定去开会的时候，给他留了一张字条，离开了北京。

在我不确定到底该不该将我的报复继续以这种方式进行下去的时候，我需要一段时间，找个地方认认真真地想清楚。

回到江城，我就报了个旅游团，坐上大巴去了宜昌。第二天一大早，跟着旅行团坐上了游三峡的轮船，沿着长江一路往上行。我不是一个爱旅行的人，从前跑了许多地方，也不过是因为爱屋及乌，只要能跟着那个人在一起，不管是游山玩水，还是应酬交际，每一天都是快乐无边的。

如今，一个人在甲板上吹着风，看着两岸的美景，听着导游那些虚无缥缈的故事，竟然也觉得惬意起来。原来，一个人的习惯这么容易就被另一个人改变。

到丰都的时候，正好是夜晚。都说晚上游酆都城最有效果，船上的小朋友都很是喜欢。但也有那么一个胆小的小姑娘，听了导游的介绍，在那样的气氛下，却是无论如何也不肯接着往下走了。

这酆都城原本是三峡游的最重要的一个观景点，小姑娘一个劲吵闹地要回船上去，可妈妈却不想错过这个景点，忍不住对小姑娘威逼利诱，惹得最后小女孩眼泪汪汪。

还是爸爸有办法，到旁边的一溜摊贩前买了一个萤火虫罐回来，递给小姑娘。那是一个电动的萤火虫罐，打开开关，玻璃罐里头两只趴在树叶上的萤火虫就会一眨一眨地发出微光，两只萤火虫发光的节奏还不一样。远远看去，倒是十分地逼真，只是那灯光比起真正的萤火虫还要明亮些。小姑娘本来还有些泪眼婆娑地抽噎着，看到那光芒倒是一下子没哭了。

爸爸把小姑娘搂在怀里，“宝贝抱着萤火虫，有它们帮你照路，那些妖怪小鬼都会吓跑的。”

“真的吗？”小姑娘将信将疑。

“是真的啊。幼儿园老师是怎么跟你说的呀？萤火虫是希望之光，对不对？宝贝只要一直抱好这个罐子，罐子里的萤火虫就会好好守护着宝贝的。现在还害怕吗？”

小姑娘一向是最听老师话的。被爸爸这样偷换了概念却也茫然不觉，顿时破涕而笑地摇摇头，“不怕了。”

“那宝贝去跟妈妈说，愿意跟妈妈一起去酆都城，好不好？”爸爸哄好了小宝贝，转而又让小姑娘去“讨好”刚才因为女儿不听话而生气的妈妈。

那小姑娘倒也极为乖巧，当即就上前去牵了牵妈妈的手，温顺地卖乖道：“妈妈，我们去鬼城吧。萤火虫守护我，我就来守护妈妈，咱们就什么也不怕了……妈妈，我做你的萤火虫，好不好？”

我一直跟在这一家三口的身后，看着他们其乐融融的样子，不由眼眶湿润。曾几何时，我也是有过这样的幻想，能够有一日，带着我的孩子一起幸福地回家去看萤火虫。

我的孩子也会缠着我丈夫的膝头，会贴在我的耳畔对我说，“妈妈，我就是你的萤火虫。”

萤火虫，那本是我心里头属意已久的名字。妈妈曾经告诉过我，当萤火虫发光的时候，你就能看到你所想念的人。因为这句话，我有了很多很多的憧憬。憧憬着我的孩子不论是男孩还是女孩，都要叫这个小名。可也因为这句话，每夜从噩梦中惊醒时，眼前似乎都有着那点点的微光环绕……

是他，重新燃起了萤火虫在她心中的希望之灯，却也是他，一手将这盏灯彻底地打翻，将她推入了万劫不复的地狱之火……

那天离开医院后，司机并没有把许愿送回迟家的老宅，而是直接把她们拖到了月子中心。

“这是什么意思？！”原本就满腹牢骚的陈阿姨当即就发飙了，“怀着孩子的时候，说是方便去医院，所以让我们住在老家里头。现在孩子生了，连老家都不让进了，直接住这里！当我们是二奶还是代孕机器啊！”

许愿的脸一块红一块白，想要把陈阿姨赶紧拉进去，越发令她气得恨不能跳起来，“你真是活该被人耍！”

到底还是月子中心的工作人员过来说，“月子里不能动气，要落下毛病的。”这才让她收了口。

许愿倒不在意是住在月子中心还是迟家，只要把孩子送过来，她便别无所求。可一连过了好几日，迟家都没有把孩子送过来。她自然是让陈阿姨每天给迟家打个电话催问。迟母要么不接，要么就只是推诿。

她不知道为什么自己生完孩子后，迟母对自己就是这样的态度。虽然陈阿姨一直在旁边说，有其子必有其母，迟家想要过河拆桥也不稀奇云云。她口中坚持说迟母不是这样的人，可心里却越来越不踏实，说什么也不肯再老老实实地躺在床上坐月子，非要去医院亲自看一看才行。

月子中心刚联系好车，迟母倒是来了，听说她要去医院看孩子，便轻描淡写地说，孩子已经出院了。

许愿松了口气，但见她两手空空，立马又紧张起来，“孩子在哪？”

“在家里。有专人看着。”迟母一脸冷淡地命令她道，“你好好坐月子就好。”

连日的被冷落早已使许愿坐立不安，陈阿姨的耳边风多多少少还是吹得她心生怀疑起来。她连忙说道：“我没什么的。我是小久的妈妈，不管怎样，她在我身边，也方便喂养。”

迟母一愣，“小久？”

她趁机强调道：“是我给宝宝起的名字，许小久。”孩子是她一个人的，他迟莫时既然不想履行做父亲的义务，孩子就没有留在他们家的道理。

迟母当即皱起了眉头，她忽地从座位上站起来，语气已经有些强硬，“孩子姓什么叫什么，我们早就已经想好了。还有，月子中心太复杂，孩子还是在我们家比较好。”

许愿心里一凉，自己方才的话显然是把迟母给得罪了。她一直认为，迟母待她算得上不错，可这一切，原来不过都是建立在孩子的基础上。一旦她把迟家的孩子生下来后，她就当真翻脸不认人了。

陈阿姨当即就不干了，“是啊，你也知道月子中心复杂，那凭什么把我们家许愿扔在这里？来，来，大家来评评道理，有这种把孩子带回家，媳妇扔在月子中心的婆婆吗？仗着自己是美国人就了不起啊！”

陈阿姨嗓门极大，一下子就把月子中心里的人吸引过来。在这月子中心待产的妈妈大多是从国内来的，辛辛苦苦留在这里不过是为给孩子一个美国身份，他们自然是站在许愿这一边的，一下子就和陈阿姨一起同仇敌忾了。

到底是人多势众，迟母不免有些心虚，解释道：“家里最近不方便。”

“哦？不方便？有什么不方便的？难不成你们家正准备办喜事，”陈阿姨一看迟母的表情，不禁面色大变，“还真被我说中了！你们迟家还有没有脸啊！我女儿这边千辛万苦生孩子，你们在那边娶老婆，这是人干的事吗？”

陈阿姨的话当即就引得妈妈们朝迟母投去怨怼的目光，迟母何时受过这样的目光拷问，当即脸一块红一块白，这就要走。

陈阿姨哪里会让她这么轻易地离开，死死地拽住，“噢，终于露出你的真面孔了吧！想就这样把我们撇下，门都没有！今天你要是不把我们许愿接回去，我们说什么也不会让你走！没听说过当奶奶的能不让亲妈见孩子，大家说是不是！”

陈阿姨很能调动现场气氛，妈妈们立马表示附和，有几个人更说道："阿姨你们不用怕，就算他们是美国人怎么了？美国是法治国家，闹到法庭去也是他们理亏！"

"就是，就是！"

被围攻的迟母显然有些无法招架陈阿姨的口水攻势，下意识地就看向许愿，哪知道她也只是在那边冷眼旁观。若是从前，陈阿姨每次吵闹，她都会制止。可这次她却不再妥协，其他什么她都能忍了，唯独孩子，不论如何都不会谦让。

迟母被逼得没办法，只好答应，"好！你不就是想要见孩子吗？我带你去不就行了……"

"妈！"人群中突然有一个女声传来，循声望去，竟是翟香嘉。虽然她早知道他的心思，可翟香嘉这一声"妈"多多少少还是刺了她一下，他就是这样迫不及待地要迎娶新娘。

翟香嘉气势极盛，毫不在意地迎着众人的目光，拉住迟母的手就说道："妈，我就说不要来这里了，理会这种人干吗？"

陈阿姨见到翟香嘉，火气上涌，恨不能一巴掌就呼上去，翟香嘉把脸一扬道："有本事你就打啊！这里是美国，是法治国家，撒泼可没用！我可以告你人身侵害！"

陈阿姨虽然厉害，却也在月子中心听说了不少因为不懂美国法律而吃大亏的事，眼见翟香嘉很是凶狠，这一巴掌无论如何是打不下，但嘴巴上却也不饶人。

原本迟母都已经松口，可翟香嘉一出来相逼，她便又不吱声了。

隐忍了这么久，她大概也知道对付这种不讲理的女人，一味的软弱是没用的。她于是鼓起所有的力气对旁边的护工说："麻烦你帮我报警吧。我要告他们非法带走我的孩子，不让我和孩子见面。"

那护工瞧着也已经忿忿然，听她一说，立马作势去拿电话。

“那就赶紧打吧。”翟香嘉全然不为所动，“最好闹到法庭去。”

满不在乎的翟香嘉对她冷笑道，“本来是好心好意来提醒你的，你的签证就要到期了。如果签证过期了，你还没回国，知道这叫什么吗，非法滞留。到时候，法庭肯定要判我们才是孩子的监护人，而你，不单要被遣返回国，以后，可能永远也没机会再来美国，永远见不到你的孩子！”

“你吓唬我？”她的唇咬得发白，看着一脸得意，终于露出狰狞的面目的翟香嘉，她却是无计可施。为什么迟莫时看上的会是这样的女人？！

“是不是吓唬你？你可以问问她们。”翟香嘉朝旁边努了努嘴。月子中心的大多数妈妈都是怀孕后持旅游签证过来美国的，只等生完孩子坐完月子就趁着签证没到期回国，这一行程十分圆满。她们对如何在美国合法逗留的法律自然都是熟悉，看她们愤慨和无奈的眼神便知道翟香嘉的话不假。警方不知道也就罢了，一旦她自动送上门去，吃亏的只会是她。

许愿万万没有想到自己会沦落到这样的境地。当初若不是迟母她们想方设法劝着她来美国生孩子，说是这样对孩子好，说是要这样弥补她，她又怎么会背井离乡到这里来？可如今孩子生了，他们却立马换了一张面孔，就这样任由翟香嘉以孩子是“美国人”的身份来压制她。

她本不想把人心想得太坏，她一直以为就算迟莫时抛弃了她，但他和迟家还是厚道的。她怎么都不愿相信，其实她们真的是从一开始就算计好了她，想要利用她到美国生孩子这一点，剥夺她对孩子的抚养权。

她气得浑身发抖，六神无主之下只是伸手去拽迟母，“不行，你们不能这样子，孩子是我的，我才是孩子的妈妈！”

“可莫时也是孩子的父亲！”迟母语调一扬，眼中也露出一分凶芒。翟香嘉赶忙对迟母说道，“妈，不用理她们了，咱们回去吧。”这就毫不客气地把许愿扯住迟母的手硬生生地掰开了。

迟母放任着翟香嘉的叫嚣，却也是一脸疲惫，“是啊，不理了。你们的事不要再问我，我也不想再管了。”

她这句话直把许愿打入了万丈深渊。

眼看她们这就要走，她只是把身子抵住门口，坚决地说道：“你们不能走！”

翟香嘉冷冷地看着倔强的许愿，冷笑道：“我刚才的话你是听不懂吗？你再这样无理取闹我就打 911 了！”

她只是充耳不闻，“不行，把孩子还给我！”

“把孩子还给你？”翟香嘉看了迟母一眼，深吸了一口气，强硬地说道，“那孩子是迟莫时的，上帝已经帮她选好了，她要跟她的父亲在一起。许愿，你别做梦了，迟莫时是不会把孩子还给你的。上帝不让，警察局也不会让。你要是不想一辈子都见不到孩子，我劝你最好松手，要不然，别怪我不客气！”

许愿只觉得自己置身于漫天雪地的南极，翟香嘉威胁的话让她无处反驳，更满是绝望。

“还不松手吗？”翟香嘉继续威胁。

许愿无助地站在那里，周围凉飕飕的空气冻得她四肢僵硬，可肢体再僵硬却也抵挡不住她想要孩子的愿望，两条腿就这样不听使唤地跪了下去，“我求你了，你让我见见孩子吧。”

“许愿，你疯了！”陈阿姨没想到许愿会突然间这么没有骨气，都什么年代了，居然还用这样的方式乞求。她赶紧上前去把许愿筹起来，“跟这种贱人求什么情？这世上还有没有天理啊！”

许愿泪如雨下，哪里还顾得上自己如今是有多么狼狈不堪，“我只有孩子了，我什么都没有，就只有孩子，你们为什么，为什么要连我唯一的孩子都剥夺……”

她的声泪俱下让许多母亲心有戚戚焉，饶是翟香嘉再理直气壮，还是惹来了全场的谴责，“你们实在太过分了，不管怎么样，她也是孩子的亲生妈妈，就算以后抚养权归你们，可你们不让妈妈去看孩子，也太不近人情了吧。”旁边的一个护工也挺身道：“许小姐，你不要怕，我有个朋友是做律师的，他一定会帮你的。”

翟香嘉冷哼了一声，“吵什么吵，我有说不让他们去看吗？”

大概是觉得这样僵持下去也不是办法，翟香嘉迫于压力，终于还是松了口。这当即给了许愿一丝曙光，胡乱地擦了擦脸，竟向仇人道起谢来，“谢谢。”

翟香嘉扫了她一眼，“不好意思，我这次只能带她去。”她的手指了指一旁的陈阿姨。

“啊？”满怀喜悦的许愿仿佛又被泼了盆冷水，“为什么？”

“因为我不想你坐我的车。”翟香嘉倒是毫不掩饰自己对许愿的厌恶，“你看着办吧，要么大家都别看，我帮你打 911.”她直截了当的拒绝，甚至把手机掏出来，即便所有人都对她的苛刻和无礼表示不满，她却毫不在乎。

“不用了。”不等她拨号，她就主动缴械投降道：“陈阿姨，你帮我去看看小久吧。”天知道，她想见孩子都想疯了。可是，可是，人在屋檐下，如何能不低这个头？

翟香嘉满意地翘了翘唇，收回手机，“这就对了。我们也不是不近人情，只要有些人不要太自以为是，下次就有机会一起去看孩子的。”她摆出一副施恩的模样，高傲地扫向陈阿姨，“还不走？”

翟香嘉终于成功找回了她的场子，她理了理衣服对陈阿姨道：“走吧。”

“喂！”陈阿姨还要再据理力争，却被许愿制止了。她哀求地看向陈阿姨，希望她能够妥协。此时此刻，她根本就什么都计较不上了。没有什么比孩子重要，只要她们能把孩子还给她，其他所有的一切她都可以忍受，可以放弃。

“哎，好吧！”陈阿姨不得不收敛起自己的脾气，拍了拍许愿的背，“有我去看孩子，你就放心吧，赶紧去床上躺着，小心落下月子病。”

她噙着泪点点头，目送着她们离开房间，在大家的同情和惋叹中，缩进被子里。

我在三峡重庆玩了好几天，本已经跟着旅行团到了重庆的江北机场，就要搭飞机回江城时，终于开了一下手机，来电提醒和短信蜂拥而来，直接把手机冲击地死机了七八分钟。

这些都是郑定的短信和来电，基本上每天都有十几条短信和十几个电话。每一条短信都透着他的焦急和关切，到后边甚至可以感觉到他在那边已经急疯了。

我回到江城之后，只跟他发了条短信说要回一趟老家，在他叮嘱了一些诸如路上小心之类的话后，我就干脆直接把手机关机了。我需要彻彻底底地想清楚，自己的计划是否该继续进行下去。可每当说服了自己，默默地做出决定时，下一秒想到无辜的郑定，又会有一丝犹豫。

在这一堆未接来电之中，还有几个是陈阿姨打来的。我想了想，还是给陈阿姨打了过去。

“许愿啊，你在哪里？怎么手机这两天一直是关机啊。”

“我……我在重庆旅游呢。”我回答道。

“一个人没事在外边旅什么游啊，多危险哪。”陈阿姨道，“你没什么事吧？”

“能有什么事。”我敷衍道，“找我有什么事吗？”

陈阿姨道，“没事就不能给你电话了？你这孩子，怎么就这么不知道好歹？这么多天有家也不回，电话也关机，去你租的地方找你，你也不在，差点把你爸和我吓得半死。好歹出门也该给我们来个电话说一声吧！”

老实说，因为陈阿姨待我总是有些苛刻，言语上也总是喜欢数落妈妈，我总是不大喜欢她。基本上能不回那个所谓的“家”就尽量不回。爸爸只希望这个家庭争执越少越好，所以明知道我受了委屈，倒也由着我在外头漂着。没事也一般不给我电话。可这次从美国回来，陈阿姨倒是明显对我亲近了许多。

我似乎也知道了一些她的为人，虽然有些市侩，虽然有些蛮横，但在美国与她朝夕相处一段时日，她倒是自始至终维护我的。我语气一软，“对不起啊，陈阿姨。下次不会了。”

“你没事就好了。”不知是不是因为我的语气变缓和，陈阿姨倒也十分和善，“许愿啊，不论有什么事，你都要跟我们说，千万不要一个人扛着，知道吗？我们是一家人，有商有量，什么事都能解决的，知道吗？”

她倒是很少跟我用这种口气说话，一时间竟让我有些眼眶湿润。

其实，从美国回来之后，我心情差到了极点，见谁都不愿搭理，或者干脆恶语相向。这一段时间也不知道是怎么了，我仿佛又回到了从前的许愿，而不是一心只想着复仇、夺回孩子的沈盼。

“许愿啊，下个周末是你弟弟生日呢，你还记得吧？你可一定要回来，咱们一家人一起吃个饭。”

一家人。

是啊，我还有他们，他们说到底也是我的家人，血浓于水的亲人。

陈阿姨还要再说什么，已经有一个电话等待插播进来，我看了一下来电显示，是郑定的号码。

这个号码有些针扎得疼，我犹豫了片刻，鬼使神差的，还是按了接听键。

“沈盼？沈盼，是你吗？”那头的声音焦灼、急躁，好像电话那端的人整颗心都悬在了空中。

我只简单应了一声，立马就听到话筒那头松了口气，夹杂着满心满肺的喜悦，以及一些难以置信，“你终于接电话了。你再不开机，我可就要报警了。”

我有些尴尬，只得胡诌了个借口，说道：“我的手机有些问题，所以就送去修了，今天才开机。对不起啊，没跟你事先打个招呼，害你担心了。”

“你没事就好。”郑定丝毫责怪的意思都没有，“沈盼，我还以为你生我的气了，可把我给吓死了。”

“哪有那么夸张……”

“不是夸张，是真的！”郑定认真地坚持着，“这些天我到处找你，把江城都翻遍了，还去了一趟你的老家，可是都找不到你。”

“你去了我的老家？”我一怔，印象中，我并没有跟郑定提过我的老家在哪里，他又能上哪里去找？

“是啊。”郑定停顿了几秒，忽然轻声说道，“沈盼，我想你。发了疯一样地想你。你现在在哪里？我去找你。”

“郑定，不要过来！”我脱口而出道，这句话冲口而出时，有些后悔却又有些释然。

在郑定不确定地问了一句“什么”时，我竟然又重复了一遍，对他说，“郑定，不要来找我了。你也找不到我的。我跟你一开始就是一个错误，你我之间，就这样到此为止吧。”

“什么……”没等他问完，我就把电话挂断，直截了当地按了关机键。

说完这话的时候，我已隐隐有些后悔，就这样，没想到，我就这样放弃自己的复仇计划了。

耗费了这么多的心力，付出了这么大的代价，眼瞅着离自己的目标越来越近时，我却轻而易举地缴枪投降了。

我真希望自己能够狠下心肠，能够变成另外一个人。可是，努力了这么久，在听到郑定在那头诉说着对我的想念，诉说着他的疯狂时，我还是一下子就心软，一下子就功亏一篑了。

我终于知道为什么在这么短的时间里头我的戾气会减少那么多，是因为郑定。他不可理喻的喜欢，他不顾性命的付出，多多少少还是让我动容。我从他的身上仿佛看到了自己从前的影子，却也在不知不觉之中又找回了从前的那个自己。

我固然还是恨着迟莫时，但也不能因为这样就牺牲掉另一个为爱痴狂的人。否则，对于郑定而言，我和对待我的迟莫时又有什么分别？

我想了想，把手机里头的SIM卡拔出来扔进了垃圾桶。沈盼不过是我为了接近郑定，重新改的名字，编造的身份。如今，我既然已经不打算再利用他，那就让沈盼从他的世界彻底消失吧。只是，我也不可能同他去解释什么。

就在我把卡扔掉的同时，却看见对面胡广励携着一美女笑眯眯地朝我走来。见我看到他，轻捏了一下美女的腰，那美女便识趣地翘着臀到一边去了。那美女自然又是个新人。

“胡总是专程来找我的？”到底还是胡家路子多，不像郑定只知道干着急。

胡广励用眼示意了一下我旁边的垃圾桶，“你这样子，不是害那块木头自焚么？他这几天可没少发神经病。这家伙是不鸣则已一鸣惊人，谈个恋爱搞得到处鸡犬不宁。”

“长痛不如短痛。我和胡总一样，也是为了他好。”我平静地说着，转头看他，“胡总不是跟我说，让我趁早离开吗？我已经在这样做了，您和董事长应该支持才对。”

胡广励只是笑眯眯地说道：“既然那块木头太当真，干吗不认真考虑下他，说实话，这小子还是不错的。”

“我知道，就是因为他好，所以才不忍心祸害啊。”我也半真半假地笑了笑，朝他挥了挥手，

“看来你是铁了心要把那块木头给扔掉了。”胡广励苦笑着摇了摇头，“闹了半天，我还真看走眼了。”

倒有些扫兴似的。

我不想同他继续说话，偏巧登机口的工作人员广播登机，我趁机

说，“对不起，胡总，我要登机了。”

“等等！”胡广励忽然伸手拉住我，我愕然地看着他，不明所以。

“我看你还是先不要回江城了吧。既然你打算跟他一刀两断，那么短期内，就不要再出现在他的视线里。我和我哥会拖着他，不让他胡来的。”胡广励叹了口气道，“你也不希望和他纠缠不清，影响你下一个目标吧。”

我定了定，答应道：“好，我可以暂时不回去。”

胡广励则从钱包里掏出一张卡递给我，“密码是郑定的生日。或者你可以去国外走走，东南亚很多国家风景不错，而且是落地签。就当是去散散心也好。”

我看了一眼，没有伸手去接。“胡总的好意我心领了。不过，我不需要。”我的确是需要钱，但我放弃郑定可不是为了换钱的。

见我的模样很坚决，胡广励倒是一副茫然的样子，哭笑不得，“那我还真是搞不懂你了。你不为钱，又不要一个爱你的人，那你费了那么大工夫又是做什么？”

做什么？我苦笑着朝他摆手再见，“可能我也跟郑定一样，疯了吧。”

第十章　今生的擦肩而过

我继续留在了榕城。之前的想法行不通，我只有考虑用别的方法把抚养权夺回来的。刚到江城的时候，我也曾经找江城的律师事务所咨询了个遍，他们听了我的描述，都表示有些棘手，可当听了我要告的对象是迟莫时，一个个就立马偃旗息鼓了。有个大律师甚至还说道："他们的代理律师团是 K&E，连续五年被评为全美最佳律所呢。再说了，你这胜算本来就不高，人家财大气粗的，你想跟他们的老总争抚养权，那不是痴人说梦吗？"

虽说知道迟莫时的人不多，但若说起他主持设计的几个项目，江城只怕无人不知。想要在江城立足混下去的事务所，多半是不大愿意趟这趟浑水。

我只好在重庆四处咨询。倒是有那么几家事务所，听说了我的情况，表示想要争夺抚养权也不是全无可能。甚至有两家规模较小的律师所，对我表示很想接下这个案子。我大概也知道他们的想法，想要借这个案子炒作一下自己的名气。就算是输了，因为实力悬殊太大，也没什么丢脸的。只是，我却不大敢冒这个险。也有一家大律师愿意帮我，只是价钱实在高。而且他们都劝我要利用舆论的力量，譬如雇些水军转发一下微博，把这件事在网络上炒热起来。不论如何，都需要有一笔高昂的费用。

该如何去筹这笔钱，对我来说也是个大问题。

在重庆待得越久，了解得越多，我心里就越是没底。找律师似乎是最名正言顺的方法，可现在瞧来却又是希望最渺茫的法子。

这些日子，我要么就是在酒店里查资料，要么就是在各大律师所里咨询，以至于都忘了回去给许诺庆祝生日。等我想起时，已经是周末，他的生日都已经结束了。

我赶紧给许诺打了个电话过去。那边很是嘈杂，许诺过了好久才分辨出来我的声音，“姐姐，你终于给我电话啦？”

“对不起啊，现在才给你电话。姐姐回去以后给你补过生日。”我有些歉然道。

“没关系的。”许诺倒是满不在乎，听他的声音似乎还有些兴奋更有些气喘吁吁的。

我有些好奇，“这是在哪儿呢？”

“我和同学在欢乐谷呢。”许诺高兴道。

“哦，是嘛，难得陈阿姨这么舍得，是不是期中考试考得不错？”我话还没说完，许诺就说道，“没有啊。我也不知道我妈是怎么了，居然让我请全班的同学来欢乐谷呢！哈哈，姐姐，你不知道，我现在在我们班可威风了。男生都拜我做老大，我们班好几个女生还对我表示好感呢！”

“是吗？”我一怔，心里头微微有些感到不对劲。那欢乐谷门票少说也要一两百一张，全班几十号人都去玩，没一万也大几千了，陈阿姨又没工作，靠我爸当老师那点收入，怎么可能花这么大手笔让许诺这样挥霍？

许诺平日里在班上并不受重视，如今这样花钱，如何不讨人喜欢。他很是得意地说道："是啊，姐姐，你是不是给我妈洗脑了，她一回来还给我买了个 IPAD 呢。把我的同桌给羡慕死了！"

"她一回来？从哪里回来？"

"从美国啊！"许诺刚一说完，忽然喊了一声，"糟糕！我妈说让我千万不要告诉你的。姐姐……你千万不要告诉我妈说你知道啊，否则她一定打我，而且再也不给我买了！"

我的心渐渐发木，都不知道自己是怎么挂了电话的。

那天，陈阿姨去了好半天，到夜里十一二点才回来。回来也只跟她粗略地说了句"孩子挺好的"，就转身回房间了。

她心里头记挂着孩子，披着衣服就去找陈阿姨细问，一进门，却见她把什么东西往皮包里头塞。

陈阿姨见她进来，忙张罗着她往床上躺，"夜里起来对产妇最不好了！赶紧到被子里捂着！"

她听话的钻进被子，屁股刚贴着床就一连串地发问，"孩子怎么样？没有生病吧？他们请了保姆照顾吗？喝奶睡觉都正常吗？"

陈阿姨也不急着回答，挨着她在床上坐着，自顾自地说了起来，"许愿，你来美国也有差不多 6 个月了吧。哎，我也来两个月了。哎，从前都是听人说，美国多好多漂亮东西多便宜。要我看，也就那样子。别看那些老外一个两个对你多礼貌，一见面就给你说哈喽，其实打心眼里就是瞧不起你。那些假洋鬼子就更过分了，仗着自己有个美国身份，就不把人当人看，那嘴脸比旧社会的地主婆还丑陋！要我说，还是趁早回国内得好，自在。我们出来这么久了，也不知道小诺和你爸过得怎么样，你爸做的饭那叫一个难吃，不知道小诺都瘦成什么样了……”

“阿姨，你想小诺了吧？”她看了陈阿姨一眼，她固然市侩，固然自私，但这段独处的时间，却也让她多少对陈阿姨心存感激。毕竟她跨越重洋，抛下小诺，在这里陪伴着她，却也十分难得。她正想劝陈阿姨早些回去，陈阿姨就已经说道：“许愿啊，再过几天你也差不多出月子了，我们一起回国吧。”

“阿姨，孩子我还没要回来呢。”许愿心里明白迟家只怕没那么容易把孩子还给她。想要这么快就回去，只怕是不可能的。

谁知陈阿姨竟说：“那孩子你要不回了。”

她诧异地看着陈阿姨，不明白她怎么就说起丧气话来，长他人志气灭自己威风。

“我的意思是，迟家也就这一个孙子，你和他们闹得越僵，他们越不会把孩子还给你了。凡事都应该有个度，今天你是有点过火了。”

“我过火？”她一怔，若不是翟香嘉那样挑衅，她又怎么会强硬？而且今天这样的情形，明显是翟香嘉欺人太甚，她也能叫过火？

陈阿姨又道：“虽然迟莫时不像话，但其实迟家也没你想的那么糟，不管怎么说，他们接咱们来美国，请人照顾你吃喝拉撒，也没少花钱。你看，临到走了，还给咱们买了机票，还是头等舱的。”

她只觉得大脑有些短路，明明白天还慷慨激昂的陈阿姨，怎么到了夜里就像变了个人似的。“阿姨，你该不会是拿了他们什么吧？”

她下意识地看了一眼床头那鼓起的皮包，陈阿姨一把将它抱在怀里，急急地辩解道：“我能拿什么？！我就算拿什么，难道会是为我自己拿的？你真是不知好歹！我抛下小诺和你爸，跑来照顾你，难道我的心还会向着外人不成？”她的声音一下子高亢起来，惹得值班的护工过来提醒。

许愿死死地咬住唇，不想与她争辩，只是坚持道：“孩子是我的，我无论如何都得要回来。”

“我有说不要孩子吗？”陈阿姨道：“孩子当然是要的。但是要孩子这件事，咱们得慢慢来。你跟迟家硬碰硬，是绝对没有好果子吃的。现在他们既然希望你回去，你就顺着他们的意思回去好了。”

“凭什么？”她气得发抖，“我才是孩子的妈妈，可是我从生下她连见都不让我见一下！这说得过去吗？我不答应，不要到孩子我绝不回去！”

陈阿姨也急了，“你待在这里就能要到孩子了？许愿，你也听翟小姐说了，你的签证到期了，到时候就算迟家想把孩子给你，美国政府也不会同意的。你就算赖在这里，你也要不到孩子啊！”

她立马变得颓败起来。陈阿姨说的不假。她下午的时候也问了一个坐月子的妈妈，翟香嘉的话绝不是危言耸听，孩子的父亲是美国公民，一旦她逾期停留，根本就失去了和迟家争抚养权的资格。更何况，翟香嘉与迟莫时结婚，一个资本家，一个名校博士，都是社会的精英，不像她一无所有，换成她自己做法官，也会认为那样的家庭对孩子更有利吧。

“许愿，”陈阿姨拉起冰凉的手，“咱们先回国去。大不了，咱们一回去就赶紧想办法再过来。在洋鬼子的地盘上，不管怎么着，还是得按照洋鬼子的规矩办事吧？阿姨答应你，咱们这次回去了，回去了就会办好了签证再过来的。到时候一定把孩子要回来！”

她没有再据理力争下去。想到白天翟香嘉的咄咄逼人，想到陈阿姨说的不堪景况，她只觉得无助与绝望，“我真是不懂了，之前不想让我把这个孩子生下来的是那个女人，现在我生下来了，她又非要把我的孩子夺去。这到底是为什么？她不是都要跟他结婚了吗，他们会有自己的孩子，又为什么要霸住我的孩子不放呢！”

白天她听到翟香嘉喊迟母“妈”的时候就已经预感到了，后来月子中心的护工又过来告诉她，听到翟香嘉临走的时候用英语打电话订鲜花和教堂。

她早已经心死。

曾经她也想过，若是有一天能够嫁给迟莫时，她们的婚礼会是怎样的。迟莫时心情好的时候也敷衍过她，说要在美国的大烟山办一场西式的，在她的老家办一场中国传统的。还说，都要在六月的时候，因为这两个地方都有着世界罕见的同步萤火虫。

“哎，她也是不得已吧。”陈阿姨居然叹了口气，但很快就意识到自己站错了队列，便连忙撇清道，“我的意思是，翟小姐跟你是情敌，要是照顾你，那真的是刘三好转世！倒是那个迟莫时，嘿！好歹也和你在一起好几年，出了这样的事，一点表示也没有，只说让你赶紧回国去。不管怎么说，他要是有心，能够来陪陪你，这事也未必就那么难啊！”

她听得只觉得腹中翻江倒海，她立马跳下床，转身回房去拿手机，可是拨了无数通，最终都只会剩下机械的女声在重复着一句话，“您拨打的电话暂时无法接通，请稍后再拨……”

是啊，倘若他有心，倘若他心里还有一点点她，便不会任由她们夺走她的孩子，逼她离开。她原以为自己深深爱着的那个男人，也一样爱着她，纵容着她。可直到现在，她才不得不正视现实，他的爱从未给过，而他对她的纵容，也不过是纵容他人对她的伤害罢了。

她看了一眼跟过来的陈阿姨，用最平静的口气对陈阿姨说：“我们回去。”

我给陈阿姨挂了个电话，那边一接起就响起了她招牌式的尖锐声音，“许愿啊！你怎么又闹失踪了？哎哟，上次我话还没说完，你就挂了电话。再后来就打不通了。你知不知道这些天，有多少人找你！我这里都快成你的收发室了！你到底去哪里了？”

我听得心里一阵烦躁，打断她的问话，“陈阿姨，签证的事办得怎么样了？”

“啊？”陈阿姨显然有些意外，但旋即就说道，“我这不是隔两天就去催一下旅行社那边吗？她们说了，等材料全部填好了，准备齐了，就会送到什么签证中心去。”

“什么材料需要准备这么久？别人不是几天就弄完了吗？”我已经忍不住质疑起她来，“陈阿姨，你到底有没有把材料交给他们？”

“你这孩子怎么这样说话的？我当然有把材料交出去？难道我还不希望快点办好吗？”陈阿姨被我一怀疑，嗓门立马就提高了八度，那尖利的声音都把电磁波都干扰得嗞嗞响了。“我知道你心急，可是心急吃不了热豆腐啊。你又不是不知道，办签证还要什么财产证明，房产证明。我跟你爸又一分钱存款没有，房子还是学校的，连个房产证都没有。这些材料你要旅行社帮你去整理 ，不要时间的啊？是啊，别人是有几天弄完的，你要是能撒一大把票子给旅行社，他们当然办事快了。可咱有那个实力，有那个财力么？”

“没那个财力？那您怎么就有钱让许诺请全班的同学去欢乐

谷？！”我一激动，也顾不得许诺的嘱咐，脱口而出道。

“……”电话那头的陈阿姨明显有一丝慌张，“什么欢乐谷？许诺跟你说的？小孩子家吹牛皮的话你也信？！”一句话便想要把这件事敷衍过去。

“陈阿姨，不管怎么说，我还是一直把你当亲人，可是，你到底是不是我的亲人啊？”我说着说着，便感觉到自己的双唇都在哆嗦，牙齿因为寒冷而格格地颤抖起来。

守着便利店正看电视的女老板都忍不住看了我一眼，重又回去嗑着瓜子。

“你这是什么话？你现在是怀疑我什么了？许愿！你就是这样怀疑我，这样不相信我的！好啊，好啊，让你爸爸来评评理！”陈阿姨大声地嚷嚷着，硬是把爸爸拖了过来。

爸爸似乎还有些搞不清楚状况，隔着电话有些疲惫地问，“这是怎么了？小愿，是不是你出什么事了？”

“没什么。”我犹豫了一下，终究还是没有把对陈阿姨的怀疑说出口。毕竟我现在只是捕风捉影，又没有确凿的证据证明陈阿姨拿了迟家什么。一旦我说出口，这便是撕破脸了。

“没事就好。”爸爸叹了口气，“小愿，你别一个人在外头漂着了，没事还是回家住吧。家里也不是没地方。”

我心里一酸，没有回答他，只是岔开话，“这几天你们还好吧？”

“还好，还好。”爸爸答应着，“对了，小愿，这几天有人找你找不到，就把电话打到家里来了。”

“有谁找我？”

“是啊。那个画室的老板打电话找你，说有人要买你的画，可又联系不上你。”爸爸说道。

“是吗？这是好事呢。我这就给他打电话。”我心情多多少少轻松了一点，正要挂电话，爸爸就十分着急道，“还有，还有！别挂电话！”

“上次你阿姨就想跟你说的，可是你挂电话挂得太快，你们公司的领导找你好多次了。”

我一惊，“我公司？”一下子有些反应不过来，“是哪个公司？”

“哦，是一个什么制药公司？我就奇怪了，你怎么会在制药公司上班，而且，还说你叫沈盼？小愿，你改名字了？”

爸爸的话犹如五雷轰顶，我的手脚瞬间冰凉，差点都要拿不住电话，津液在喉咙里翻滚了两道，我才听到自己的声音空洞地问，“您说的领导姓什么？”

“姓郑。对，姓郑，他说他叫郑定。之前就打了好几个电话过来，还亲自来了一趟呢。可是我们也不知道你去哪里了，提供了几个地方，他都没找着你。小愿，你们领导对你很关心啊。”

一股血气往大脑直冲，我只觉得头有些昏，险些站不住，“你……你都跟他说什么了？”

“没……没说什么啊？”爸爸讷讷地回答着，“我就只是问他，怎么你改名了也不告诉我们一声。”

“咚——”我双膝一软，再也抱不住电话，整个人就沿着柜台滑了下去。店里头的老板娘瓜子也顾不上嗑了，赶紧过来扶我。

“喂！喂！”电话那头也传来焦急地叫唤声，可我却是听不见了。

沈盼的本名原来叫做许愿。

许愿就是沈盼。

郑定，他现在终于还是知道了。

一切都真相大白了。

从路易斯维尔并没有直飞中国的飞机，需要先到芝加哥，再飞去上海。

迟莫时在国内的助手小薛开车把我们从路易斯维尔一路送到芝加哥的奥黑尔国际机场。相比于当初，从国内刚过来时，迟家一家老小都到机场迎接，今日走的时候，境况免不了有些凄凉。

小薛陪我们到航空公司的柜台去办手续并托运行李，头等舱不用排队，小薛一会儿就帮我们办完了手续。只是因为中途航空公司的人表示，头等舱全满，想替商务舱一位带着婴儿的母亲询问我们是否愿意和她们换位，小薛委婉地表示我刚刚生完孩子，十几个小时的飞机如果不能躺着，对身体不好。可陈阿姨一听说如果同意换位可以拿回头等舱和商务舱中间的差价，立马就表示她愿意坐商务舱，她一定要让给那一位母亲。待小薛走后，陈阿姨非常高兴地表示，“太划算了。其实我上次坐商务舱来的，也已经很舒服啦。虽然没享受到头等舱有点遗憾，可是稍微差一点，就可以拿回几万块钱，这种便宜上哪里去占啊！哎，要是飞机上还有人想要跟你换，那该多好！”

于是，当我登机的时候，隔着走道那头原本属于陈阿姨的座位，赫然坐着个小婴儿。那是个不过三四个月大的婴儿，她母亲一手扶着她坐直，她则瞪着那双乌溜溜比窗外天空还要明净清澈的眼睛打量着飞机上陌生的一切事务，时不时地会发出“呵呵”的笑声。她的母亲是一个白人，约摸有三四十岁的年纪，孩子则是明显有着东方血统的混血儿。也不知这位妈妈是不是要去中国和孩子的爸爸一家团聚。

看着那可爱的孩子以及眼里充满了爱怜和满足的妈妈，我只觉得喉头发苦，后悔没有坚持替换陈阿姨坐到后边去的。我想我的神情是恍惚的，以至于坐在我另一边的人跟我打了好半天招呼，我都没有反应过来。

大概是觉得飞机太吵，所以我没听见。那人索性站了起来，从他的座位侧过大半边身子往我靠过来，我吓了一跳，差点把空姐刚刚摆上来的零食和饮料给撞翻。

他浑然不觉我，只是热情地朝我伸出了他的手，“嗨，你好。”那是一位男士，戴着一副边框很厚的眼镜，看起来文质彬彬，年纪没有三十也应该是二十七八，不知道怎么会这么没礼貌。

我喝了口水，低头系安全带，并不想搭理他。

他只以为我听不懂中文，换着用英语问了一遍好，又问我是不是中国人，明明我很不热情，却并没有打击他的热情，甚至在一旁自我介绍，“我叫郑定，十七岁来的美国，在这边读了将近十年书。目前在国内江城工作，你呢？”

他的示好并没有换来我对等的友好回答，我甚至把登机牌藏进包里。

我实在没心情跟陌生人说话。

原本这次回国，便是被逼无奈。再加上，一边是婴儿和母亲其乐融融的画面，另一边是这个名叫的郑定家伙时不时地聒噪搭话，直让我心里头的烦躁又添了几重。即便我把耳机戴上，听着轻音乐，可我还是没办法静下心来在速写本上好好画一张画。

那个郑定显然不是一个识趣的人，甚至在这方面有点厚脸皮。我画画，他便说：“你喜欢画画啊？我也喜欢。你要不要看看我画的？”迫不及待地就去从旁边的柜子里翻他的包。

飞机起飞后，空姐送上菜单，他见我英语并不好，便自告奋勇地给我逐字逐句翻译菜单上的内容，不管我听还是不听。

他的热情友好已经把我逼到了一定的份上，他这种行为让我更加的反感。或者说，那个时候的郑定，并没有给我任何舒服友好的感觉，我只是把他当成一个十分不礼貌、轻浮浪荡，一上飞机就想着跟女人搭讪的有钱公子哥。

我讨厌旁边的郑定。不知道自己怎么这么不幸，会被这样一个人骚扰。我不等冰激凌点心上来，就急急地撤了餐，放平了座位，直接躺下睡觉了。

令人讨厌。那便是我对郑定的第一印象。甚至是那十几个小时旅途中的唯一印象。

快要下飞机的时候，郑定终于按捺不住，把他的名片强塞进我的手中。我还从来没遇上这么“流氓”的行为，当着他的面就想要发作。郑定以为我要把名片丢掉，顿时有些手忙脚乱，“喂，你先别急着扔。那个，我一向不是很会跟女生聊天，对不起，我知道我刚才的表现可能比较差，所以才会让你讨厌。其实，这不是我的本意，只是因为能遇见你，我真的太高兴，高兴得有点得意忘形了。你千万不要误会，我绝对不是你想的那种人。”

我觉得这人真是极品到家了，不由好气道：“你怎么知道我把你想成哪种人？”

“先生，您的表现一点也不差。我相信您的表现就是您为人的真实体现。不过很抱歉，我本人对您实在没兴趣，相信也没有联系的必要。”我把名片扔回给他，拎着包就走出了机舱。

才走了几步，郑定就急急地追了过来，“喂，你别走！”说着，还伸手拽住了我。

我诧异又警惕地看着他，他赶忙把手松开，但是又很怕我走开，“我不知道该怎么说，你才能明白我现在的心情，我真的觉得，能再遇见你，这是一种缘分。”

看着一脸“真诚”的他，我不禁冷笑，这都是什么年代了，还有人用这种方式搭讪？这不是老土，而是猥琐。

郑定显然从我的脸上读出了嘲讽，不由面色发红，“真的不是你想的那样。不错，我是看到你就对你有好感。但不是因为上飞机的时候，而是更早之前。大概是一个月前，在肯塔基州的路易斯维尔。”

我一怔，我是在芝加哥登机的，他没有道理知道我之前是在哪里。“你真见过我？”

“是啊。”郑定倒是记得格外清楚，“是在路易斯维尔市中心的诺顿Health care Center，你应该去过那儿，对吗？”

“哦，是吗？你记错了吧。”提到那个地方，我便只觉得心痛，下意识地就想快步离开。

郑定却斩钉截铁地说：“我没有记错。肯定是你！你是我睁开眼看到的第一个人，我甚至还记得你那天穿得是什么衣服！”他有些着急地说道，“我当时就对你印象很深刻，可是你走得太快，我根本就来不及跟你说话。没想到还能在飞机上遇到你，你不觉得这是一种说不出的缘分吗？不是有句话说，前世五百次的回眸才换来今生一次的擦肩而过吗？”

我愕然地看着他，像看到一个怪物一样。显然，郑定也意识到他这番说话有些矫情，并没有如他所预期的那般引起我太多的共鸣。

“我没有骗你，我们真的是第二次相遇了。”他说着还从裤兜里掏出手机，翻着手机里的照片，“你看，这就是诺顿中心，你真的没有印象吗？”

“还有这张，这是我当时的照片，我和我姐姐，就在诺顿的门口，我还坐在轮椅上。”

我直觉得可笑，这个人是有多么的饥渴，是有多么的想要跟我结识，“你下一句该不会是要说，你第一眼看到我就认定……”我嘲讽地话还没有说完，后边的字就像是突然被喉咙卡住，再也说不出来。

因为我的眼睛瞥到了他手机上的照片，一个熟悉的面庞映入我的眼帘，是翟香嘉。

我以为自己眼花，下意识地就把他的手机一把抢了过来，“她是你姐姐？”

“是啊。”郑定见我终于有了反应，不禁松了口气，“怎么样，你有印象了吗？”

我有印象，我怎么会没有印象，原来当初那个坐在轮椅上的人是他，而翟香嘉奔向的人就是他。

“她是你表姐？”

“不是，是我亲姐姐。我们姐弟俩感情可好了。”

“那她也姓郑？”

“那倒不是。”郑定似乎有些不愿回答。只是看我，“你是不是想起来了？终于知道我不是在胡编乱造了吧，你现在是不是觉得很巧了？”

我仰起头仔细地打量他，原来他竟然是翟香嘉的亲弟弟。“巧。真是巧。”我在心里冷笑。

“其实我本来计划早点回国的，但我姐怕我手术后有什么反应，非要多留我几天，正好陪一下她和姐夫。幸好，多留了几天。”他笑着，笑得像朵水仙花。

“是吗。那你真该好好陪一下你的姐姐、姐——夫。”我一个字一个字地吐露着，强忍着喉咙里涌上来的恶心感。

“现在能够认识一下，做个朋友吗？”他重又把那张名片递给我，真诚地等待着我的回答。

“跟你，做朋友？”我盯着他，直觉得这是今年听到的最好笑的笑话。如果可以，我真希望跟他们不要有再见面的一天，永生永世不用见面。

“是啊。”郑定见我脸色难看，还以为我晕机的症状还没有缓解，偏偏背后的空姐急急地跑了出来，告诉郑定他的行李还落在了飞机上。郑定连忙对我说：“你等我一下，我去拿行李，马上回来，一会儿陪你出了机场，呼吸一下新鲜空气你就好了。”

我瞥了一眼他急匆匆回去的背影，头也不回地就快步离开了。

第十一章　追爱

那个时候，我对于郑定并没有想法，对他不过是有多远躲多远。若不是回来后与律师的一次详谈，我也不至于会要把郑定拉进来。

那律师听我说完情况，顿时傻了眼，“是谁告诉你签证到期了，你就要不回孩子的？你是孩子的亲生母亲，不论是谁都没有理由阻止你跟孩子团聚。孩子的父亲也没这个权利！你如果以这条罪名起诉他，法官肯定是判孩子归你啊。”

“可是，可是，他们都说，如果母亲的签证到期，逾期不回，就会丧失孩子抚养权啊。不是说，如果逾期不回，就会被禁止再进入美国吗？”

“这个也分具体的情况，对于这种因为生孩子逾期不回的情况，美国政府是比较宽容的。就算你没申请延期，逾期半年以内，也没什么大的影响。半年以上，才会被禁止三年内不许进入。再说了，你作为监护人，就算签证过期，大不了就是把孩子带回中国，也没什么大不了的。”

我心里隐隐感到一丝不安，连忙给陈阿姨打电话，好催促她快些办理签证重新回去。谁知陈阿姨却说道：“许愿啊，从今天开始，你每周去见两次心理医生吧。”

“看心理医生？为……为什么？”

“哦，这是迟家的意思。”

“迟家？我为什么要看心理医生？！”我有一种说不出的愤怒，“他们这是什么意思？”

“迟家的意思是，在确保你心理健康的情况下，她们会……会给你邀请函，这个，不是办签证的时候需要的吗？”不等陈阿姨说完，我就打断道，“我不需要他们的邀请函！我已经咨询过律师了，我是孩子的母亲，我有权直接去美国要回我的孩子！”

我挂断电话，律师却已经改了口，“本来你留在那儿，你想要得到孩子的抚养权，是很容易的。毕竟这个孩子是非婚生子女，你又是孩子的妈妈，一般都会判新生儿给母亲的。但是你现在把孩子抛下，一个人回了国，这等同于是放弃孩子的抚养权。那边完全可以据此向法庭申诉你对孩子的漠不关心，这个对你是非常不利的。而且，听这意思，那边可能还会向法庭出示证据，表明你有心理疾病，不适合照顾孩子。美国的社会非常看中孩子的成长环境，如果是这样的话，你这个 Case 难度系数还真是很高了……”

我只觉得五雷轰顶，都有些怀疑自己是不是处在人间了，“你的意思是，他们故意把我骗回来，就是……就是要骗我自动放弃孩子的抚养权……”

为了霸占孩子，他们便是这样的无所不用其极。

迟莫时，你就是这样地爱着翟香嘉，任由她把我推向万劫不复的地狱。即便是个萍水相逢的陌生人，也不至于这么算计这么心狠。我和他的这两年，究竟——究竟都算些什么。

噩梦便是从那个时候日日夜夜的缠着我，而郑定便也是在那个时候，重新进入了我的视野。

我拿着他的名片，开始了我的计划，找到了他的公司。

是郑定先向我表示好感，是他自找的！我本不想害他，不想再和迟莫时、和他们有什么瓜葛，可既然翟香嘉用这样卑鄙的手段逼迫我，我为什么不能够这样对待她们的弟弟？就算要下地狱，我也要拉着你们一起陪我！

俗话说得好，无毒不丈夫。我就是因为所谓的妇人之仁，因为自己的心软才会被迟家骗，被翟香嘉骗，甚至被陈阿姨欺骗。现在我就算后悔，却也已经来不及了。因为就在我纠结反复的时候，郑定已经从爸爸那儿知道了真相。

我的计划彻底地失败了。

我看着手中的那张 B 超照片，那还是去年我确诊怀孕后，和迟莫时再到妇幼医院做详细检查时的照片，那时候孩子刚刚五周，就算是做 B 超，也只能看到一个小小的孕囊，我一开始还总是什么也看不出来。原本想着要把孩子的这些 B 超照片好好攒起来，等她长大了好一齐给她看。却怎么也没有想到，那竟是在我手中的唯一照片。

说来真是可笑，怀胎八个多月，辛辛苦苦地把孩子生下，我却一张孩子的照片都没有。别说是孩子的照片，便是怀孕时期的 B 超照片以及其他有关孩子的任何资料和物品我也都没能留下。若不是怀孕的辛苦和分娩时的疼痛那样真切，我都险些要怀疑自己是不是真的生过孩子，是不是真的是一个母亲。

我摩挲着这张照片，浑浑噩噩地朝酒店走去。这恨是无处发泄，孩子也要不回，我不知道自己究竟该怎么办？

“沈盼——”耳侧仿佛有嗡嗡的人声，听起来竟有些像是郑定。

郑定？我怎么会想到他。

“沈盼？”还是他的声音，好像离我又近了一些，更加真切，但却又像是带了几分不确定。

我蓦然回头，眼前站着个男人，一脸胡茬，形态佝偻，不知道的还以为是从拘留所里刚刚放出来的嫌犯，可那个人，分明就是郑定。

我几乎以为自己眼花。郑定也是神情激动，“真的是你！”

眼看着他就要朝我冲过来，我下意识地就往外直奔，没走两步，就已经被郑定死死地箍住不放，“为什么？你还要躲我躲到哪里去？！”

他的声音有些失控，在空荡的酒店里头听起来格外地响亮。

“为什么！”我不禁十分羞愤，不知道郑定怎么会找到这里来，还对我死咬着不放，“你都已经知道了，就该知道这不能怪我！你找我干什么！”

现在不过是中午，又不是周末，我们的争执显然在这家快捷酒店里头有些突兀，前台的工作人员赶紧冲过来，“先生，您冷静一下，有什么事好好说，先放开她吧！”

见郑定依旧一动不动，那工作人员只好说：“您再不放开这位小姐，我们只好打110了！”见我拼命挣扎，两个工作人员只好过来掰郑定的手。

郑定的手还缠着纱布，本就没多大力气，现在又被两个男人熊抱，一人抠着一只手，眼看着就要被分开，他不禁嘶吼道：“不放！我说什么也不放！”

我还从来不曾见郑定这副模样，面目竟有些狰狞，不知是不是因为他这分凶狠，那两个工作人员吓了一跳，手上劲一松，郑定重又抱住了我，只是他的语气瞬间变得虚弱和绝望，“我这回说什么也不放。我要是一放手，你又不知道跑到哪里去了。”

我不懂郑定这是什么意思，看那两个男人站在那儿出神，怒急了，“你们还站在那里发什么呆啊！还不把这个神经病弄走！你们酒店难道没有义务保证客人的人身安全吗？！”

郑定一怔，似乎没想到我会这样说。手上一松懈，马上就被工作人员架了出去。那两个工作人员一路把郑定“送”出了酒店，又怕他还要进来，只好守在门口堵着，“先生，您这样我们很为难的。”总算是把他暂时拦下了。

我被郑定这一闹腾，也气得是满脸通红。此时前台一个女工作人员走过来问我有没有事，虽是好意，我却是怒气未消，不由怒斥道：“你们是怎么做酒店的？就这么随便把住客的资料告诉别人吗？万一出什么事，你们是要负法律责任！”

郑定肯定事先就问过这边的服务台。要不是他们把我的资料透露给他，他又怎么会站在这里等我？

“对不起，对不起。”女工作人员道着歉，见我怒气冲冲地回房间去，她赶紧跟过来解释，“是因为那位先生说是您的男朋友，他说您的手机关机，一直联系不上您，他怕您出事，所以问我们，您是不是住在这里。”

“他说是我男朋友，你们就信？”我冷笑道。

“当然不是。”她连忙否认，“他给我们看了你们的合影，还给我们看了您的资料。喏，您看，他还把您的身份证复印件也给我们了。我一看他资料准备得这么详细，而且他又那么着急，那么紧张在乎，我们这才告诉他的。不信，您看——”她说着，便把她手中的两页A4

纸递给我。

那是两张身份证的复印件，一份是公司的存档，姓名是沈盼，另一份也不知郑定是从哪里弄来的，姓名是许愿。他还真是费心，不知道我以哪个名字入住，索性两份都带着。

我怒气未消，“有我的身份证复印件又不代表什么！总之你们这样泄露客人资料，是一件非常危险的事。我要退房！”

这里是没办法待了。我基本上是打算直奔机场，能有哪班飞机就坐哪班飞机离开。

“不如这样吧，您今天的房费就由我们酒店来承担，如果您坚持要退房，我们配合您。”那女工作人员说完，见我开门进房间，还是有些忍不住说道，“其实，我觉得您男……那位先生真的很关心您。我知道这是您的私事，可是作为旁观者，我真的觉得那位先生挺可怜的！”

我顿时对她横眉冷对，这年头管闲事的人还真是多！哪知道她也冷冷看了我一眼，扭头就走，倒好像我才是那个无理取闹的人。

我气得“砰”的一声把门给关上了。这世上的人都瞎了吗，还是良心都叫狗给吃了？一个个居然都口口声声说坏人可怜。郑定他哪里是关心我？他分明是来找我算账的！

我一进门便给自己灌了大半瓶矿泉水，这才让自己的火气稍稍平息了些。可冷静下来想到刚才那个女服务员的话，我隐隐觉得有些不对劲。郑定刚才的表现，倒——确实不像是找我算账的。

按道理，他知道我是谁，就该知道我为什么会刻意接近他了。以他的性格，应该恨不能把他从前对我的喜欢都否认得一干二净，又怎么可能会跟别人说他是我男朋友？就算是为了知道我的下落，但现在都已经见到了，那么他那种失而复得的紧张与喜悦又是做给谁看的？

再仔细想想爸爸跟我说的话，是了，上一次陈阿姨打电话给我时，郑定就已经找到家里去了。那时候郑定就说他去过一次我的老家，显然那时候他已经知道我的真实姓名。可那次通话，他只是一味地担心我，我完全没有觉察到他有任何异样。

我越想越不对劲。怎么他知道我和迟莫时的过去，知道我不过是利用他，他却一点反应都没有吗？

不可能！除非……除非他压根就不知道迟莫时和我的过去。

我忽地释然了。是的。如此就只有一个理由解释得通了，那就是他完全不知道我的过去。就算知道沈盼就是许愿，许愿就是沈盼，于他而言也没有什么区别。

哪怕我怀了迟莫时的孩子，在那边住了半年，跟迟家、跟翟香嘉闹得不可开交，可郑定还是被他们隔离在外。想来也是，我自始至终都住在迟家老宅，就算是生孩子、坐月子，也都是一个人在外边。迟家从未让我去过他们的农庄，更别说让我见他们的亲戚。

翟香嘉和迟家拼命地把“许愿”彻底地排除在外，或许只有这样，才不至于让他们那富足又梦幻的生活有什么污点。也正因此，郑定才不知道我的存在。

我不禁有些好奇，不知道他们是怎么跟他解释我的孩子的。说是领养的？捡来的？甚至是这孩子的妈妈早就已经死了吧！

真是可笑啊！我一直如临大敌一般对待郑定，唯恐他知道了什么，却不知在别人那儿恨不能把我压缩成真空。

或许是冷水喝多了，我觉得身上的每一根汗毛都冰颤颤的，就连窗户似乎都感应到了我的身体似的，也“哐哐”震了起来。

我有些疲惫地往床上倒，哪知道窗户再度“崆崆”响起，刚开始我还只当是外头的风声，可接二连三地响声分明就像是有人在敲打。我吓了一跳，壮着胆子走过去掀开窗帘的一角，顿时吓得我大叫了一声，倒退了两步。

只见郑定的脸和整个身体都贴在窗户上，一只手勉强抠住边框支撑着自己，另一只手则敲一下玻璃后，又赶快扶住旁边的砖墙。

他就这样爬上来了！我吓得脑子一片空白，慌张中赶紧把窗户小心地打开，直到确定郑定的身体已经跨坐在了窗户上，我那跳出来的心脏才又放回去了少许，“你是疯了吗？万一掉下去怎么办？”

这里好歹也是三楼，稍微有点闪失，摔下去的话，半条命只怕也没了。

郑定一上来，便直奔房门，我只当他要跑出去，哪知道他不过是冲过去把门反锁上，反转身用背紧紧地抵着门，气喘吁吁地说道：“对不起，我是真的没办法了。好不容易找到你，你要是又这样一声不吭走了，我才真的会发疯不可。”

他苦笑着说，一脸的无可奈何。

我怒道：“那也不能这样拿自己的性命开玩笑吧！我可不想变成杀人犯！”

“没事的，就是三层楼而已，我小的时候都不知道爬过几次了。”他又开始大言不惭地说着，见我依旧板着一张脸，不禁走过来，小心翼翼地试探道，“你还关心我的，对不对？”

“这些天……你都在找我？”我看了他一眼，“听说，你去我家了？”我试探地问。我想弄清楚郑定究竟都知道了多少。

“是啊。我一直联系不上你，很怕你会出事，只好到处找你。可是去了你的老家，把你能去过的地方都找了一遍也没有什么收获，我只好报了警。不过那些警察也实在是没用，居然都没有你的消息。”提到警察，郑定仍旧忍不住埋怨道。我心里倒是清楚，只怕不是那些警察没用，而是胡森胡广励兄弟俩关照过，否则也不会他们轻易就找上了我，反倒让郑定像只无头苍蝇一般。

“后来你爸爸告诉我，说你在重庆。我就马上飞到重庆来。可是我一点头绪都没有，当时我想让森哥帮忙，不过他……算了，”他顿了顿，还是将这段掠过了，“还是后来有人提醒我可以去查信用卡记录，我托人帮忙查你的消费记录，才找到了这里。”郑定道，“你别笑话我。大概除了面对分子式的时候，我还算灵光。其他很多时候，尤其是一着急，脑袋笨得就像是一团豆腐。所以用了这么久才找到你。”

“胡总他们一定跟你说了很多吧，他们不想你找我，也是为了你好。”

“那是他们的想法，我早说过，我不在乎过去。”郑定对我的相信有些义无反顾。

“是吗？那我爸爸呢，他都跟你说了什么？对于我改名，你也一点不好奇？”我静静地看着他，并不能从他的脸上看出任何异样，他干净的眸子里只有爱怜和理解。

“我没有告诉过你，我其实也改过名字的。很多年前，我被人欺骗，翻了好大个跟斗。那一次，让我简直恨透了人生，更是对爱情失去了任何的兴趣。所以名字也改了，背井离乡跑到国外躲着。十几年了，人生原本最美好的时光里，我的感情世界其实是一片空白。这么多年过去了，其实回想起来，觉得实在没必要对过去的事耿耿于怀，人总该向前看的。”他深吸了一口气，见我对他并不似之前抗拒，试着来拉我的手，“我知道你也有你不想说的过去。你叫许愿也好，叫沈盼也好，其实都没什么。改名字不是一件坏事。但是改名字不是为了逃避过去，而是为了迎接新的生活。”

其实郑定手上的伤还没全好，尤其是左手，像这样从窗户费力爬上来，刚刚愈合的伤口又脱了线，白色的纱布还隐隐印出一道血痕。

这一次我没有挣脱开。我的过去在爸爸眼里原本就是那么不堪，他自然不愿意把我的事对外人说得细致。陈阿姨见到郑定又是一个“王老五”，只怕帮我掩饰还来不及吧。

“你说得对，改名字是为了迎接新的生活。”我彻底地放了心。

我抬起头直勾勾地看着他，不过十几天不见，他看起来倒像是大病过一场，脸色蜡黄蜡黄的，哪里像是一个血气方刚的年轻小伙。我幽幽叹了口气，“对不起，郑定。我躲着你，并不是想害你担心我，看到你这个样子，我其实很难过。”

我正想要好好地“解释”一下自己刚才为什么会那么激动。偏巧这时候有人敲门，是刚才陪我一起上来的那个前台接待。她的眼睛不经意地瞥见了站在里头的郑定，不禁有些意外，但很快就流露出一种厌烦无语的表情。她大概是在想刚才我那么愤愤不平到底是为什么。

我有些尴尬地提示她，“有什么事吗？”

她朝我举起一张照片，是我手里头唯一的 B 超照片，“怎么在你那儿？”我珍而重之地接了过来。

“哦，真是您的啊。刚才您和这位先生争执的时候，把这张 B 超照片落在大堂了。”她刻意强调了一下“B 超”二字，便说了句“打扰”转身离开了。

“什么 B 超照片？”郑定听到声音下意识地发问。

“没什么。”我的心咯噔一跳，不由暗暗懊恼，竟把郑定忘记了。心虚地立马就把那张照片往背后一藏。

可我显然已经遮掩晚了，郑定一弯腰一伸手就将我藏在身后的照片扯了过去。他即便再无知，但在看到子宫的B超图时，却也不可能无动于衷。

郑定怔怔地看着那张照片，脑袋好像在那一瞬间短路了，好半天才挤出来，“你……你……难道是怀孕了？”

怀孕两个字对他而言，简直就像是古汉语的词汇，一辈子只怕都用不着似的。他说出来的时候，似乎还有些生涩。

我喉咙犯苦，连忙否认，“不是的。这个不是我的，是我……问一个朋友借的。跟我最近画画的主题有关。”

我胡乱地扯着，可是我想我这一次的演技似乎并不好，郑定显然没有相信，“你是因为这个才躲着我的？”

郑定的脸色已然凝重，双眸里渐渐迸发出恍然大悟的神色来，“沈盼，你别骗我了。你这些天故意躲着我，是因为这个，对吗？”

我身子发冷，脑袋飞快地转着，这时候就是打死也不能承认我曾经怀过孕，我正准备厚着脸皮继续死扛到底，哪知道他已经在那边说：“沈盼，我们结婚吧。”

我愣了几秒，正在怀疑自己幻听的时候，郑定又说了一遍，“我们结婚吧。”

我看着他的口型，再三确认了他的口型和自己耳中清晰听到的那一字一句是百分之百的吻合。可是，我的大脑还是一下子反应不过来。直到看着他小心翼翼试探性地伸手摩挲着那张照片，我才逐渐明白过来，“你是因为这孩子……”

他八成是以为我怀了他的孩子。是了，他猛地看到这种照片，自然容易联想到那一晚。

“不，不是因为孩子。”郑定急急地辩解着，见我仍旧一脸狐疑地看着他，他忽然从口袋里掏出一串钥匙扣似的东西，递到我手上，“不信你看！”

那串东西自被他拿出来时，就叮叮当当地响，伸手展开时，在房间的灯光下璀璨地竟有些耀眼。我好容易才看清楚，不禁目瞪口呆。只见一枚钥匙钢圈上套了近十个戒指，有金色有银白，款式各异，好一些都镶着大小不一的钻石，熠熠生辉。

“这……这是什么？”我从来不曾见人把戒指当钥匙扣拴着，还一栓栓一大把。

郑定道：“你不知道这些天我有多想你。刚开始的时候，很怕你出事，每天除了找你就是找你，都不敢往下想。直到从你爸爸那儿知道你没事，我才觉得我的心算是重新活过来了。那时候我才知道你对我有这样的重要。沈盼，我自己也很意外，我也不知道为什么，你就这样突然走进我心里。可是，也许爱情就是这样不可理喻吧。我当时就下决心，如果再见到你，一定不能放你走。我在重庆这几天，每天都想象着能够有一天向你求婚。第一天的时候，我把戒指揣在口袋里，没事的时候就拿出来看一下，想象着你戴上的样子。可是，第二天早上起来，看到空空的戒指就觉得特沮丧。后来，我也不知道是不是买上瘾了，于是一天买了一个。越买就越是心慌，每天揣着这一堆戒指，我感觉自己就像是个配钥匙的！”

郑定自嘲地说着，言语中多少听出一丝心酸无奈。

我从他的手中接过那一串戒指，一手的璀璨，说不上有浪漫的感觉，却不可能不动心。这当中有一枚戒指格外不同，是用那种编蚱蜢的草编成的指环，正中间镶着的也不是钻石，而是一粒米。

那米粒上似乎还刻了字，我低头想要把那米粒上的字看清楚，郑定却是一手把钥匙环抢了回去，赧然道："这是我那天去歌乐山，山上边一个首饰店都没有，就只有这个……"

我哭笑不得，郑定找我都找到歌乐山上去了，他是真的无计可施了吧。

郑定忽然单膝跪了下去，我的心不禁怦怦直跳，说不出是什么滋味，但下意识地还是往后退了一步。郑定用他那缠着纱布的手拽住我，"沈盼，我知道我现在这个样子挫得很，而且显得特别没有诚意。可是，那句话在我嗓子里哽了好多天了，我要是再不说出来，我的脑袋非爆炸不可。"

"沈盼，嫁给我，好吗？"他似乎真的在心口藏了很久，也不理会我的表情便自顾自地说了出来，"我知道你听了可能会有一点意外。就像其他人听了一样，觉得我有点脑子不正常。可是，人生本来就只有这么一回，当我决定好好珍惜人生的时候，就让我遇见了你，爱上了你。如果说这就是上帝的安排，也一点不过分。既然缘分来了，我为什么就不能冲动一次？"

他说着，把那串钥匙串上的戒指一个一个地取下来，摆在我面前，"我给你看这些，是想告诉你，我向你求婚，是我这些天深思熟虑后的想法，绝对不是一时兴起。我这么说，也不是因为要负责任。老实说，我自己的确没做好有孩子的准备，我这些天只想着要跟你在一起，还没来得及想后边的事。不过，没准备不表示我害怕，如果你愿意和我一起把这个孩子生下来养大，当然好。如果你不想要它，我也听你的。总之，不管你做什么决定，我都愿意。"

"我这么说，不是表示我不喜欢孩子，不在乎孩子。我其实很喜欢的，尤其是，如果是你跟我的，这——这对我来说，简直就是老天爷的恩赐！”他说着，喜悦之情溢于言表，但见我面色不佳，只当自己一时嘴快又说错了什么，连忙着急地补充道，“我提孩子绝对不是给你施压，你不要有任何的压力。我更不是要借这个时候，借这个孩子，求你答应我的求婚。其实，你不用现在答复我，你想要考虑多久都行的。”

我正要伸手去拨弄椅子上的戒指，郑定就有些敏感地说道：“你别急着拒绝我，你要是不想答应，这些戒指，你哪怕一天扔一个，至少还能留给我点幻想的时间缓冲一下。”他言语中满是自嘲，但更多的是真诚。

我不禁听得鼻子酸酸的，“哪有人求婚求得这么低声下气的。”

我也曾梦想着那个人向我求婚，不论是什么形式，我都一定会感动到哭，开心到哭。却怎么也没有想到，我梦想中等待的求婚却被另一个人做了，而这个人还是他的小舅子。

我伸手从那堆璀璨中取出那一枚最与众不同的草编指环，这一次，郑定没来得及阻止，我终于看清楚了那中央的米粒上刻的小字，“一生一世”。

“一生一世？”我苦笑地自语。眼前的这个人，跟我认识总共也不过两三个月的时光，真正相处的时间一只手都算得过来，他根本就不了解我，就能这样轻易地许诺出“一生一世”？

“你还真就扔了？”郑定见我毫不犹豫地把那只最不值钱的戒指拿起来，还以为我是要按顺序一个个扔掉。以至于当他看着我把戒指套进了无名指时，还没有意识到什么。

我把手伸在他面前晃了晃，那枚指环也在指缝间跳动，我吸了吸鼻子，笑道："你当我的手是熊掌吗，戒指这么粗，得重新做一个才行。"

"那个老爷爷年纪大了，要编小点估计……"郑定话还没说完，终于反应过来，仰着头看我，张大的嘴巴可以硬塞进两个馒头去，"你……你这是……这是答应了？"

他有些难以置信，我不禁好笑道："你怎么看起来，挺不乐意的？难道你这么做，就是为了让我拒绝，而不是点头的？"

"不，我只是……只是有点觉得像是在做梦？"郑定的脸上充满了意外的表情，说话也有些不如平时利索，"我没想到你会这么快答应，你……你不是逗我的吧？你真的想清楚了？"

我轻轻地莞尔一笑，"就只许你脑门一热，不许我也冲动一回吗？"见他仍是一脸茫然，显然在郑定看来，我的决定，实在有些突兀。在他的眼里头，我对他的感情自然是没那么浓烈，换作是我，也无法相信这样的"我"会就那么轻易地答应他的求婚吧。

"郑定，你为我做了这么多，我不可能无动于衷的。但是我知道，自己根本就没有你想的那么好，你越是对我好，我就越是觉得配不上你。所以，我才会躲起来，才会想要让你彻底地忘掉我。你这样的男生，应该有更好的女人来爱你，不像我。"眼见郑定要说话，我把手搭在了他的唇上，示意他听我说完，"可是，和你分开的这些天，我才发现，其实你在我心里，比我想象的要重要很多，要割舍掉你，也是一件很艰难很艰难的事。我更没想到的是，我……居然会怀了你的孩子。"

我伸手捂了捂自己的腹部，因为心虚，那儿更加显得空落落的，郑定的手轻轻地按在了我的手背上，想要给我以温暖，“你为什么不告诉我？”

我硬着头皮地说：“我也有想过去找你，可是我才跟你分手，转头就说怀孕，你不知道会怎么想我。我不想你看不起我，所以我说什么也不能见你。但是，我怎么也没想到，你还会找到这里来！郑定，你向我求婚，我是真的意外。我也不知道自己答应你是对还是错。但是，就像你说的，也许我跟你的相遇，根本就是上帝的安排。既然我们的缘分，是一早就已经注定了的，是无法改变的，那我为什么不试着接受呢？”

这些谎话，我说起来却丝毫不显生涩。潜意识里，我早就已经预备好这些说辞，只是没想到和郑定的发展会这样的顺利，这么快就派上了用场。更何况，这些话也不全都是假话。我和郑定的确是一早注定的缘分，只不过，不是姻缘，而是孽缘罢了。

第十二章　从今以后

郑定直到这个时候，才接受了我已经答应他求婚的事实。高兴得抱起我转了三个圈，待要再转的时候，才猛地想起来我“身怀有孕”，急急忙忙地把我放下，有些不安地问，“你没有不舒服吧？”非要搀着我在床上坐下，一面就翻起了手机要打电话预约医生。

我赶紧推说身体没什么大碍，不用急着找医生。

郑定答应着，忽然人凑了过来，扬起手机，在手机“咔嚓”一响的同时，嘴唇飞快地贴上了我的脸。他得意地收回手机，看着刚刚抓拍的相片上，嘟着个嘴有些俏皮的他以及满脸都是错愕表情的我，不由哈哈大笑。

“你还真是有够无聊的。”我看着那张实在是不够和谐的照片，没好气道。

郑定却是洋洋得意，一面把这个设为了手机桌面，一面又翻起通讯录。我急道：“你该不会要把这张照片传给别人吧，这么丑！”

“哪里丑？”郑定否定道，“再说，我姐姐、姐夫也不是别人！”

我一怔，“你的姐姐、姐夫？”连忙扯过他的手，“别发给他们！”

郑定微微有些愕然，“怎么啦？你怕啊？没事的。我姐姐和姐夫都很好相处的，也超级好说话，他们唯恐我要当和尚，要是让他们看到我领回个这么漂亮的媳妇，还不得高兴地回去给我爸妈烧香了。”

“不是。我的意思是，如果给他们一个惊喜不是更好？”我扬了扬眉，“等我们真正结了婚，再一起去美国找他们，把这个消息告诉他们，不是更好吗？”

我笑靥如花，因为想着那一幕，周身的血液都要沸腾了。

郑定认真地考虑了一下，嘻嘻笑道：“到时候估计他们非吓一大跳不可，再说了，老婆说好，那就是好。”

我扯了扯嘴角，不痛不痒地笑了笑。

郑定总有种不踏实的感觉，于是问我，“那你呢？要不要带我去见见你爸和阿姨？现在身份不同了嘛。”他倒是想通过见家长来稳定自己的地位似的。

我笑说：“你就这么着急打亲情牌呀？你怎么就知道一定讨他们喜欢？”

“我这点自知之明还是有的，我特别有长辈缘，不管到哪里，叔叔阿姨都对我交口称赞的。”郑定倒是蛮有自信的，“再说了，你阿姨一看到我的时候，两只眼睛就放金光，像是黄鼠狼看到了鸡一样。我赶紧去给黄鼠狼拜拜年，讨好一下。”

“哪里有人把自己比作鸡的？！”我顿时哭笑不得，“你放心吧，我既然答应你了，就绝不反悔。你要是不放心，咱们明天就回江城先去领证，再告诉其他人不迟！”

如果说刚才我把戒指轻易地就戴上了无名指，郑定还有些怀疑，现在我说去领证，他更加觉得我有些“一时兴起”了，“那怎么成？好歹也要告诉他们一声吧？我爸妈早去世了，我姐姐又一向讲究独立，也不大管我，再说我们在美国待了这么多年，也不讲究这些。倒是你，如果一声不吭的把证领了，会不会不太好？”他倒是难得地思虑周全起来。

我说：“也没什么不好的。其实，我从高中开始就一直住校，平时根本就很少回家。那个所谓的家，对我来说，有时候甚至有些陌生。我爸也不怎么管我的，我不回去给他们添麻烦，他们就很满足了。”

郑定大概也感受到了我这句话后边的负面情绪，轻轻地拢了拢我的肩膀，转移话题道：“对了，你之前说你有至亲在路易斯维尔，是你妈妈？要不咱给她打个电话，也让我和未来的丈母娘打个招呼？”

他情绪高涨，我则笑眯眯地说：“你那么着急干什么？等我和你一起去路易斯维尔看你姐夫、姐姐的时候，就可以看到我的亲人了，那时候才热闹呢。”

郑定点头道：“说得也是。不过，见我姐姐和姐夫倒也用不着去美国那么麻烦，他们这两天就要回国了。”

我一怔，“他们要回国？”

“是啊。我姐姐刚好要到上海开会，他们俩一向是这样公不离婆秤不离砣，两口子去哪里，另一个都要陪着的。”郑定说着，大概是想起我陪他一起去北京开会的事，忽然有些不好意思地笑了，“这点估计属于家族遗传。”

“公不离婆秤不离砣，还真是模范夫妻呢。”我复述着他的话，说不出是什么滋味。

郑定扫了我一眼，“怎么听出一股醋味来了？”不等我解释，他的双手已经拥了上来，“你怎么知道咱们不会是呢？”

他的怀抱很温暖，暂时驱赶了我心里的阴霾。我回握住他的手腕，用力地点了点头，“是啊。一定会。一定会让你的姐夫姐姐反过来羡慕起我们的！”

因为周末民政局不上班，我和郑定决定在重庆多停留一天，只等星期一回到江城，一下飞机就能够去登记。当然，我真实的想法是不想夜长梦多。谁知道到江城后，胡广励兄弟会不会出来阻挠？我也怕去了江城，郑定提出去我家拜访，泄露了天机。

于是我和郑定便打算用这一日的时间，好好在重庆过一下二人世界。

说是二人世界，但因为“怀孕”的关系，郑定自然是不好对我太亲密，我也因此轻松了许多。甚至连借口都不用找，郑定自然而然地就会叮嘱我在床上好好休息，避免太累。

郑定当晚便把酒店改在了朝天门旁的洪崖洞，因为去的时候已是晚上，我倒没体会到有什么特别来。虽知道朝天门码头是来重庆必去的景点，但因为这些天我根本就无心旅游，倒也始终没到这一片来。

郑定一大清早就起来了，怕吵着我，做什么都轻手轻脚的，我在床上假装熟睡，听得他出了门，过了好久都没有回来，我实在躺得难受，便也爬起来出去走走。

酒店里，静悄悄的。只知道从飘窗看出去，正是面对嘉陵江，很是优美怡人。可这一走出去，才知道洪崖洞的魅力绝不止于此。

洪崖洞原来是建在峭壁上的，几百年来，这里本是老山城的码头工人、纤夫织女聚集的场所，他们依山搭起吊脚楼，层层叠叠，风雨飘摇，洪水冲垮后，人们刨走污泥，又重新建起家园，过着日复一日的生活。如今，这里没有洪水，也没有拉纤的民工，可因这里有着老重庆最独到的味道，人们在这里重建起新的洪崖洞来。

新的洪崖洞吊脚楼，风情依旧，却越发错落别致，背靠山城峭壁，远眺滚滚江水，临窗而站，仿佛有种悬浮于空中江面上，会当凌绝顶，一览众山小的错觉。从一楼到10楼，汇聚了山城与各地美食和民俗玩意儿，楼内开有一线天，在品味着山城小吃时，也可以再度惋叹此处的鬼斧神工，绝不让你气闷。

郑定刻意选在这里入住，我要是想吃什么，想买什么，甚至想一览重庆江景，只要稍稍挪步下楼就都可以解决了。

我本来还有些兴趣，可想到明日尘埃落定时，郑定的震惊，不免有些逃避的情绪，顿时就意兴索然地回了房间。刚一进来，就听见床头的手机响。

是郑定的。也不知是怕吵醒我，还是太匆忙，郑定早上出去的时候，连手表和手机都落在了床头。

这个粗心的家伙。

手碰到手机时，才猛地发现来电显示的是“姐夫”，这两个字在我的眼前跳动着，惹得我的心都要跳落出来，好容易才按捺住自己复杂的心情，没有接起电话。

姐夫，姐夫。过了今天，我便也要叫他做“姐夫”了，终于，以这种方式，成为一家人了么。

当初，与他情正浓时，我不过刚刚大学毕业。有次，他陪我一起参加同学的婚宴。仪式的最后，有新娘扔花球的环节，哪知道背对着众人的新娘手一偏，没把花球扔向台下站着的未婚待嫁的姑娘，反倒向着旁边的酒席去了。他居然噌地一下站起来，把花球一把捞过，自己抢了去。

坐在前排的宾客有认识他的，且不说他们见到他这种抢花球的行为都有些目瞪口呆，便是现场的所有人也没见过有哪个男人干这种事的。要不是他一向不喝酒，我都觉得他应该是醉得不轻，赶紧伸手扯他，“喂，你别乱接，这是给女生的！”

“是哦？”他笑眯眯地应着，转手就把花球送到我面前来，“那你赶紧拿着好了。”

我一怔，还没反应过来，全场却已经爆发起另一阵欢呼。台上的新娘子也高兴地冲我喊道：“祝福你！下一次轮到你们啦！”于是，典礼结束，婚宴正式开始，一桌的人也都趁机纷纷跟我们说恭喜。

迟莫时倒是都欣然受了，那天兴致好得还喝了点小酒，仿佛和我真的打算步入婚姻的殿堂似的。我后来自然知道，他那日不过是心血来潮，逢场作戏，也算多少顾了我的面子。可我还是将那束蔷薇捧花带回去插在了花瓶里，直到其凋谢枯萎。

很长很长的时间里，我都有种错觉，以为自己跟迟莫时注定是一家人的。

当铃声中止的那一刹那，我竟有些不舍，下意识地去滑开了手机。

那边刚巧已经挂断，我只来得及看到未接的来电。

那个号码完全陌生，根本就不是我所烂熟于心的那个移动号码，而是开头为001的美国号码。我心下一动，顿时恍然。怪不得之前给迟莫时打电话他从来不接，那不过是他单独与我联系的号码，如今自然是搁置不用了。也是，我大概只是属于他曾经的一个不可告人的私人物品，便是联系方式也是这样私密不可告人的。

我冷笑着从未接来电的页面退了出去。赫然发现郑定的手机桌面是一幅手绘的肖像画，长发披肩的侧影，眼角隐隐带泪，仔细瞧来，倒有些像我。我蓦地想起郑定的Ipad里那个手绘的APP，眼见他的

IPAD 也放在桌上，鬼使神差地就拿了过来。

他的 Ipad 和手机一样，都没有设密码。就像他的人一样，虽然受过伤却仍旧不记得设防。

我点开了那个 APP，一眼就看到了正中间那名为 Wish 的画夹，封面便和他的手机桌面一模一样，整个画夹足足有五十几页。我有些心虚地点开，最近的一张还未来得及上色，是我正闭着眼，侧卧着安睡的模样。

看床头的形状，根本就是这间酒店。应该是昨天晚上吧？因为这房间只有一张大床，我又不想与郑定温存，趁他去洗漱的时候，便假装熟睡。他洗完出来后，把电视关了，又将灯光调暗，却没急着上床，听着他像是一个人在临窗的沙发上坐着好半天，原来却是在画这个。

画上的我嘴角带着微微的笑意，他一定以为我做了个美梦吧，还在为我高兴吧。

我一页一页地翻看，就如同看他的日记一般，透过那些线条和色彩，能依稀看到他的内心。正如他所表现的，我在他心中的分量远比我预期的要重。我原本应该很高兴很高兴才对。要不是他喜欢我的心这么强烈，我们又怎么可能这么快就走到这一步？

我迫切地期待着与他步入婚姻的殿堂，期待着当我们把结婚证亮在他们的面前时，对方的表情。那是我的天堂，却也将会是郑定所期待的浪漫终结粉碎的地狱。

酒店的电话猛地响起，吓了我一跳。

接起居然是郑定。温柔缱绻，“没吵到你吧？”

“没有。”我说，“你去哪里了，手机都没带，你姐……夫有给你电话。”

“哦，没事。我回头再打给他们。”郑定的声音透着股喜悦，“你坐电梯到楼顶吧！”

不知道他又有什么安排。

坐着观光电梯贴着峭壁沿江而上，到了顶楼，一出来却是车水马龙。仿佛一下子从江边古镇穿越到了另一个现代化的世界似的。

我还没来得及欣赏风景，就有一个小女孩走过来问我，“是沈盼姐姐吗？”

我点点头，那小女孩便高兴地把手中的礼品袋递给我，“有位哥哥叫我送给你的！”不等我回答，扭头就跑了。

袋子质量很轻，我打开见是一只纸扎的传统风筝，燕子形状，鼠标垫大小，看起来，倒像是洪崖洞楼里头卖给老外的工艺品。里头还有一张便签纸，写着“东北向——星巴克”我一抬眼，顺着沿江的方向瞧去，果然两百米的地方有一家星巴克。

等我走过去，才发现那儿不过是第二个地点，又有一个小男孩在他妈妈的注目下，送给我一模一样的礼品袋，袋子里还是一只燕子风筝。如此陆陆续续地拎了二十几只袋子，我已经走到了朝天门码头的广场。

在这里，郑定的指示已经终止。因为晴空万里，又是周末，朝天门广场上聚集了许多的游人。我等了好一会儿，也没见有人找我，只好四处张望。或许因为天气好，码头上风也不小，在这里放风筝的市民倒是不少。地上熙熙攘攘，天空上却也是热闹非凡。有孙悟空的金箍棒，有展翅的老鹰，还有漂浮着的喜洋洋。

忽然，有一黑边白底碎花的燕子长队从人群中冉冉升起，像一条长腿的蜈蚣，蜿蜒地爬上天空的阶梯。再看那专注地放着风筝，掌控着燕队的人，可不就是郑定么？我心里一喜，连忙朝那儿奔了过去。

“你又要搞什么名堂？”我无奈地一笑，朝他举了举两只手，“不知道的，还以为我是街上发传单广告的呢！”

郑定满脸堆笑，示意我放下那些袋子，将他手中的尼龙线转而在我的手掌上缠了两道，而他则蹲下身，把燕子风筝一只只地绑在这根尼龙绳上。原来这些轻飘飘的燕子都是这串式风筝配套的一小节，郑定每绑上一只，就往天空迂回地递出去些，如此重复，姿势倒是越来越专业，他也是乐此不疲。

直到他把最后一支风筝也绑好，这风筝的另一端已经飘渺地只剩下一个小圆点了。或许像他这样有耐心将一只只风筝串起来放上天的人并不多，他这长串的燕子风筝已经引来了不少人的赞叹和欣赏。

“喂，差不多了吧？”我见郑定虽然把所有的燕子都挂了上去，仍旧不停地往天空送线，不禁劝道，“再往上可就要掉下来了！”

“不会的，你不知道风筝最高可以放到2000米么，我问过卖风筝的老板，这种线撑个一千米肯定没问题。”

我无语道：“等你放到一千米再把风筝收回来，咱们都该吃晚饭了。”

“谁说要收回来的？”郑定笑道。

我一怔，不大理解他的意思。

他也不回答，转而拉着风筝，拽着我往江边的栏杆又靠了靠，示意我看向江面。一边是碧绿的嘉陵江，另一边则是混着不少泥沙的长江水，便在这朝天门码头，两江交汇，清浊分明，最终汇集成波涛滚滚，一泻千里而去，也因此成为古往今来重庆地界的一道重要风景。郑定在一边说：“这嘉陵江是绿色，那边的长江则是红色，就像是两个截然不同的物质，它们交汇的时候，撞击猛烈，就像发生化学反应一样。喏，你看，就算我们站在这里，都能感觉到底下的震动。可别看他们交汇时波涛这么汹涌，最后却是十分融洽，还成为一条全新的、声势浩大，横贯中国的长江。”

“是啊！”我感叹着，仿佛眼前还浮现出昔日百舸争流的壮观景观。哪知道郑定语锋一转，“有时候我在想，从微观到宏观，从宇宙到生活，道理都是一样的。就像结婚一样，两个人就像是嘉陵江和长江，因为从不同的方向而来，经历截然不同，交汇在一起的时候，肯定会有很大的水花波浪。但只要他们坚持下去，就会像融合后的长江一样强大，最终驶入海洋。”

我的心一动，轻拍了一下郑定的胳膊，“谁说理科生都不会说这些一套一套的大话，你简直可以去给领导写演讲稿了！”我笑着，因为只能用插科打诨来掩饰我内心的不安。

郑定有些赧然，却还是坚持道：“你别以为我是说大话，在这里夸夸其谈，我是认真的。我仔细想了想，我自己有很多毛病，又不知道怎么照顾别人，我们认识的时间不够长，这么快就组建一个家庭，肯定会有很多的问题。不过，我说这些不是要给你打预防针，更不是逃避什么，我是想告诉你，我愿意从现在开始努力去学习怎么照顾人，迁就人。开始得是有点晚了，但我有信心，我一定会经营好我们这个小家庭的。”

他是认认真真地在考虑着我们的未来，这段根本就不可能有未来的“婚姻”。

我正出神，郑定忽然问我，“你有没有数数我们一共有多少只燕子啊！”

我愣了两秒，才意识到郑定是指的天上的风筝。我仰起头，看着那条长龙一般的风筝队列，恍惚间倒真像是一队排列有序的燕子从郑定的手中飞出，承载着他的愿望，冲入云霄。

旁边的小女孩正在那儿数着，只是因为放得太高，前边的燕子根本就是几颗小圆点，她翻来覆去地数着，老是数错。

郑定见我压根就没去记，只好自问自答，“一共 54 只。”

那小女孩听了，立马反应过来道：“叔叔，应该是五十六个民族吧？！”

郑定不禁满脸黑线，避过小女孩眸中的精光，低声对我说：“是我和你的年龄，合起来，正好 54.”

小女孩到底还是听到了，居然冷不丁来了一句，“幼稚。”

我终于忍不住放声笑了起来。

“你懂什么！”郑定差点就要跟那小女孩杠上了。那小女孩被他一瞪，吓得倒退了一步，最后朝他伸舌头扮了个鬼脸，扭头跑走。郑定回头看我，我连忙收住笑，努力一本正经地望着他，听他的说法。

“我听说，在明清的时候，人们喜欢在春夏交际到乡间去放风筝。这个是有除晦气的意思，谁的风筝放得越高，晦气就除得越干净。”他得意地扬了扬眉，这天上大大小小的风筝里，自然数他的最高最远。

“你看，这每一只风筝就代表那一年的倒霉气，合起来刚好是 54。咱们以前的时候，都有各种不如意。”他紧握着我的手，“但是从今往后，咱们俩在一起发生了加成反应，是生成全新的物质，就像是在朝天门一样，两条江要变成一条全新的长江，那些霉运统统都会不见的！”他说着，忽然掏出军刀把尼龙绳一把割断。

“喂！”我想要制止，已经来不及。抬起头只见那一长条燕子队在挣脱了线后，就犹如从笼中放出的燕群，速度一下子加快，在长江的上空越飘越远。

人群中已经有不少人发出了惋惜的惊叹，我也可惜道："弄了好半天的！"

郑定凑到我耳畔低声说："都说是霉运了，当然要都放走！"他握着我的手，我只觉得手指尖冰凉，待低头看时，只见郑定已经将一枚戒指戴在了我的无名指上，"你又去买了？"

郑定说："是，你喜欢吗？"

我看着那颗钻石，再看他还透着血丝的眼，越发觉得扎人，"你干吗还要再买？"我忽然意识到我的手指间空荡荡的，连忙解释说，"我不是故意不戴的，我……"

"是我不好，你昨天提醒得好，我之前确实没想过尺寸就买了。这枚戒指是要一直戴在手上的，一定得合适。"我昨天不过是随口说了一句，他就照做了。

郑定拿起我的手端详，满意道，"这个尺寸刚刚好。本来是想等到明天去领证的时候，再戴的，但是我这人就是藏不住东西，今天就庆祝我们的新生好了！"

他说着将另一只男士的指环轻轻地放进了我的手心，是等着我给他套上。

我小心翼翼地拿起那指环，内壁却是刻着一句英文，"From This Day Forward"。

从今以后，一切都不同？明天，明天的"新生"会不会与他所等待期盼的相去太远？我迟疑地握着那枚戒指，一句话不由自主地从口中蹦了出去，"郑定，要不我们明天先不去领证吧？"

郑定的手条件反射地颤抖了一下，眼见他脸都要变绿了，我赶忙解释："我不是说不去，我的意思是，不用急着明天去。你不是说你的姐姐、姐夫要回国吗？我觉得我们还是先通知他们一声，比较好。对了，你姐夫刚刚给你打电话，会不会是他们已经回国了？我们不如先把这个好消息告诉他们吧？"

我知道，如今是骑虎难下。不管怎样，郑定已经是注定要被我伤害了。但是至少，没有领证，没有与他在法律上结为夫妻，对他而言，这份痛楚会不会减轻一点点？哪怕只是轻微的一点。现在，我也顶多只能做到这个份上了。

郑定这才松了口气，他拽着我的手捂向他的心房，委屈道："你说话能不能不要只说半句，你倒是摸摸。"我的手贴在他的胸口，暖暖的，他的心跳强劲有力，在我的手掌下怦怦地跳得厉害。

我感受着，只能低声说，"吓着你了。对不起。"

郑定。是真的——对不起。

第十三章　会面，无可挽回

郑定不想更改一下飞机就直奔民政局的约定，所以采用了一个折中的法子，与他们约在江城机场碰面。

一大早打的去重庆江北机场时，郑定就给翟香嘉打电话，催促他们起床。那边似乎有些埋怨，一个劲地想要探知郑定这么一大早非要把他们忽悠到江城的原因。但郑定在我目光的注视下，自是三缄其口，得意地表示，见了面便知道了。

我也是一夜无眠，清晨起来的时候，对着镜子认认真真地画了个妆，容光焕发，神采飞扬。以至于郑定在一边瞧着都已经目不转睛了，我抿了抿唇，甚至还再轻轻地涂了一层粉色的唇蜜，越发饱满可爱。

我朝郑定仰头，“好看吗？”

郑定躬身从背后环住我的腰，看着镜中的我，着迷道：“今天的老婆可以上男人装的封面。”

他说着，忽然佯装不满起来，“不是都说女为悦己者容嘛。我怎么觉得我在你这儿的待遇比姐姐、姐夫还不如，我还以为你从来不化妆呢！”

“谁让他们是你家长呢？”我解释道。

“那也不用这么性感吧！”郑定打趣道，“万一我姐夫看了你，嫌弃我姐姐可怎么办。"

我脸一白，对着镜中的自己冷笑道："怎么可能呢？"便是镜中的这张面孔再好看，便是我再怎样打扮，他的目光也再不会为我停留。

"哈哈，那是。他们俩感情好得很呢！估计我姐就算胖成个猪，在我姐夫眼里也是头最漂亮的母猪，哈哈哈！"郑定心情好，自然是肆意地开着玩笑。

我听不下去，拿着唇蜜的手一抖，差点把妆弄花。

我们的飞机比较晚到，下飞机后，郑定看了下短信，拉着我就奔向二楼的茶楼，进了包间。

里边两个熟悉又陌生的人正喝着玫瑰花茶，翟香嘉一手托着腮，一手把玩着玻璃的茶碗，而迟莫时则陶醉地看着眼前的爱人，爱怜地用手拨弄着她的头发。

当郑定进去的时候，他们一齐抬头，眼眸里头，不是宠溺，便是温和。只是那还未舒展开的笑意瞬间便凝结在了脸上，两个人不约而同地站了起来，目瞪口呆地看向郑定的身后。

"姐姐，姐夫——"郑定见他们的目光都集中在自己身旁，正要把我给推出来，"我给你们介绍，这位是……"

"你怎么在这儿？"没等郑定说完，迟莫时就已经有些不淡定地问道。翟香嘉尖利的声音也同时响起，"这里不欢迎你！"

郑定愕然地看了一下两人，又看向我，"你们认识？"

我并不理会他，只是冷冷地面向迟莫时，"老实说，我也不想见你们。"翟香嘉冷笑道："那你还不走？"

我笑了笑，一点也不生气，回转头牵起郑定的手，"可是郑定让我来见你们，我不能不给他面子。”

我们十指相扣，迟莫时的脸瞬间便绿了，“许愿……你……你们？这是什么意思？”

到底还是女人敏感，翟香嘉立马就反应过来了，不禁拍起了桌子，“许愿，你别搞我弟弟！”

“搞你弟弟？有没有搞错？”我笑得畅快，“不过，我想你这句话应该是对你弟弟说才对！不知道是谁死乞白猎地缠着我，非要跟我结婚。”我说着，扬起了手，那大颗钻戒在灯光下熠熠生辉，照得翟香嘉七窍生烟，照得迟莫时面如死灰。

“对于有些人来说，我不过是根草，甚至连草都说不上吧。但是，幸好，我已经遇到了把我当成宝的人！”我斜靠在郑定的身上，看着那两个如丧考妣的人。他们的表情还真是精彩得很呢！

“好，非常好！许愿，算我看走了眼。你有手段，算你厉害！”翟香嘉已经冲过来，使劲地把郑定往她身后扯，好将我们分开，后者在这样的氛围下，完全摸不着头脑，“这……这到底是怎样的情况！你们到底在说什么？！”饶是如此，他的手却依旧没有松开的意思。

这一点让翟香嘉很沮丧，几欲疯狂，“你还问什么情况！这个女人刻意缠上你的，你个笨蛋，被人卖了还不知道！还不快松手！”她见郑定虽然目露迷茫，却纹丝不动，转而只好来推我，我不比她大力，整个人差点就要往后仰翻，好在被郑定拉进怀里。

“你没事吧？”郑定关切道。我摇了摇头，转而看见迟莫时面色铁青，双目喷火，一旁的翟香嘉已几欲疯狂，眼见她恨不能对我动手，郑定挺身而出，“姐姐，你这是干什么！沈盼她现在怀着孕呢！”

“你……你说什么？”迟莫时和翟香嘉的声音颤抖得厉害，仿佛声带被搁在拖拉机的发动机上。翟香嘉好容易才克制住自己没有当场晕倒，“许愿，你赢了。你不就是要孩子吗？还给你！我们现在就还给你！你马上给我滚蛋消失！”

我鼓了鼓掌，“真是姐弟情深呢！不过，现在才说要还给我会不会晚了点？你没听见郑定刚才的话吗？我怀孕了。”我摸了摸肚子，眼见翟香嘉终于最后一口气撑不住，直接摔坐在地上，我始觉得出了一口恶气，转而望向翟香嘉后面的迟莫时，“我们现在终于是一家人了呢！相亲相爱的一家人！”

“你怎么了？晕机晕得很厉害吗？表情好吓人。”郑定紧张地牵着我的手，因为想得太激动，好像脑海里的一出家庭伦理剧正上演到了高潮部分，我的手不禁在微微的颤抖。

“进去吧！别让他们等急了。”我推了他一把，从郑定的手心里抽离出来，刻意比他晚半步，跟在他的身后。这样见面时，才更加符合戏剧的效果。

先进门的郑定往旁边挪了挪，把我轻轻地往前推了点，“我来给你们介绍，沈盼，My fianc é e。”他说着把我的手扬了起来，好将那大颗的钻戒秀给面前的两人看。

面前站着一男一女，男的留着络腮胡，女的体态微胖，但也是仪态大方。他们不禁同时惊呼出来，高兴地冲过来要跟郑定拥抱。

我木木地站在那里，确定这个房间并没有其他人以及可以藏人的角落。

“郑定，你姐姐、姐夫呢？”我不禁有些愕然。

郑定却是露出比我还莫名其妙的表情，把我拢进怀里，“你在想什么啊，他们就是我的姐姐、姐夫。”

那一对夫妻同时和蔼地望向我，微胖的女人立即朝我热情地伸出双手，满眼都是笑意地想要跟我拥抱，“太棒了！我家木头哪里来的福气找到这么漂亮可爱的妹子！”

我麻木地由着她抱，旁边的郑定已经忍不住劝着那女人道：“喂，你小心点，别吓着了我家小木头！”他一高兴，压根就不理会“木头”这个词是褒义还是贬义。

那女人一愣，半天才反应过来，目光顿时就滑向我扁平的小腹，然后重重一拳打在了郑定的肩膀上，“行啊你！还跑到我前面去了！”一边赶紧腾出座来，让我坐下。

我并没有太大的兴致同他们寒暄，转而问郑定，“你有很多姐姐吗？”

郑定不解道：“就一个啊。怎么，我们俩长得不像么？”他凑到那女人旁边，朝我挤眉弄眼。

我脸微白，“可是，你不是有个姐姐在路易斯维尔吗？”

郑定捂了捂我的额头，“她不是才从路易斯维尔到上海，然后就过来了么？你没事吧？怎么感觉你状态不对……”

我把他的手一把拍掉，“你胡说！你的姐姐不是翟香嘉吗？你的姐夫……你的姐夫怎么会是他？”

我想我此时的表情一定很吓人，以至于郑定与那一对夫妇都有些不知所措了。尤其是郑定，他六神无主、手足无措地看着我，在我的逼问下，只是茫然地问，“翟——香嘉是谁？”

翟香嘉是谁？他居然问我翟香嘉是谁！

“她才是你的姐姐啊！”我有种这个世界已经疯狂的感觉，瞪向郑定的眼睛都要渗出血来，“你忘了，你下飞机的时候，给我看过一张照片，是你在诺顿医院的，你说那张照片是你和你姐姐！”

郑定不明所以地把手机掏出来，翻了翻相册，递给我，“你是指这张吗？”

我有些哆嗦地接过手机，正要激动地喊出，“对，就是这张。”但是那句话忽然就卡在喉咙眼里，因为我突然间发现，这张照片里，除了有郑定，有翟香嘉之外，还有着眼前这个微胖的女人。

我停顿了数秒，以确认自己没有眼花，白内障或者视觉障碍。

“不……不是这样的！”我难以置信地看着他的手机，如同在做着最后的垂死般的挣扎似的，我点开了郑定的通话记录，拨通了名为“姐夫”的电话。

那，的确是垂死的挣扎。因为很快，眼前那个男人的手机便欢快地响了起来。

“不可能！不可能。”我几乎是绝望地跌靠在椅子上，“如果，如果她……才是你的姐姐，那她呢？”我有些不甘心地指着翟香嘉质问着郑定，“她是谁？”

“你说索菲亚？她是路易斯维尔大学 Medical Center 的 Volunteer，我的病例就是她负责的。”没等他说完，我已经无法忍受地朝他举了举手，“别说了，别说了……”

“怎么了，沈盼？你这样子，让我很害怕。”郑定想要靠近我，我却只是畏缩地把他推开，“别碰我！”

我不知道自己是什么模样，可是看着郑定一家人，我却只觉得世界颠倒，昼夜不分。这么多天，我算计，我挣扎，却万万没有想到等待我的是这样的场面。

怪不得他就算知道我的名字，就算知道我的过去，也全无反应。因为他根本就和迟莫时没有交集，没有任何的交集。

可是我，被仇恨冲昏了头脑，竟然还以为老天爷帮我，把这样一个绝佳的复仇对象送到我眼前来。到如今，闹成这般田地。天底下最愚蠢的事莫过于此！

而我，究竟都做了些什么！

我只想夺门而逃，哪知道一起身，两条腿一软，差一点就要跪下去。郑定两只手撑住我，把所有的重量都往他身上搬，“沈盼，你到底是怎么了？你别吓我好吗？我送你去医院。”

我使不上力，挣脱不开，只是茫然地看着他，双眼一下子就模糊了，“错了，所有都错了！”

“什么错了？”郑定无比紧张，原本沉浸在笑容中的脸，此刻满脸都是张皇失措，“是不是我做错了什么？沈盼，你倒是说句话啊！”

他的关心听在我的耳朵里只是煎熬。羞愤的泪不禁夺眶而出，我“哇”的一声就趴在了郑定的身上，“对不起！是我的错，都是我的错！”

郑定轻轻地抚摸着我的背，好教我平静一些。可我真的平静下来，便只剩下一件事情。

“郑定，我有话跟你单独说。”我说这话的时候，全身都没有力气，我觉得那一刻自己就像是垂死的老人，叮嘱后事一般。

郑定的表情很是忐忑，他下意识地看了他姐姐一眼，姐姐于是说道：“正好我带的面霜不够了，我们去免税店看看。”这便扯了扯姐夫，一起出去了。

“我给你倒点水吧。”郑定这就要张罗，我反手拽住他的手，他的手掌一如既往地温暖，除了无名指上那枚我为他亲手套上的戒指。我深吸了一口气，终于鼓起勇气伸手将无名指的戒指褪了下来。

“你——”郑定下意识地就要阻止我的动作，可我已经郑重地放进了他的手心里，对于他而言，那就像是一把冰钻，只想要拼命地甩掉。

“对不起，我不能跟你结婚。”我不敢直视郑定，可即便如此，我也能从他微微颤抖的手掌感受到他的震惊。

“你胡说八道什么呢！”郑定自进屋起就一直处于云里雾里，“沈盼，你今天到底是怎么了？为什么都说着一些我听不懂的话？问一些不着边际的问题。我知道了，是坐飞机不舒服对吗，要不我先送你回去休息，其他的事，咱们等你休息好了再说。”

他自顾自地说着，一味地逃避，我只得把他拉回来，“你听我把话说完。郑定，你是个好人。非常非常好的人，我知道，我要说的话，对你来说太残忍。可是我已经做错了……”

“既然你知道对我来说太残忍，那你就不要说了！”郑定突然大声道。我愕然地抬起头，只瞧见他惊疑不定的一对眸子。或许是意识到自己的情绪微微有些失控，他语气重又软下来，“好了，好了，沈盼，你今天吃错药，做的事说的话，都是错的。我不会跟你当真的。”

“不，我不是今天吃错药，而是从认识你的那天开始，我就吃错了药，做错了事！”我无论如何也得把话跟他说清楚，便是伤得再深，一时的快痛总好过长久的伤害，“你不是一直都觉得我接近你是有目的的吗？你的感觉是对的，只是我接近你，跟你在一起，并不是为了钱，我只是想要报复一个人而已。只是我做梦也没有想到，我居然会找错了报复的对象。我真是蠢得可以，这一次，连老天爷也彻底地抛弃我了。”

“报…报——复？”郑定的反应比平时要迟钝了好多，“什么叫跟我在一起是为了报复别人，报复谁？她？”他大概是终于想起今日我的反常都源于那张照片，目光重又投向了手机。

照片上的翟香嘉，脸上有着淡淡的笑意，大概是自拍的距离太短，她与郑定的姐姐一齐把头凑进来，好挤进郑定手机的拍摄范围。要不是这样过分的亲昵，我也不会犯这样低级的错误。

“你是说，你以为我是索菲亚的弟弟，所以才刻意靠近我？好让我爱上你？甚至娶你？”郑定顿了顿，终于理解了我的说法。

他说话的时候很是艰难，他看向我的目光也闪烁不定，但他却仍不死心，“我不信。哪有人赌上自己的婚姻，赌上自己今后的幸福来复仇的！再说还有孩子呢？”

“我没有怀孕！”不等他说完，我就否认道，“不过我的确有想过，要用怀孕来要挟你，跟我结婚的。可是，我没想到，你居然抢先一步就向我求婚，根本就用不着我开口。我知道自己这样做很可笑，这种复仇的方法也很伤人，可我要不是被他们逼得走投无路，我也不会走到这一步。我只能用我的恨拉着他们一起下地狱！”

“一起下地狱？”郑定一下子红了眼眶，他大概终于听懂了我的说法，过了半天，才质问我，“是啊，他们逼你逼到走投无路，要不然你也不会想出这么损的法子来。可是，我又做错了什么，你要这样对我？”

他怒极反笑了起来。“沈盼，我对你掏心掏肺，认真爱你，就算换不来你的真心，可难道连一点良心我也不配得到吗？沈盼，你自己摸摸你的胸口，那儿就不会觉得有一点点愧疚吗？还是你根本就没心！”

我的心隐隐作痛，且不说我自己犯了个天大的错误，把郑定误认为是翟香嘉的弟弟，即便我没有认错，他也是无辜的。直到此刻，看到郑定双眼里的绝望与死心，我才知道自己是有多么的愚蠢。我不想再为自己辩解，“我知道我罪大恶极，我不敢乞求你的原谅，你想要打我骂我告我，甚至让我用一辈子来偿还，我都认了。我知道现在这种情况说对不起很可笑，但是请你相信我，如果可以重来一次，我一定不会再这样做，如果可以，我希望你能给我一个机会弥补。”

这是我的真心话。我从来只想到了自己的伤害与苦楚，所以一意孤行地选择用这种方式报复。可直到此刻，当看到郑定也流露出同我当初一样的情绪时，我居然觉得害怕起来。

“弥补？怎么弥补？你还真是好笑。把一个人捅死了，给他输血他就能再活过来吗？”郑定过了半天才接上我的话，他的脸惨白地就像是浑身的动脉都被抽得干干净净，“沈盼，你知道把一个刚刚从泥潭里挣扎出来的人又重新推向深渊，是什么感觉吗？”

我只觉得眼眸里腾起一股雾气，是我把他推向深渊的。当对向他猩红的双目时，我的心仿佛也被撕开了一个口子。曾几何时，我也有过相同的感觉，一片痴心只换来心爱人的冷漠狠绝。可如今，我便也是这样对待他的。

我对他，都做了些什么。

此刻，我只剩后悔，想要上去给他一个拥抱，他却像防瘟疫一样瞪着我，甚至为了避开我，脚绊住了凳子，桌布连带着桌上的茶碗一起摔向他。

当初，也有那么一次我和他在外野餐时，他也不小心掀翻了桌布，当时便也和今天一样狼狈。只是我和他再也不可能像当初那样会心大笑了。

郑定说得对，这一切都无法再弥补。

许是里头的动静太大，茶室外头的服务人员忍不住开门进来瞅了一眼，但也因这凝滞的气氛而逡巡不前。我只觉得那重重的椅子压在郑定的腿上，一定疼得厉害，想要去把那椅子扶起，郑定却是死死地瞪着我，那目光就像是一道寒冷的冰墙，把我阻隔在外。他的手臂抬起来，伸得直直的，指向门口，“你滚！我再也不要看见你！”

我不敢见郑定，或者说，我根本就没有脸见他。没脸面对任何人。我回到自己租住的公寓，看到当初那些为了讨好郑定，按照他心意布置的房间时，我便只觉得自己的可笑与郑定的可悲。

我只想快些把这一切终结，这里的东西也实在懒得处理，直接找了中介和收废品的过来，把这里统统清理掉，转租出去。我坐在沙发上等着人来，哪知道房屋中介没来，却把胡广励等来了。

其实，对于郑定，我心里头很愧疚。但这么多天，我从来没有试着找过他。只因那天他赶我走时的表情，太过绝望，也似曾相识，我一时间并不大敢去面对他。

胡广励打量了一圈，一屁股在我旁边坐下，点燃了一支烟，“哟，要搬家了？”

“你是来兴师问罪的？”我直截了当地问他。

他深吸了一口烟，斜睨了我一眼，朝着我的方向吐出一口长长的烟圈，我被他呛到，忍不住瞪了他一眼。

他却笑了，“你现在对我的态度是不是应该友好点？你是不是觉得我长得比我哥帅气点，多情点，对女人一般都狠不下心？”

是了，他和胡森都曾经警告过我，如果对郑定别有所图，害他受伤，他们是不会轻易放过我的。我身子如无骨一般窝在沙发里，听他这样说，反而轻松了，“也好。你们想要怎么报复我都行。我现在，还有什么不能承受的。至少这样子，我对郑定的内疚也会少点。”

他侧过身看我，语气中都是不解，“你跟郑定到底是怎么了？他在重庆的时候，我给他电话，他还喜气洋洋地说有好消息告诉我。怎么一回来，就跟一具死尸一样。”

我眉毛跳了跳，有些苦闷地问，“他……他还好吧？”

“好，好得很。每天照常去上班，居然自己亲自去合成室做合成，还同时开几个反应，每次都是48个小时的那种。反应一开，他就一个人泡在合成室，不睡觉，也不跟人说话，搞得跟机器人一样。要不是我给他的咖啡里头放了点安眠药，我看下一次过劳死民企老总的名单里头就该有他了。”

“他每天就是这样过的？现在也没好点吗？”我的心有些闷得慌，我知道郑定伤得很深，只是我没有想到他会以这样的方式自虐。我也曾自欺欺人的认为，长痛不如短痛，我和他毕竟相处时间不长，或许他难过个一两天，总会慢慢好起来的。可胡广励的话，明明白白地告诉我，那是不可能的。

“都是我不好。”除了这句话，我也不知道还有什么好说的了。

“你和他到底是怎么回事？”胡广励道，“要说你对他没意思吧，听到那块木头自虐，你也不至于这么紧张。可要说有意思吧，木头千辛万苦追你追到重庆去，你们两高高兴兴在一起不就完了？怎么搞得一个像吸血僵尸，一个也病怏怏地像林黛玉。”

“郑定他，什么都没跟你说？”我听着胡广励这意思，似乎并不大知道我的事。

“哇，木头的犟脾气你是没见过。我要是能从他口里问出点什么来，我还至于来找你吗？”胡广励无奈地叹息道，“他现在顶着一张臭脸，谁跟他说话，他都像头疯牛，谁还敢问。”

想想也是，以他们维护郑定的心，不杀了我也该把我剥一层皮了，又怎么可能气定神闲地过来坐在沙发上抽烟。

我苦笑了一声，“是我利用了他。我刻意靠近他，只不过是想利用他，报复一下我的……前男朋友。”

胡广励的目光中透着一股鄙夷和怒意，不等他开口指责，我就已经自己忏悔起来，“我知道我这么做很不要脸，也很对不起郑定。我中间也很矛盾，也挣扎过，想早点放开郑定。我知道，我现在说什么都于事无补，不管怎么样，郑定都被我又伤害了一次。”

“你……”想来他太鄙视我这种行为，胡广励气过后反倒是一声叹息，“你说的那个男朋友，就是 AGS 的迟莫时？怎么，他把你抛弃了？”

我诧异地看了他一眼，他解释道：“有什么事是打听不来的？就算刘总不说，我找人一查，多少还是知道些的。不过，这倒是有些奇怪了，我听那些女人说，迟莫时在外头可从来都是守身如玉的，从不沾花花草草。他的朋友都知道他对金屋藏娇的女友是呵护备至，怎么这样的新时代好男人，也会做始乱终弃的事么？”

我被他说得满脸通红，不禁抬眼怒视着他，胡广励却笑了，“这就受不了啦？你真那么恨，直接花点钱雇凶去把他暴打一顿不就好了，不比找郑定来当挡箭牌来得痛快些？不过，女生找替补，多半都是为了激怒男人，说白了，你还是舍不得迟莫时。也是，迟莫时不管什么，比起郑定来，那还是迟莫时这棵大树要好乘凉得多。”

我激动道：“我真要是有别的办法，我也不至于会去找郑定！我……我……”终究是无法再说下去。

“听说迟先生最近把国内的 case 全部都下放给子单位，直接放弃中国市场了，——他该不会是为了躲着你吧？哦，我知道了，你是想用婚姻绑住他，或者干脆想来个奉子成婚，所以把他给吓得直接连中国都不敢踏进，生怕被你下了……”

“如果可以选择，我希望我从来都没有认识他！”我毫不掩饰地说道。如果可以，我真希望这一切都是南柯一梦。在我的生命里，从来没有出现过迟莫时这样的人物。而我也从来没有进入到郑定的梦里。

因为没有快乐，就没有痛苦。

或许是我的反应太强烈，原本冷嘲热讽的胡广励居然停止了，不再继续戳我的伤疤。他有些失望地叹了口气，把烟头摁灭，这便站了起来，看架势是要走了。

我有些茫然地看着他，“你……”我对他的来意都有些混淆不清了。

胡广励苦笑道：“我来找你，是想看看你和木头有没有和好的可能性，不过看样子，你的心压根就没在木头身上停留过，那我还在这里浪费时间干什么。”

第十四章　山谷的雨夜

我想，胡广励是对的。他阅人无数，在那么多女人间周旋着，一眼就能看出别人的想法。因为这样，我是真的绝望了。

或许我的心从来就没有从迟莫时的身上挪开过。

在把房子转租了之后，我直接回了老家的县城。下了长途汽车，便看到满大街的萤火虫宣传广告。听说，县城打算近两年重点开发本地的旅游业，离县城不过百里的山谷萤火虫，成了领导班子的重点发展对象。

我蓦地反应过来，是啊，快到看萤火虫的时候了。

小时候，每年的六月，母亲都会带我去山里看萤火虫。她告诉我，当萤火虫发光的时候，你就能看到你所想念的人。因为这句话，母亲死后很多年，我始终没有再去看过萤火虫。尽管那漫山萤火虫的亮光在我的印象里，梦幻得就像是童话世界，可因为我太害怕想起母亲临去时的那一幕，所以我始终没有勇气再回去看。

后来，有了迟莫时的帮助，我渐渐打开了自己，克服了心理的障碍。那时候，便想起家乡的萤火虫来。我偷偷想过，在六月时，我们一起躲进山里头去住上几天。每逢傍晚时，就坐在山谷间，看着漫山遍野的萤火虫铺天盖地地朝我们扑来。因为这同步萤火虫便和那樱花一般，真正的高峰期不过只有两三天。我私心里想要多看几遍这昙花一现的靓丽。

只因那景致在我童年的记忆里扮演着最美好却又最悲伤的一面。我只希望迟莫时能够帮我加强这份美好，将所有的悲伤都掩埋起来。

他当时满口答应，甚至说什么以后一家三口每年都要抽时间去看萤火虫，还说要给孩子取萤火虫作乳名。

去年刚刚得知自己怀孕，报告他这个好消息时，就想起他曾说过的这玩笑话，心里头装满了甜蜜，还以为自己许的愿望这么快就要实现了。哪知道，他从北京赶回来的第一句话便是劝我拿掉孩子。

那之后，事情发展得有些出人意料，自然是不可能再来这山城看什么萤火虫。

县里搞开发，有好些企业在山脚投资建了不少山庄和度假村，但为了维护山谷的生态，那些开发项目也就止步于此。至于山谷，原来住着一些靠山吃山的村民，因为有着别样的原始风情以及特色的客家建筑，倒也没有被强拆，反倒是保留了下来。我于是选了一家民宿，就这样住了下来。

如果没开手机，那基本上是与世隔绝的生活。每到傍晚，我会带着小凳子，带着一点干粮去到山谷。我总是去得比别的游客早些，找个好位置，等着天色渐渐地暗下来，等着那漫山的星光一点点地亮起来。等到过了零点，基本上萤火虫都不再发光的时候，我再拖着凳子回去。

我沉浸在自己的世界里，每当那些萤火虫从山上成片成片地倾斜而下，如同流星雨一样降落在每个人的身上，仿佛自己正在穿梭时空。

有一些时候，我觉得自己已经精神错乱，居然会幻想着这个世界上，会不会存在着那么一个平行的时空。在那个时空里，我、迟莫时并没有反目成仇，我们依旧相爱，和我们的萤火虫正甜蜜开心地生活在一起。就像现在一样，我们一家三口正高兴地坐在另一个时空的山谷中，欣赏着这独一无二的同步萤火虫。我们的孩子也会伴随着其他游客的惊叹声，咯咯直笑。

当然，在意识偶尔清醒的时候，我只能是摸着胸口那张薄薄的B超照片。

我怎么也没有想到会在这儿看到郑定。他的出现，好像一下子把我拉回了现实。我一下子，竟有些没办法再安然地坐在那里。

他并没有看到我，只是在离我几米的地方，找了个位置席地而坐。尽管山谷里雾霭霭的，看不大清楚他的神情，可我还是感觉到他明显地瘦了，憔悴了。今晚的气压有点低，萤火虫并没有如预期的大片来临，他坐下后，便四处张望了一下人群。

他是在找我么？我不禁下意识地把自己的身体往下缩了缩。

他自然是来找我的。否则他跑这么大老远，是为了什么。

我正忐忑着，周围的人已经有些忍不住嘀咕起来，“怕是要下雨了吧？好闷热的天。”

“那咱们还是直接回了吧。一会儿下大雨，可不好走出去，车也不好开。”

有人陆陆续续地离开，郑定却并没有起身的意思。他似乎在发呆，就这样过了好一会儿，当人都走得差不多时，他才意识到似的，只是目光扫过人群的时候，不可避免地落在了我的身上。

我打了个冷战，他却在那一瞬间流露出惊讶的神情，仿佛我出现在他的幻觉里。

他猛地站了起来，我还以为他要朝我走过来，哪知道他扭头就走。

我一怔，下意识地就拎着包跑过去追上了他，“郑定！”

他对我的态度是极其恶劣冷漠，“小姐，你有什么事吗？”他越是这样，我心里头的愧疚就越是强烈，“郑定，我没有想到你会来这里。你能不能给个机会我解释——”

“你别误会，我来这里可不是为了见你。”他不等我说完，就硬生生地打断了。

“嗯。我知道。”我知道他不愿意承认。

郑定辩解道：“你以为我骗你啊。我来这里是……我干吗跟你说这些！”

“郑定，”我喊他的名字，不知道是不是好多天没怎么跟人说过话，我竟然有种亲切感。我柔声说：“我知道现在说什么都晚了。可是……”

“既然知道，那还有什么好说的！”他语气依旧别扭，脚步却停了下来。

只是被他这句话一堵，我一下子竟不知道说些什么好。

天突然下起了雨，不过片刻，即便有着树叶的遮挡，豆大的雨点还是滴滴答答地打在了身上，打得都有些疼。我一面从背包里掏出伞，一面对郑定说：“到前边的村里头去躲下雨吧。”

郑定一脸不情愿，“不用了。我回车里去就好。”

“这么大雨你怎么走到停车场去？”我在这里住了这些天，对这儿的地形相对来说也比较熟悉。因为山路狭隘，市政也只是在山谷外的山坡上开辟了一大片停车场，走过去一般也要半个小时，要是刚才离开得早，稍微跑几步路也就算了。现在下这样的大雨，地上坑坑洼洼，他一个人走过去实在是有些危险。

我说："你就到村里避避雨，等雨停了再走也不迟。夏天的雨，都是一阵子的，这会子别看这么大，过半个小时就停了。"

我把伞举高了些，好把郑定给挡住，他却往外站了些，刻意保持距离。我说："村子就在前面不远，你去了再决定好吗？就当我求你了？"我的低姿态让郑定不禁轻嗤了一声，"你这又是何必呢？"

他自然不肯与我太过亲密，我只要稍稍把雨伞往他那边倾斜，他就会立马往旁边挪开几步，像是在躲瘟神一样。我只好作罢，任由他在雨水里挣扎，等拖泥带水地好容易走进村子时，便是我的身上也都湿透了，更别提他。

只是到了村里，才发现并没有躲雨的地方。农村一般都是天一黑各家各户都是大门一关，唯一的公共设施也就是路边的茅厕，总不能让郑定在那儿躲雨吧。

我有些忐忑地问郑定，"要不到我住的那儿——那户人家里，他们一家老小都在的。如果你不介意的话。"我总怕会引起他的误会和排斥。

好在郑定一言不发，没有答应却也没有拒绝。我便在前面领路，带着他往村里头走。

因为我每次回来都是半夜，民宿的大婶便把家里的大门钥匙给了我一把。我开门进去，他们一家人正在偌大的厅里看着电视，见我进来，身后还跟着一个男人，不禁都有些意外。

我连忙解释说："外面雨下太大了，我朋友想在这里暂时避下雨。"

那一家人都十分和善好客，连忙让自己五六岁的孙子搬了条长凳过来，那小男孩平时就十分调皮，也不怕生，一双眼珠子把郑定上下打量了一番，转而问我道：“阿姨，是你男朋友吧？”

我正要回答，郑定就飞快地否定道：“当然不是。”语气十分不快，倒是让本来欢天喜地的小男孩吓了一跳，转而跑进他爷爷的怀里继续去看电视了。

大婶和大叔老两口大概也感觉到气氛有些不对，互看了一眼，大婶已经扯着小男孩的手，站起来往里边走，“时间很晚啦，要去睡觉了，走！”这便和大叔两个人牵着小孙子进了右边的房间，顺便把门也关上了。

我有些尴尬地看了一眼郑定，他浑身上下都湿漉漉的，进屋后，贴身的衣物水汽一蒸发，越发冷，他连着打了好几个喷嚏。我一面把纸巾递给他，一面指了指后头，“要不去擦一下吧！这样真的很容易感冒。”

“不用。”郑定纹丝不动。胡广励说得对，他要是倔脾气上来，便是十头牛都别想把他给拉动。

我心里暗叹，却也只有由着他，转而去厨房切了些姜片，烧了开水过来递给他。他倒没有拒绝，只是闷声坐在条凳上喝着热水。电视里芒果台正在放着天天向上，吵吵闹闹的，也不知道说些什么，但也亏得这些人的说话，气氛才不至于太过僵硬。

郑定看了看外头的瓢泼大雨，暂时没有停止的迹象，于是对我说：“你忙你的，我一会儿雨停了就走。”

我也没有起身的意思。就算相顾无言，也总不能就这样把郑定一个人甩在这里吧。

郑定有些不耐烦道：“你自己也湿透了，不需要擦擦吗？”没等我回答，他就又画蛇添足地补充道：“——不要以为我这是关心你，我只是想一个人看一会电视！”

他说着还真就认真地把长凳往电视机前挪了挪，不再看我。

我心里微微有些好笑，低头一看，自己的衣袖和裤子还真的也是可以拧出水来。因为风大，一把伞能遮住的也就只有肩膀头顶这一块而已。我正想去收拾一下，忽然瞥见墙边搁着的背包，地上也是流了一摊水。

糟糕！我忽然意识到那张照片还在里面，心里一慌，去拣出来的时候，照片整个都像泡在了水里。我心疼得厉害，也顾不得留在厅里的郑定，就抱着照片直接上楼了。

我拿了纸巾吸水，再又把照片小心翼翼地夹着，放在台灯下面烘着，没提防郑定已经站在身后。

他的脸阴沉不定，目光却是紧紧地盯着我手中的照片，“你……怎么还留着这个？”

他的语气有些轻颤。我一时心思都在照片上，也没理会他的话。可显然我的紧张看在他的眼里，实在是别有意味，“你……你是真的怀孕了？”

我这才意识到郑定是误会了，赶忙解释，“这是孩子怀孕八周时候的B超。”我和他那一晚到现在一共也没有两月，他听了之后，面色有些尴尬，可见我在房间里翻箱倒柜地找出夹子纸巾，把照片晾在台灯下边烘干，却仍是半信半疑地问，“那你为什么那么紧张？”

他的语气并没有太好，但他又按捺不住他的好奇。

我见那照片应该能复原，心情稍安，眼见郑定一脸忐忑，犹豫了一下，说道：“这张照片的确是我自己的。”他的心好像一下子又被提了起来，我于是指了指照片的右上角，“不过不是现在。”

当时郑定只是粗略地看了一下照片，就被我“怀孕”这样的消息给震惊了，哪里还会注意到照片上的日期，此时定睛一看，才发现根本就是去年此时的日期。

他很是意外，过了好久才反应过来，“你……你当时怀孕了？孩子拿掉了？”他大概是觉得我现在对着照片缅怀，孩子自然是不在的。

我说：“没有。我的孩子顺顺利利地出生了。你不是问我为什么会在诺顿医院吗？我不是去看谁的，我是在那儿生的孩子，遇见你的那天，刚好出院。”

郑定愣在那里，显然我这番轻描淡写并不能够缓解他内心的震惊。我见他没有吭声，不禁暗自苦笑，他应该做梦也没有想到吧。

郑定过了好半天才反应过来，嘴唇嗫嚅了两下，终于还是问道：“孩子的父亲呢？你和他没在一起？……”他问完后，便感到有些不妥，这几个月来，我独身一人，自然是没有在一起的。

我定了定神，坦言道：“你应该猜得到的。孩子的爸爸就是翟香嘉——你口中那个索菲亚的老公。”我迎上他的目光，本来以为自己会很难以启齿，没想到说出来却是一股轻松。

“索菲亚的老公？她有老公的？”郑定似乎有一些意外，但很快就忽略了这个问题，转而讽刺起我来，“你生了那男人的孩子，他却没有为了你离婚。你心里头憋屈不过，就想起用一些卑鄙的办法来要挟报复？”

我听郑定说的义愤填膺，好容易这些天稍稍平息的怒意又被重新点燃，我只是缄默不语。我的委屈，他不必知道。但我对他的恶意作为，他却是一点也没有说错。

郑定已经冷笑道：“真是看不出来啊，你比我想象的还要不堪。”

“我不堪？”对于郑定来说，的确如此。

“不是么？身为一个母亲，居然抛下自己刚出生的孩子不管，却只想着用一些恶心龌龊的方式来报复孩子的父亲，虽说那男人也不是什么好东西，但你这样子，也配作一个母亲么？”郑定很是怒其不争，憋得通红的一张脸都快要变形了，“明明心里头喜欢的是别人，你却可以……你就不觉得恶心么？”他大概是想到了我和他在一起的时候，脸上的愤懑再度露了出来。那架势，恨不能从来都不认识我。

他不说还好，一提到孩子，我便已经是有些抑制不住了。“你以为我自己不恶心我自己吗？我要不是被逼得没有办法，就算是能给我一把菜刀冲过去，我也绝对不会利用你。”

“你！”要说刚才郑定的怒意值是100，我说这番话后，他的怒意值只怕要把表盘都给冲破了。倒好像我说自己“恶心”自己的所作所为比他被我利用还要更令他生气似的。他气得一脚往外踢，“你可不就是没有办法了吗？爱与不爱这种事，是可以用菜刀解决的？我劝你趁早死了心吧，你这样的女人，没人会爱的！”

他气鼓鼓地说完，转身就走，却不想腿绊到了刚才被他踢飞的垃圾桶。一脚踩上去，差一点滑一跤。我本也很激动，见他又气得飞踢了一脚，便也懒得去拦他，心想他要这样走了，也好。至少在他心里头，是不会再对我有半分留恋的。

哪知道郑定并没走，他忽然蹲下身，翻腾起垃圾桶来，我忽然意识到他在看什么，下意识地就要去把垃圾桶抢回来，郑定却已经从那里头抢出几个被扔掉的包药用的铝塑板来。我想要阻止已经来不及。

他目光变得犀利起来，“你吃这些药？还吃这么多种？”

我说：“我晚上睡不好，吃点安眠药，帮助睡眠而已。”

“吃点？而已？”郑定扬了扬手里的外包装，“Zopiclone已经是很强的镇定催眠作用了，你还和苯二氮卓类的药物一起合用？你知不知道，这样子你很危险，很容易出现戒断症状。”

他忽然站起来，下意识地就去翻我的床头柜，结果一拉开就看到里头的好几盒药物，他只稍微看了几眼，整个眼睛都直了，“你到底一次要吃多少？你是不要命了吗？”

我看他着紧的样子，不知说什么好，只是把药盒抢回来，冷冷道：“我的事不用你管！你操心好你自己就好了。”

郑定本来就气得不轻，听到我的冷言冷语，更是不忿，“你以为我是在关心你吗！别做梦了，我是怕你死在这里，都没有人知道！”他大概还想说些什么刻薄的话，但见我只是对着照片看，最后只是说：“你要真的是想孩子，光对着一张照片有什么用！何必在这里惺惺作态。”

在他的眼里头，我竟是这样的可笑，都成了惺惺作态！

我自嘲道：“可除了对着照片，我还能做什么呢？”

他不知道的。“我什么都做不了。我根本见不到我的孩子，就算是她的声音也听不到。不，应该是，从她出生到现在，我抱都没有抱过一次。我甚至都不知道她长得什么样子。就算你现在把孩子抱到我面前，我都认不出她是谁。你说，我这样子，算是一个母亲吗？”

郑定冷哼道：“什么叫你还能做什么，你要真有心在孩子身上，又怎么会……”他没有说完，忽然停了下来，只狐疑地看着我，“你……见不到孩子？是他们不想把孩子交给你抚养？”

我苦笑了一声，“我承认我的手段很卑劣，很不堪，可如果你是我，你又会怎么做？我全心全意爱着的人，根本就心有所属。当我怀孕的时候，他却是在向另一个女人求婚。我奢望他的爱，可他的心既然没在我身上，我也想过就这样成全他们好了。可他们却骗我到美国生下孩子。生完孩子就以签证到期为由骗我回国，孩子连一面也不肯让我见。我已经把自己摆到很低很低的位置了，我可以什么都不要，除了孩子。可我回来以后才知道，签证根本就不是什么问题，他们想要的是彻底地剥夺我的抚养权，他们甚至收买了我的家人！”

“郑定，我知道自己的做法很无耻很可笑，我也试着放弃，试着不要把你卷进来，可只要我一想到孩子，想到这辈子我都没办法见到孩子，我就绝望得好像在地狱里头受着煎熬。只要能够让他们把孩子还给我，我再不堪，再不择手段又怎么样？”

我说得理直气壮，可在看到郑定时，转瞬便没了力气，“现在说这些，只会让你更加看不起我吧。”

郑定倒是没有出言讥讽，“怪不得你做噩梦的时候喊着孩子。”他默默地数着手头的药盒，忽然间，他从抽屉里边翻出另一个小瓶子，目光变得有些闪烁，“你……你怎么会吃这种药？”

那是抗抑郁的药物，我担心自己有问题被抓住把柄，自己到药店里去配的。见郑定一脸疑窦，我也懒得再掩饰什么，反正自己在他面前早就是千疮百孔。我把脸贴在窗上，外头的雨已经停了。山中的萤火虫便又有些活跃起来了，我对着背后的郑定说：“你知道我为什么要住在这里吗？”

“我妈妈是个小学老师，每次快到暑假的时候，她就会带着我住到山里的外婆家，来看萤火虫。萤火虫真的很美，后来我到外边去上初中，因为离得远，有几年都没有看过。直到我初三那年，中考完，我妈就又带着我进山。那时候，好多村民都嫌这里太偏僻，搬到外边去了。外婆家也一个人没有，只剩下一个空房子。我因为心情特别好，就一个人去看萤火虫看到很晚，可是回去的时候，我就发现我妈口吐白沫地倒在地上。她的一张脸都已经黑了，整个身体痉挛得不成人形。我是真的吓傻了，都不记得在门口的地上坐了有多久，我才往外头爬去一家家的敲门。后来我才知道，我妈其实一直是有抑郁症，那天晚上，她趁我不在喝了农药。"

我的背上有了一丝温暖，郑定的手轻轻地搭在那儿。我说："因为那件事，我每天晚上都睡不着，一不小心睡着了，也只会做噩梦。我在家看了一年的心理医生也不见好转。医生说，其实我这构不成特别严重的心理疾病，只是需要时间和引导。我爸不想让我触景生情，就带着我到江城去工作。其实，后来我已经好了很多。只是，有点不喜欢去人多的地方，也不太敢和人说话，晚上的时候不敢到处乱跑。至于那天晚上的事情，就像是禁区一样，我想都不敢想。直到我遇上他。"

我还记得和他第一次见面，是在我们院的大教室。那天是上大课，我因为去得晚，进教室的时候，乌压压都坐满了人，只剩下左边后三排一个人也没有，我一向都不喜欢人多，只想快点坐下来，于是想都没想就往左边坐了。结果上课铃一响，校长、院长一行人进了教室，直奔我这排。我这才发现黑板上写着几个大字，左边后三排是给领导预留的旁听席。我一下子就傻眼了，等我反应过来时，左右两边都已经坐满了人。我慌里慌张地就打算收拾东西腾出座位，然后就听见旁边的人对我说，你就好好坐着吧。

我那时候心跳都不正常了，跟陌生人挤着坐我都不自在，更何况是这些领导们。我自顾自地收书包，那声音才又在我旁边小声说，你是想让他们都给你让座么？

我一听，立马就老实了。试着偷眼往旁边瞧了瞧，是个很好看，身材也应该很高大的男人，穿着半休闲的格子衬衫，像个陪同人员。他见我偷瞄他，却是粲然一笑。我赶紧把目光收了回来。

他却没有放过我的意思，讲台上我们院特聘的教授，刚刚从欧洲获奖回来的美术家正在给我们上《中外美术史》的绪论，那男人就在一旁低声说，你这笔记做得不对吧？古希腊美术发展的第一个史前时期是爱琴文化不是那个“爱情”。

我本来就紧张得要命，老师在讲台上讲了些什么，我哪里听得进去。只是因为被这么多领导围坐着，我不论如何也得装装样子，谁知道却被他一语点破这么低级的错误。

我于是忍不住瞪了他一眼。哪知道他突然一伸手把我的本子拿过去，直接就大刀阔斧地在我的笔记本上改起来，甚至帮我完善。我都不知道这是什么情况，想要把本子抢过来，才发现他旁边坐着的赫然就是院长。

平时一脸严肃的院长竟然笑眯眯地看着那男人做笔记，一面朝我说道：“世界顶尖的建筑师来帮你做笔记，同学，你这笔记本可要好好收藏啊。”

“……”我越发不自在起来。刚才还有支笔在手，可以埋头做笔记。现在都被他给抢走了，我只好抬头看黑板。可是教室里不知道什么时候，还多了两三个扛摄像机和照相机的职工，时不时地冲到这一排来给领导特写。

我手心里头全是汗，总觉得镜头后边更加有无数双眼睛看着自己。无所遁形之下，再一次想冲出教室去。他又在旁边低声说：“你很害怕被人注视么？”

我几乎有些怒了，他却说："你现在走的话，真的会很突兀哦。"

不等我回应，他就建议起来，"知道在镜头前怎样表现最保险吗？挺直身体，平视正前方，表情认真随意就行。"他说着，还自我示范起来。老实说，我觉得院长口里这位世界顶尖的年轻建筑师实在有点莫名其妙。可他却很认真地朝我点了点头，示意我学他。

"你不信吗？你没看七点钟所有电视台都在放的新闻联报，前边国家领导开会，是不是都是这样的表情？镜头扫过去，你对谁会有印象？"

我没好气道："那叫新闻联播。"正说着，扛着单反的职工又来了，他便又按他刚才所说的那样，面无表情地正视着讲台。我心里一紧，鬼使神差地便也学着他那样做，旁边响起的快门的"咔嚓"声居然真的没有我想象中的那么可怕了。

或许是山中的夜晚格外能让人迷失，我待了这几日，那些恨意竟没有让我忘记过去。我大概是回想得有些遥远了。遥远到现在想起来，还是会觉得有些美好，以至于我的脸上都出现了不合时宜的表情。

"你很在意他？"郑定出声问道，我听不大出来他这句话背后的感情。

我不置可否地笑了笑，"有这么一个人一点一点地把你从沼泽地里头拉出来，让你重新认识到自己的生活可以变得很美好，你又怎么可能不在意呢。"

郑定默默地立在我身旁，苦笑了一声，仿佛心有戚戚焉。

"其实，我能够回到这里，都得感谢他。从前我一直幻想着，他能够陪我到这里，在满山萤火虫的照耀下，向我求婚。以后，每一年的这个时候，我们一家人就在这里度假。这样，这里在我生命里就只剩下美好。”或许郑定对我来说，是个特殊的局外人，我不自主地就向他吐露道，“这些天，我一直都在想过去的事。我以为我对他只有恨，可是仔细地想一想，并不只是恨。你一定觉得这是个笑话，都已经被伤害得体无完肤了，我心里居然还会有一丝渴望。”

“即便被伤害得很深，心里还是会有一丝渴望。”郑定重复了一句，不知道为什么，听起来也是那样的伤感。

我忍不住看他，郑定大概回过神来，连忙轻咳了一声，回避过去，转而对我说道：“我有认识个朋友，他是香港很著名的心理医生。如果你需要的话，我可以带你去找一下他。”他顿了顿，补充道，“我不是要帮你什么，只是顺便而已。”

我笑了笑，“不用，我其实有医生。”这倒不是骗他。迟家为了彻底地夺去孩子抚养权，我一回来，就帮我找了心理医生，好给我“定罪”。我自然不会让他们得逞，便自己配了些药吃，绝不会让他们抓到把柄。

“那你打算怎么做？我是指孩子，她现在还在美国？你要不要找个律师去跟他们交涉？我……”他有些欲言又止，我连忙说道：“我……我自己有打算。”

我欠郑定的实在太多，又哪里有脸再把他牵扯进来帮我？我见郑定似乎还有些欲言又止，不禁诚恳地对他说：“郑定，谢谢你。你能原谅我，我已经很意外，也已经够知足了。你再管我的事，我只会更加看不起我自己。”

他撇了撇嘴，倔强道：“谁说我原谅你了？”见我看着他，便又补充道，“你不会以为我到这里来是专门来找你的吧？我没有想到会在这里碰到你，我来这里是真的有事。”他大概怕我不相信，又说道，“这行程，还在美国的时候就已经定下了。”

“哦。”我心里暗笑，他这越是解释便越是掩饰。

“我是认真的。我在路易斯维尔的时候……”他还要解释，却不知为什么，他的脸色刷得一下变得雪白，他怔怔地一言不发，想来是这理由他自己也觉得荒诞，是真的编不下去了吧。

“郑定？”我觉得他在这方面真的有些像个小男孩，幼稚倔强得可爱。我于是推了他一下，笑说：“不管怎样，我都要谢谢你。”

郑定却是神情复杂地看着我，眸子里闪烁的亮光竟让我有些慌张，“怎……么……了？”

他一动不动，过了许久，才突然对我说：“我想，可能有些事，需要确认一下。你，等我消息。”他的说法让我完全摸不着头脑。他却再不肯说话，忽然就一扭身快步冲下楼去。

“喂——下……”我要说还在下雨，才蓦地想起，其实雨早就停了。我再要去追他，却又一时间想不出任何的理由。

是啊，雨早就停了，他也早该走了。

或许这就是我和郑定两个人最好的告别方式。

第十五章　直面真相

我没有如预期那样，等萤火虫渐渐凋零零星才打道回府。

原本，我只是抱着有些绝望的心态来到这里，尤其是半夜萤火泯灭，我独自一人走在回去的路上时，免不了更加心灰意冷，甚至想着，要是能得个痴呆症，把所有的过往都忘掉的话，也是一件可遇不可求的好事。

可是，见过郑定后，心里的某一处仿佛又照入了一点阳光。我一下子觉得蜗居在这里像只乌龟一样，是一件特别孬种特别丢脸的事。

我决定鼓起勇气去争取属于我的，去把我的孩子要回来。

迟莫时的电话依旧是无人接听。虽然他还是选择回避我，但这一次，我不会就这样放任结果。

不管怎样，我都要堂堂正正地站在迟莫时面前，恨也好，爱也好，至少，我要跟他开诚布公地好好谈一谈。

我给在重庆见过的律师打电话，请他帮我处理争夺孩子抚养权的事。律师说，要陪我一起去美国一趟，相关的手续和程序就由他来代办。除了费用的问题让我头疼，最紧要的，我得把我的护照和证件从陈阿姨那儿要过来。

我不得不回了一趟“家”。

爸爸和许诺都上班、上学去了，只有陈阿姨一个人在家里做饭。

我的出现让她有些意外，但脸上却瞬间就堆满了笑容，“咦，小郑呢，怎么没和小郑一起来呀？”她说着，目光擦过我的肩头往楼下瞟，似乎还真的以为会有人跟着我一起上来。

我不知道陈阿姨怎么一见面就会提到郑定，有些厌恶地把门合上，开门见山地就问她，“阿姨，签证办得怎么样了？交上去了吗？”

“就快交上去了。你呀，别老是这么风风火火的，一来就问这个。”陈阿姨轻而易举地就把这问题带过了，转而问我，“听说你回老家了？去看你妈妈了？”

我一下子就皱了眉头，“你怎么知道？”上次通话时，我还在重庆，最后与她还有些不愉快。后来回江城，心灰意冷，自然也无心给他们电话。

陈阿姨道：“你还说呢，这么多天也不给我们打电话。我和你爸爸担心着你，还专门跑到你租的房子那里去找你。哪知道你房子都转租出去了。我们急得没办法，只好给小郑打电话。这才知道你在老家。”提到郑定，陈阿姨双目不自主地就又放起光来，“许愿呀，我看那个小郑对你很上心呢。你们进展怎么样了？”

我听得一阵烦躁，直接说明来意，“阿姨，你找的哪家旅行社代办的？我和你一起去把护照拿回来吧。”

“拿回来？你不办了？”陈阿姨问道。

“我已经请了律师帮我跟迟家谈判。他会帮我办相关手续。”我说着，眼见得陈阿姨的脸色已经变了，“你请了律师？你怎么也不跟我们商量一声？”

我心里不禁冷笑，反问她道：“和您商量？那您会赞成我请吗？”

陈阿姨有些着急道："我是不赞成。可我也是为你好呀！你……你又不是没见识过那个翟香嘉的手段。你这样连律师都请了，不是摆明了和她对着干吗？她能轻易放过你？胳膊是拧不过大腿的。更何况他们还是只大象腿！许愿呀，你听阿姨的没有错，其实迟家也不是不讲道理。他们其实也担心你现在的身体状况，不适合带孩子。你听他们的话，坚持去看一阵子心理医生，等心理医生说好了，咱们再去……"

"他们让我去看心理医生，是为我好？阿姨，你别把我当傻子好吗？！"我已经气急了，"我敬您是长辈，所以很多事我也就睁一只眼闭一只眼算了，可您不要欺人太甚。你再不把护照那些证件都还给我，我会请律师来找您要。"

陈阿姨一听，脸色立马拉了下来，"许愿，你这是怎么说话的？虽说我不是你亲妈，可这么多年，我有哪里对不起你了！你就是这样逼长辈的！"

"我不是要逼您，老实说，我也不想这样。可您做了些什么，您心里清楚！反正谁阻止我把孩子要回来，我也没办法对她客气！"我索性不再拐弯抹角，直接把话挑明了。

陈阿姨却没有一丝愧疚，反倒是把围裙一揭，直接往地上一甩，"我做了什么了！我做了什么了！我不就是挪用了一下迟家给的钱吗？凭我为你们许家做牛做马这么些年，我把他们给你的钱用一些有什么不对？再说了，许诺不是你的亲弟弟吗？他过生日，你这个当姐姐的，难道不该稍微意思意思！"

我完全没有想到陈阿姨在这个份上，居然还会这么理直气壮，"阿姨，那是我的孩子，辛辛苦苦生下来的孩子！就为了那些钱，你就帮着翟香嘉！劝我回来，劝我去看心理医生。我说要办护照，你就阳奉阴违。阿姨，您也是当母亲的人，将心比心，要是有人给你一大笔钱，让你放弃许诺，你会肯吗？”

陈阿姨脸色发白，却说道：“许愿，咱们一起相处了这么多年，我知道在你心里头，你从来看不上我。可你拍拍良心，陈阿姨是那么缺心肝的人吗！我是爱钱，可我难道真的会为了钱，就把你和你生的孩子卖了？这种事我做得出来么？”

她言之凿凿，都让我一时间有些糊涂了，觉得自己是误解了她。可想到她做的事，却又没有答案，“既然这样，那您又为什么要这样做？又为什么要收迟家的钱？”

“我收他们的钱，那是因为他们想补偿你，又怕你不肯收。我觉得这确实是你应得的，就帮你收下。他们让你去看心理医生，也是为了你好。签证之所以办得慢，我也是希望多给点时间你，你按时去看心理医生，等医生说你没有问题了，我到时候一定陪着你一起去美国的。”

“看心理医生是为我好？”我听着陈阿姨可笑的回答，只觉得便是想气都气不起来了，“阿姨，你是故意装傻，还是真傻？我要是去看了心理医生，说明我有心理疾病，你觉得法官会愿意把孩子判给一个心理不健康的妈妈吗？”

陈阿姨大概是被洗脑了，就是不肯相信，“许愿，事情不是你想的那样，你也没必要把人心想得那样坏！”

“阿姨，我不想多说了，”我打断她，话不投机半句多，“你现在就把我的护照还给我。要不然，我就找律师找你，你要是再不给，我只好把你先告了，我是认真的！”

陈阿姨满脸通红，嗓门却是越发大了，“告！告！你干脆把我把你爸，把许诺一起告了！反正，护照我是肯定不会给你的。今天我就把话撂在这里，我一点也没亏欠你！你记住，今天我受你的气，可都是为了你，为了你爸！”

“为了我？你说这些都是为我好？！我觉得我根本就没法跟您沟通了！”我不知道陈阿姨什么时候变得这样不可理喻，以至于我都觉得世界上怎么会有像她这样的人。

我气得有些大脑充血。再这样说下去，我恐怕真的会控制不住自己的情绪。我只想趁着自己失去理智之前早些离开。哪知道我打开门，却是吓了一跳。门外不知道什么时候竟站了一个人。

他正对着门，低头倚靠着楼梯拐角，听见开门声，猛地抬起头来。

竟然是郑定！

我一下子有些没反应过来，险些以为自己看错了。

“是小郑啊！你怎么才来！”背后的陈阿姨变脸倒是变得极快，刚才还气得面红脖子粗的，此刻却也勉强挤出笑来向着他。我一怔，听这口气，倒像是郑定事先和陈阿姨通过气，表示他要过来？

“你……”我有些没弄清楚状况，郑定却突然间走上前，一把将我紧紧地抱住。我越发地困惑，不明白郑定此举是什么含义，我轻轻地想要推开他，他却不为所动，反倒是两只胳膊圈得更紧，他的下巴也紧贴着我的肩膀。过了好一会儿，他才松开胳膊，只是静静地看着我，不说话。

“你怎么来了？”我总觉得今天的郑定有些不对劲，仔细一看，这才注意到他的下巴有些青茬，眼皮也有些浮肿，显得很是疲惫，“你怎么了？是出什么事了吗？”

郑定并不直接回答我，而是说，“我听到了你们刚才的说话……”

我们的争执声音那么大，站在门外只怕想不听到都难。

陈阿姨面色一红，连忙解释道："小郑啊，你要相信阿姨，阿姨其实是有苦衷的，我是真的为了许愿好。许愿不懂事，你可不能跟着她一起埋怨阿姨啊。"

我真是有些哭笑不得了。陈阿姨这是丑事做尽还不许人说了？哪知道郑定却在一旁认真地点了点头，"我知道。"他毫不敷衍的表情倒是让陈阿姨都有些意外了，连忙向郑定竖起了大拇指。

"其实我今天来，就是为了这件事。"郑定重又看向我，"我不是跟你说，等我消息吗，这几天我其实去了一趟路易斯维尔，沈盼，事情并不是你想的那样。"

"你……你专程去了一趟路易斯维尔？"我万万没有料到郑定会这么做，"那你见到他们了吗？见到我孩子了吗？"我一时间有些语无伦次，过了好几秒才想起郑定说的话，"什么叫不是我想的那样？"

郑定看了一眼门内的陈阿姨，"你其实错怪了你的阿姨……她这么做也是……"

"小郑！"陈阿姨面色突变，不等郑定说完就急急地喊住了他，我分明瞧见她在向郑定使着眼色。见我看她，便停止小动作，却是话里有话的对郑定说，"小郑啊，你也知道我是为了许愿好，你理解我就够啦！阿姨行得正坐得直，不需要现在解释！"

"你到底在说什么？到底是怎么一回事？！"我没来由地心慌起来，张皇地就像是一只在热锅上的蚂蚁，"郑定，你都知道了些什么，你倒是说呀！"

我的催促让郑定意动，他苦笑着看向陈阿姨，"纸是包不住火的。要瞒到什么时候，一辈子吗？"他重又看向我，复杂的目光让我的心一下子就揪了起来，我六神无主地看着他，又看向陈阿姨，“到底，到底发生了什么事啊！”

“可是……”陈阿姨欲言又止，似乎还有些不想说。我死死地拉住郑定的手，对上他的双瞳，“郑定，你见到我孩子了吗？他们……他们到底都跟你说了什么。”

“我没有见到。”郑定深吸了一口气，不等我发问，转而将双手搭在了我的手臂处，紧紧的，像是要给我以支撑，“你的小孩她没能……”

“小郑！”陈阿姨两只眼睛都要瞪出来了。

我的心一下子就绷得紧紧的，只差一口气就要跳落出来，我死死地抓住郑定，“我孩子怎么了？到底是怎么了！”

此时此刻，想要再瞒却也是瞒不住了。郑定语气尽量放平缓，“沈盼，我知道这个结果让你可能一下子没法接受，但是，你的孩子，根本就没能活下来。”

“什么？你说什么？”我大概是听到他说了一句什么话，但是在他说话的同时，我的耳朵就同时嗡嗡作响，好像什么都听不到，“我是真的没听清。”

我望着郑定，只见他目光中流露出悲悯的情绪。他于是又说了一遍。与此同时，拢着我的背，好让我投进他的怀里，“沈盼，你坚强一些。”

“你胡说八道！”这一次我听清了。可是浑身的汗毛都竖了起来，整个人都好像进入了战斗模式。力气也大得惊人，一下子就从他的双臂间挣脱出来，把他推开，“我的孩子明明好好的！虽然，虽然她出生的时候，是有点小，是有点发育的不健全。可那都是小问题，怎么可能，怎么可能才几个月就……哦，我知道了，是翟香嘉他们骗你的！郑定，他们以为你要帮我，帮我去夺孩子的抚养权，所以就编了个谎话来骗你。你不了解他们，千万别上他们的当！”

“沈盼，我没有上当，也没有骗你。那个小孩出生没一会儿就不行了，当天就没抢救过来。”郑定说着。我却笑了起来，笑的模样大概是有些吓人，“你看，他们还能编得再离谱点吗？孩子要是真有那么大的问题，就该一直在 NICU 里头住着，迟家怎么会肯让孩子出院？孩子要真的一出生就没活下来，那阿姨去看的是谁？”我听得心里只是怨恨，“他们就是这样无所不用其极，连诅咒孩子这样的话也说得出口！”

郑定想要上前一步，我却下意识地往后退，朝他拼命地摆手，“算了，你别说了。这就是他们的谎话！我是绝对不会上当的！”

“沈盼！”我的不合作让郑定有些着急，他并不罢休，“你还不明白吗？陈阿姨去看孩子的时候，她就已经知道孩子不在人世了。她只是怕你伤心难过，所以和他们一起瞒着你的！不信你问她。”

陈阿姨叹了口气，摆出一副破罐子破摔的架势来，“许愿，小郑说的都是真的。你生产的当天，孩子就没保住。”

“不可能！你又在说瞎话！”我毫不犹豫地就否认道，“我生完孩子还看了她的，她还那么小，她分明还对我笑了。怎么可能说没了就没了？更何况那是在美国！不是说那边的医疗条件是全世界最先进的吗！”

我越说越激动，以至于都不想看到郑定和陈阿姨他们。我转头就要下楼，却被郑定抢住，“沈盼，你冷静点！孩子是不在了！我知道你心里头难受，可这是事实，你总要试着接受！沈盼，如果你连正视这件事的勇气都没有，那我还怎么……”

“这是谎话，我为什么要接受！”我不想听他再说胡说下去，他箍得越紧，我就越是抗争，就像是一头不见了孩子的母熊，龇牙咧嘴。“我不信，我要去找迟莫时问个明白！”我不由分说就掏出手机来一边打电话一边下楼，还没有迈出两步，脚步一虚，整个身体不由自主地就往下栽。

我好像从楼梯上滚落了下去，我甚至听到自己的肢体有发出咯吱的破碎声，隐隐有痛感从四端传到脑中。那种浑身上下的痛楚似乎让我能感觉不到自己的心痛。我听到郑定和陈阿姨急迫地呼喊声，可是我觉得那声音离我很遥远，越来越遥远……

嘀嗒嘀嗒的高跟鞋声在走廊上由远及近地传来，是陈阿姨拎着保温桶进来了。她把保温桶放在床头柜上，转而拿起旁边搁着的水果，就往口里放，“这什么青蛇果，看着还真是好看，吃起来味道那叫一个差。要不是看它贵，我都想直接扔了。”

她自顾自地说着话，这一幕场景竟是那样的熟悉，恍惚间我似乎回到了去年，那时候是怀孕初期，也在这家医院里调养着，她还在劝我去美国待产。

那时候，我只觉得自己到了世界末日的地步。可现在想来，那时候，至少我还有着孩子。现在，我却是彻底地什么都没有了。

那天，从楼上摔下并没有什么大碍，只是右脚有着轻微的骨折。在医院打了石膏，我便顺理成章地住了下来。医生说，幸好大脑没有什么损伤，可我却觉得不幸，如果能够一直昏迷不醒，那我就永远都不知道孩子已经离世的消息。甚至也许有另一个我，活在回忆里抑或是另一个时空里。孩子，我还有迟莫时，在漫天都是萤火虫的夜晚里，幸福地在一起。

于是，大多数时候，我都闭着眼躺在床上，不论是谁来，都不想睁眼，更不想说话。

只剩下陈阿姨在床边每次絮絮叨叨地说着那些人和事，不论我愿不愿听。

“许愿，你也别太较真了。我知道孩子没活下来，你肯定难过得要命。不过，那个孩子，早在怀孕的时候，就有问题了。她们说在胎检的时候，就发现胎儿的脑部可能有不正常，不过美国是什么人道国家，一般也都不建议堕胎。当初小迟和翟香嘉也想劝你把孩子给拿掉，可你一根筋非要生下来。这苦果子，也只有自己吞了。”

“老实说，姓翟的那个女人，明知道你有了身孕，还傍着小迟是非常不厚道。不过实话实说，咱们从前对她的那些指责，也不完全是对的。那天她说了那么多难听的话，不让你去看孩子，其实也是为了你着想。她到底是学医的，这点医德还是有的。你本来就在月子里，再加上你妈那事，情绪一不对，肯定是要命的。光是不让你看孩子你就这副样子，要是知道孩子一出世就不在了，指不定会怎么样。”

“当时，迟家老太太被你缠烦了，都打算跟你说实话。还是翟小姐劝住的。说小迟希望能够暂时瞒住你。让我劝你先回国，顺便看一看心理医生，等到确定你心情好了，没有问题了，她们再找个机会把消息告诉你。然后还代小迟给了我一笔钱，说以后有什么需要，只管找她。”

“哎，我当初也是为了你着想，我知道你不想要迟家的钱。可你付出这么多，这点补偿还是要拿着的。你还那么年轻，孩子不在了，男人又跑了，总要找人再嫁的。多点钱在手，当然要有底气些。哎，我一心为了你，劝你去看医生，你就拧巴着不去，还说我把你给卖了。我哪知道你钻到这牛角尖里头去了，我真是哑巴吃黄连的苦啊。跟你说实话吧，又怕你受不了，到时候你爸又要怪到我头上来。不告诉你吧，你又怨恨我，一天到晚就在外头瞎琢磨。现在好了，总算是真相大白，也还我一个清白！”

“要我说，孩子没了也好。你跟小迟，就是有缘没分。人家既然都结婚成家了，你们这孩子没了，就彻底地断了。我看，你那个上司小郑很不错，人家对你的热乎劲，难道赶不上当初的迟莫时？关键是，人家是理科生，都说理科生常情。而且，前两天我向他打探过了，人家这么多年，一个正儿八经的女朋友没谈过！真是打灯笼都找不到的好男人！”

“你看你在这里的这些天，人家人前人后忙着。人小郑好歹也是一老总，为了你还专门跑去美国了解情况，就冲这份心，你不感动我都感动了。最难得的是，他知道你跟小迟的事，知道你有孩子，人家一点不介意。你知道，那天你从楼梯上摔下去，痛得大哭，把郑定当成了迟莫时，一个劲地喊着迟莫时的名字，嚎着说，我们的孩子死了。我要是郑定，心里该有多不舒服啊。可人家是怎么做的？你哭，他也哭，哭得比你还凶。我都不知道说什么了。”

“要我说啊，老天爷算是待你不薄了。没了个迟莫时，这不又来了个郑定？你呀，趁这段时间收拾好心情，就跟小郑好好处，孩子，以后总会再有的……”

对于那天的情景，我并不太记得。更不知道自己曾经把郑定当成了迟莫时，抱着他痛哭。可我心里知道，这并不稀奇。从前，迟莫时便是我的救生圈。我一遇上麻烦事和伤心事，便要找迟莫时。

刚到美国的时候，我很不习惯。第一次去看医生的时候，躺在陌生的产床，对着陌生的肤色，我心里很是恐慌，只是死命地拽着迟莫时的手，让他代我回答护士的问题。

甚至对他说，能不能以后每次都陪我来。

他很是为难地说："小愿，你以后要试着自己完成这些事。我不可能一直陪在你身边的。"我这才想起他身边早已有了佳人的事实。很无奈却又很不情愿地答应下。

郑定曾劝我不要吃太多的安眠镇定药，说是难以戒断。他不知道，于我而言，最难戒掉的不是药瘾，而是迟莫时。

就算后来我已经认清状况，习惯了和他再不来往。即便是后来我误以为他纵容翟香嘉逼迫我，心里恨意拳拳时，可有时候半夜噩梦惊醒，昏沉的我还是会下意识地去拨他的手机号。

郑定的确来得很勤，甚至经常在陪护的床上侧身睡着。我因为不想开口说话，便也只是装睡任由他那样做。可后来见他把自己的拖鞋和睡衣都带过来，我觉得不能再这样下去，便只好对陈阿姨表示说要出院。原本我从楼上摔下，除了右脚，其他地方就没有受什么伤。全身检查都做了一遍，也没见谁因为这外伤还住院的。

陈阿姨连声说好，办完手续出了院，郑定却是把车开到了他家楼下。

陈阿姨没等车停稳，就收拾我的东西准备往下搬，我连忙扯她，她却说道："许愿，你那边的房子都转租出去了。家里，你也不是不知道，本来就小，你弟弟最近就要期末考试了，要好好复习，我也没空照顾你。难得小郑不介意，你就先在这里住几天，咱们再安排。"

我实实在在不想再欠郑定的人情，"他也要上班的。而且，我住在这里，还是……还是不方便，我看我还是住在医院好了。”

陈阿姨拉下脸来，郑定也面色尴尬，但还是温柔道：“你放心吧，我白天会请个护工照顾你。你要是觉得不合适，我可以住到胡广励那儿去。”

“就算是一场朋友，你受伤的时候，照顾一下，就让你这么为难吗？”

他大概是知道我的想法。可他这样一说，倒是让我更加不好意思，连忙说：“我不是这个意思。”

“那就住下吧。”他似乎并没有因为我对他的刻意疏离有任何的不满。

第十六章　萤火虫下的告白

有时候，我也会想起郑定这一阵子的行为。我知道他是个心地太善良的人，或许他太同情我了，所以明明被我骗了感情，却还是想要帮我从伤痛中走出来。

他倒是请了个小保姆帮着做家务，但自己却也没有闲着，一日三餐都是亲自操刀。我劝他去上班，他索性说，自己不过是抓抓几个组的方案，在家里也可以完成的。

到了晚上，他并没有要离开的意思，只是抱了床毛巾被到外边的客厅里。他把我的药都收缴了去，另找了医生配了药，每日将药递到我的手心，看我吞下，这才放心。

“这些药物的副作用较小，可能初期效果不明显。你要是睡不着，就让我陪你说话吧。”他刻意在厅里给我留了一盏台灯，整夜不关。

那天晚上起夜，我打开门，看到那橘黄色的灯光柔柔地洒在地板上，而郑定就半搭着毛毯窝在沙发里，恍惚间，竟让我生出一种似曾相识的感觉来，那样熟悉和亲切。

是了，刚和迟莫时在一起时，也是他睡在沙发，我睡在房里。他习惯于工作到深夜，有时候乏了，就直接趴在工作台上打个盹儿，有时候就蜷在沙发上打个盹。他那样的身形，蜷在沙发上，睡得并不舒服。我半夜醒来时，经常看到他在沙发上来回翻腾。我问他，为什么不回他的房间去睡。他便是说，我怕你半夜醒了，一个人会很寂寞。但你看到我在厅里，就不会这样觉得了。

即便后来，我的睡眠质量改善了许多，并不那么经常起夜，但他还是会习惯在厅里留一盏台灯，或是璀璨的夜灯。

如今，这灯光，多多少少也照进了我的心里。

我有试着想解脱出来。在傍晚的时候，我拄着单拐，由郑定扶着在小区里头转转，吹吹晚风，透透心气。可刚刚坐下，便发现满世界都是母亲或是奶奶正逗弄着小孩。小孩脆生生的笑声或嘹亮的哭闹声总是能一下子就催断我那根脆弱的神经。

郑定大概有些懊悔自己的提议，于是建议周末的时候，去郊外钓鱼。他大概想，在那儿是不大可能有孩子出现的。可我到底是没有那份心情。我承认自己很孬种，可直到现在，我也没法鼓起勇气对他们说，我要去美国看看孩子。在我的潜意识里，或许我只要我没有去看她，我的孩子就还是活在那儿。我自欺欺人地沉浸在自己的世界里。

我总共在郑定这里住了一周时间，这中间，爸爸和陈阿姨还来看过我一次。陈阿姨免不了把郑定又夸赞了一番。爸爸过来看了看环境，便问我道："你在这里都做些什么？"

做些什么？一天 24 个小时，我大部分时间都是躺在床上，或是靠在沙发上，问我干了些什么，我却是一句话也答不上来。我心里头知道这种状态是消极可耻的，却无论如何提不起劲来。

爸爸说："要不，你画画吧。"他有备而来，竟把家里我曾经用过的画夹颜料都带了过来。陈阿姨在一旁帮腔道："许愿，你之前托你爸去找的那个画室，这些天一直想联系你来着。那边说，有个客人特别喜欢你的一幅油画，觉得那个风格和他新装修的酒店风格特别搭。他还以为你是知名的画家呢！”

她不一会儿便眉飞色舞起来，“结果一问画的价格，你猜他说什么，价格太低了。他愿意用五倍的价格买你二十幅作品。”

“五倍？20幅？”我很是惊讶。虽说文无第一，画可无价。但我一个名不见经传的画手，怎么可能会有人愿意出这样的价格，还一口气要二十幅。

“就是啊。所以画室的老板天天联系你爸，说也不跟你五五分成了，他得个两成就行。”陈阿姨撇了撇嘴道，“要我说，顶多给他一成。那是你画好，买家才一眼相中的，他又没干啥……”

我看了一眼爸爸，他在陈阿姨的怂恿下，点头道：“许愿，这多少也算是个寄托，总好过你每天无所事事的好。那个客人也没什么要求，只是指定了题材，说是要江城的日出。”

江城的日出？二十幅江城的日出？其实，我没看过多少次日出，小的时候起不来，长大了没这份心情。和迟莫时在一起时，他只是想尽办法让我睡觉睡到自然醒。没看日出，但日落却看过很多次。是了，和迟莫时第二次见面，便是一起看日落。

有那么一次，我被系主任叫进了办公室。我心情忐忑极了，不知道自己犯了什么错误。哪知道系主任一脸和颜悦色，说有一位德国的室内设计师要来参观访问，让我周末的时候陪着在校园和市里几个有名的景点转转。

虽然系里来参观访问的外宾并不少，但陪同的事，一般都会交给学生会或者一些活跃分子。从来都轮不上我，我也不感兴趣。我吞吞吐吐地就要拒绝，系主任自然是搬出一堆要锻炼自己，这是个练外语拓展自己的好机会等大道理来说服我。

见我仍旧不乐意，系主任有些烦了，只说这是院长指定的。我最后只得妥协，带着室友救急。

第二天到院里迎接时，就遇上了陪着外宾一起来的他。距离上次相见，有了小半年，因为他长得太好看，我自然没忘记他。没想到却也是一下子就把我认出来了，甚至直接给我起了个绰号——“青花”。大概是因为那本笔记本是青花瓷的封皮。

然后，便是四人行。不知道是室友太想练口语，还是那老外话太多，总之，基本上，德国的设计师一路都在跟室友神侃。自然而然的，大多数时候，我就和迟莫时并肩而行。

他似乎并不是一个特别健谈的人，但他却总喜欢问我一些和景致无关的问题。

譬如，“青花，你为什么要学美术？”

“青花，你有没有想过毕业后做什么？”

我随口应付着，终于忍不住小声说：“迟先生，您可以叫我许愿。”我没有说出口，青花听起来特别像是“翠花”的姐妹。

“好啊。”他笑眯眯地答应着，“那你也别叫我迟先生，就叫我莫时或者Joel。”

“啊？”我那时候才知道他的全名，听起来有些文艺。院里的领导老师见他都十分客气，我直呼他的名字似乎不太合适。但转念一想，好像国外都是直呼其名的，大概他并不喜欢国内的这些繁文缛节吧。

看他一脸期待，我于是别扭地直呼了他的名，“莫时。”声音微弱，底气不足。

他终于不叫我“青花”，却改口叫我“小愿”，顺口得就好像唤过很多遍似的。

我们参观完沿江的租界建筑，散步到长江大桥下时，天边已经漫天红霞，红彤彤的太阳便披着这宽大飘逸的红霞披风，虽然炫目，却并不刺眼。看起来，倒像是个派头十足的武旦。

在江边小憩喝茶的时候，那个德国的设计师便撺掇着迟莫时也画幅画留念。迟莫时欣然掏出背包里的速写本，将本子一分为二，递给我一半。我愕然地看着他，这是让我也画么？他也不管我的惊讶，就自顾自地勾勒起来。长江大桥、江面与落霞，这样的画与摄影作品早已泛滥。可迟莫时却选了个桥底的视角，好像是一只刚刚从桥底洞穴里跑出来的小老鼠，好奇地看着外边的天空，格外与众不同。

他也瞟了我一眼，但我的笔下，只刚刚勾出了一艘漂在江心的沙船。莫说他，便是我瞧着都有些扫兴。

迟莫时于是说：“你知道我为什么会去学建筑吗？其实是因为我小时候有点自闭，我爸就带我去找一个心理专家，谁知道这位专家没有给我任何辅导，只是交给我一盒蜡笔，任务是必须在一个礼拜之内把这盒蜡笔用完。”

见我一脸迷茫的疑惑，他不禁笑了，“你不信啊？我住的地方华人本来就很少，我们家就我一个小孩，根本一个朋友也没有，真的很容易自闭的。那位专家给我的蜡笔只有红黄橙之类的暖色调。偏巧那边的房子大多数都是红砖房，我于是就拼命地画房子。说来也奇怪，一年过去，我还真就因为画画治好了自闭，甚至因为画画，结交了一些朋友。”

我抬了抬眉，之前看报纸也看到过什么针对孤独症，自闭症的绘画疗法，音乐疗法，但我总觉得这种治疗方法有些太过于理想色彩，听了迟莫时的话，也只是半信半疑。

迟莫时说："你下次心情不好的时候，不妨试试这个方法。"他把手中那幅刚刚完成的速写递到我手中，"喏，不如你先拿这个填填色。"

金色的凌波，与之相接的鲜艳霞光，秋水长天，一齐烘托着那轮慑目的红日。本是江城最曼妙的风景。

我想，日出和日落应该是差不多的吧。

到底是有些心痒，只稍微构思了下，我就在画纸上勾勒出来。或许是日落的景致在我脑海里太多太多，这一画，倒是没有停笔。等郑定炒完菜，端上桌时，我已经开始用他新买的颜料上色。

他在一旁看着我一遍一遍地耐心刷上金黄的底色，颇有些意外，试探地问我，"不用休息下么？"

"不用。"我说完，这才意识到自己的状态是可喜的。这从天而降的大客户，不单肯定了我的画，在物质上厚待我，更歪打正着地在精神上也推了我一把。

郑定见我状态越来越足，不禁笑逐颜开，赞道："这笔买卖，还真是及时雨呀！"

我心情一旦好转，郑定便像是打了鸡血似的，立马就做足了功课，把江城适合看日出的景点列了一张清单出来，打算一一陪着我去。

那天，在玉兰天池的度假山庄，我完成了客户交代的第十幅画。一扭头，郑定正抱着胳膊坐在草坪上打着瞌睡。他的眼睑之下，是两团乌青。

我收拾画夹和颜料时，郑定听到动静，从睡梦中醒来，揉了揉惺忪的眼，用手背把嘴一擦，头脑还昏沉沉的，就过来帮忙搬运。我在一旁看着他手脚麻利地收拾，熟练地把画笔颜料都分门别类地放进盒子里，心中一动道："今天咱们出去吃吧，我看到这附近有很多农家乐。"

之前我并不是很想到人多的地方，所以即使昨天破天荒地到了这么远的度假山庄来，也大多是在房间用餐。老实说，出去一趟并不是很方便，郑定这样两边跑着，虽然没说累，但肯定是疲惫的。

我的提议让郑定一喜，但他很快就改口说："时间还早，我们现在开车回江城，应该还可以来得及在江城吃晚饭。"

"你急着回？"我微微有些意外。我原以为自己的这个提议，他应该会很赞成才是。

风和日丽，郊区的空气又十分清新，我以为他应该会想要多逗留一下的。

"是啊。我要去公司加个班。"郑定有些支吾地说道。

"哦。那咱们早点回吧。"我虽然有些奇怪，却也没有多问。

郑定倒好像真的很忙，从天池回江城的途中，他都一直是一边开车一边挂着蓝牙打电话，似乎还让人帮他看着化学反应。大概因为我的事，工作都已经堆积成山了。

所以，当郑定表示要先送我回去，他再转头去公司加班时，我立马就表示我可以在公司附近等他，免得他多跑一趟，来回奔波。他有些受宠若惊地又有些不放心地看着我，"真的吗？你一个人行吗？"

见他仍有疑虑，我连忙从包里翻出速写本道："放心吧！正好我再想想下一幅画。"

"那好，要是感觉到不舒服，你就给我打电话。我很快的，一个小时就回来。"郑定看了看表，这便急急忙忙地走了。

我于是在公司对面的小咖啡店找了个靠窗的角落坐着，一边看着外头的车水马龙，一边喝着黑咖啡。我从前并不爱喝咖啡，不喜欢它的苦味，再加上因为睡眠质量本来就不好，就算全寝室的人都在考试周狂喝咖啡，我也是敬而远之。

可人真的是爱屋及乌的。迟莫时习惯于清早傍晚各喝一大杯纯黑咖啡，好在画图的时候，能够打醒十二分的精神。早上的时候，我们像一对世上最亲密的小夫妻，他为我煎鸡蛋，热牛奶，我则在他的指导下磨咖啡。端着热腾腾的咖啡，我总是习惯性地尝一小口。时间久了，我对于咖啡不仅不排斥，喝起来，甚至是有些回味。

郑定赶过来的时候，手边的咖啡已经喝得见底了。我抬眼看他，额头还有汗，停下来也是气喘吁吁的。他歉然道："不好意思，让你等这么久。咱们走吧。"

他拉着我过马路回公司。我原以为是要去停车场拿车，哪知道他却继续往前走，这是要进公司大楼了。

见我有些犹豫，郑定连忙解释道："能不能在办公室等我一下，我去稍微冲个澡。"因为有合成组的关系，公司的卫生间都配有淋浴房，以方便大家做完合成实验冲凉。郑定似乎还做了下实验，身上隐隐有着有机试剂的气味。

我点了点头，正想说要不我继续在咖啡店等他，他看出我心思似的，便说道："放心吧。今天没有人加班，我让他们都先回去了。"

公司加班是常态，通常一个化学反应一旦开始，是没办法控制在下班时间就停止的。郑定居然让他们把反应停了，直接收工回去？以至于整栋楼都有些空荡荡的。郑定把我让进他的办公室，说话时都有回音了，"你在这里坐一会儿，等我一下。"他一边说着，从橱柜里还找出了一套干净的衣物和毛巾。

只是，我从进来时，目光就被墙壁上挂着的一幅画吸引住了。“这个……怎么在这儿？”是那幅在798时，郑定买下来又拼命从歹徒手中抢过来的画。

郑定有些尴尬地说：“我总觉得这幅画也算是有纪念意义的，就没舍得扔。之前拿回来就放在家里，不过你说你不喜欢，所以我就把它挂在这儿了。”

我愈发愧疚。他却毫不在意地捧着衣物出去了。

只是当我盯着面前这幅日出油画时，心里头忽然有一种奇异的感觉升起。一时间，整个人的思绪都乱了。

郑定重新回来的时候，我正拿着手机发呆。他把身子摆正在我面前，微笑地看着我。我正要开口说话，抬起头，看见他的模样，却是突然说不出话来了。只见他穿了件格子暗纹的浅蓝色衬衣，笔直的西裤和皮鞋，正式地就像是要去开会。大概是因为他留在公司的衣服都是正装吧。

平时见惯了郑定休闲随意的装扮，洗浴过后，正经打扮却也是让人眼前一亮。郑定笑看我，“肚子饿了没？”

“还好。我刚才在咖啡店吃了个小蛋糕。”

“那就好。那咱们也不用太着急吃饭。”郑定说着，我心不在焉地听着，应道，“嗯。正好我有事跟你说。”

“什么事？”郑定一脸期待，看得出来他的心情很好。我定了定，总觉得自己要说的话，实在不符合他这副表情，一时间也不知道怎么表达，于是说道：“还是边吃边说吧。”

“真巧，我也有话跟你说。不过是在吃饭之前。”他神情雀跃，“陪我去一个地方。”

我总觉得郑定今天有些神经兮兮，还没细想，郑定已经拽着我往合成室的方向走去。

越往里走，我越是疑惑，“来这里干吗？”在公司待了这些日子，除了入职第一天，由人事带着参观了一下，合成室我基本上是没踏足的。

里边有着浓浓的有机试剂的气味，空荡荡的房间里，看着各种奇形怪状的玻璃器皿，我总有种身处科幻电影里的错觉。

郑定拉着我走进合成室最里边的房间，打开灯，把我让了进去。

房间里有一个玻璃小隔间，似乎是有着特殊用途。我一进去就注意到那小隔间里头吊着好些实验用的小离心管，每个离心管的底部都装着一点点橙黄色的液体。

这情境实在有些诡异，我茫然不解地看向郑定。郑定却向下努了努嘴，我低头一看，居然地上铺了几层报纸，报纸上搁着两个沙发坐垫。

他示意我往那里坐下。我心里头不禁打起小鼓，难道郑定所谓的“加班”就是在忙这个？他把合成室的其他人都支走，就是为了带我来这里？

郑定见我抱膝坐好，把房间的灯闸“啪”地就关了。

这个房间没有窗户，门一关，外头合成室的光线便是一点也进不来。这狭小的空间让我有些不舒服，我正要起身唤郑定，却听见“滴”的一声响，郑定显然是把什么仪器打开了。可就在这一瞬间，我感觉自己的身体也定格在那里了。

原本伸手不见五指的房间里，突然间出现了许多发着橙色光的光点。我一怔，这些荧光都是从玻璃房的方向发出来的，正是那些吊起来的离心管。我坐在地上，看过去，就好像是看到了遥远的天空，那密集的星光来自银河星系。

那美妙令人不禁屏住呼吸，更妙的是，那些橙色的光芒竟渐渐地发生了变化，渐渐地过渡成了绿色的荧光，而那些绿色的点点星光几乎是在同一时间荧光越来越强，我一阵恍惚，只觉得这就是那同步的萤火虫，在接到了指令后一齐发出了耀眼的萤光！

“还像吗？”郑定不知道什么时候坐在我身旁，轻轻地搂了搂我的肩膀。

我只觉得喉头发酸，眼泪不自主地就夺眶而出，下意识地就紧紧地环抱住了郑定。

郑定的手轻轻地拍着我的背，他在我耳畔轻轻地说道：“对不起，许愿。我来晚了。”

“什么？”我一懵，心里头有种说不出的奇怪感觉。这是他头一次叫我许愿，有那么一瞬间，我甚至恍惚地觉得他是我记忆里的那个美好的迟莫时。

郑定低声道：“我知道萤火虫对于你来说，有很大的意义。都怪我，没有早点去。现在就算想陪你去，也已经晚了。所以，我就想到用量子点来当萤火虫。这些量子点在紫外波长不一样的情况下，会发出不同的荧光。虽然，这个数量跟山里的那些同步萤火虫比起来，还是差远了。不过，这一次，就将就着这样看吧。”

我摇头，坚定地说道：“不，郑定，这是我看过的最美的萤火虫。”

郑定满足地笑了，大概是觉得他今天费的老大力气都没有浪费，“你喜欢就好。那你以后要是什么时候想看，我们都来这里看好了。”

我看着那“漫天星光”，擦着热泪，破涕笑道，“真要是这样，公司该被你这个不务正业的老总给拖垮了。”

郑定大概也意识到这么做各种不合适，有些赧然地一笑，“那以后每年的六月，我都陪你回去看真正的萤火虫。”

我的心扑腾一跳，郑定这句话的背后包含着太多，一时间不知道如何回应郑定这句话。

他也不给我想的时间，又问了一遍，“沈盼，你能给我这个机会吗？”他问得认真庄重，在我还没反应过来的时候，他突然转身面对我，单膝跪地，不知从什么地方掏出一个戒指盒来，在这个犹如浩瀚星空的狭小空间里，递到了我的面前。

原来他穿得这么正式，是为了这一刻。

“郑定！”我既惊讶又紧张。怎么也没有想到郑定会这样做，应该说，时至今日，他还会有这份心思。

“沈盼，你不要这么吃惊。我对你到底是什么感觉，这些天，我想你应该很清楚。沈盼，我喜欢你。这感觉一直没变。虽然，我之前很生气，甚至有那么几天恨过你，但我一直就没舍得把这枚戒指扔掉。”明明被伤害过，明明想要忘了，可就是，戒不掉。

郑定打开盒子，在荧光的照射下，那颗钻石也闪烁剔透，让我的心为之颤动。

在那样的气氛下，要说我不动心，那除非心是陨石做的。我甚至有种冲动，真心实意地想要把那枚戒指戴到我的无名指上。我按捺住内心的澎湃，摸到墙边的电闸，把灯打开。

那瞬间填满房间的日光灯，终于将这空间里浪漫炽热的气氛冲淡了好多。可郑定仍旧坚定地跪在那里，一汪如水的眼中流出的目光紧紧地缠绕着我。

我拿起戒指，原来戒指的内侧也刻有一行英文，“Never be apart”，和郑定手中的那枚“From This Day Forward”合起来，便是从今往后，再不分离，一如他之前许下的“一生一世”。只是那时候我的心思并没在他身上停留过，直到此刻，才看到这句话。

我握着戒指，心里有一丝不舍的情绪。但我还是说：“这枚戒指，我暂时不能收。”

郑定正要开口，我便抢着道：“郑定，就像你说的，这些天，你是怎么样对我，我怎么可能一点感觉没有呢。如果我是沈盼，我现在一定会毫不犹豫地戴上这枚戒指。可我不只是沈盼，我更是许愿，心里头爱着迟莫时的许愿。”

“可是他……”郑定的脸色有些难看，或许是我眼中的光芒太明显，郑定一下子就读懂了，“你……不恨他了？”

我使劲地摇了摇头，“不只是不恨了，而且是非常后悔这段时间的所作所为。后悔自己居然把他想得那么坏！其实，他一直都是一个很有责任感，很会照顾人的男人。就算他不爱我了，也会好好照顾我，照顾我的孩子。他其实早知道孩子不健康，也想劝我把孩子打掉。只是那个时候，我什么都听不进去。其实，他还是很关心我的。要不然也不会把孩了的事瞒得这么死。”

“是啊，他关心你，所以一直不见你。”郑定无奈地发出了一声笑。

我知道郑定一向喜欢冷嘲热讽，“你不用说反话。他不见我，不是因为他狠心，只是因为他太了解我。他知道我有多依赖他。有些时候，他对于我来说，大概就像是毒品。一旦成瘾，要费好大的力气才能戒掉。可要是中途不小心又吸了一口，那就前功尽弃了。他想要让我有自己的生活，想要让我把他彻底地戒掉。”

郑定道：“既然这样，那你为什么不试着把他戒了？为什么不试着放下过去，试着过新的生活？”

“是。我也想把他戒掉，把他彻底地放下。可是，我和他之间，差一个交待。我不懂，自己在他眼里，这么两年，到底是算什么。如果他以前是爱过我的，那为什么他会突然间不爱了，突然到我根本就感觉不到他移情别恋。可如果我什么都不是，那他现在又为什么还在乎我？关心我？”

“现……在？”郑定的表情有些古怪，一脸不相信。

我苦笑道：“这段时间，画室那边让我画那些日出的客户，应该就是迟莫时。其实我早该猜到了。可我直到在你的办公室看到那幅画，我才明白过来。你想啊，怎么可能这么巧，会有人看上一个完全不知名画手的画？还一口气下这么大的订单？那不过是他想要借画画来调整我的状态，找了个借口而已。”

“那幅画？那幅画和他有关系？”郑定关心的重点似乎不大一样，但我还是看出了他的不安。我拉起郑定的手，将那枚戒指放入他的手心，“郑定，我不想骗你。我和迟莫时的这段感情，我还有不甘心。不是对他不甘心，是对这段感情。感情总该是有始有终的。和他在一起的两年，对我很重要。不能就这样一声交待也没有，莫名其妙地结束了。我要去找迟莫时，和他当面认真地谈一次。”

“你……要去找他？”

我点了点头，“我刚才就想跟你说，我已经想通了，我打算去美国。之前因为孩子，我一直回避着，可现在，我觉得自己已经足够勇敢了，可以去接受孩子不在的事实。还有，就是找迟莫时，给这段感情彻底地画上一个句号。”我深吸了一口气，把郑定的手指往中间攒，托着他的手背，托着那枚戒指，“郑定，我要去美国，给我这段感情加一个完整的结局。所以我现在不能够答应你。如果，如果你愿意等我回来，我会试着忘记许愿，试着只做沈盼。”

说这话的时候，我的心仿佛漏跳了一拍，原来，对着郑定，也不知什么时候有了感觉。我对上他的眼，郑定的眼里瞬间涌起满满的喜悦。但那喜悦很快就被另一种焦急给淹没，“为什么非要去美国呢？其实，其实你也没必要去。我的意思是，他一直不见你，就是希望你能有自己的生活，而他，他也不希望他的生活被你打扰。你这样跑去，并不是他所愿的。”

他的焦灼和紧张让我心里头微微涌起甜蜜的感觉，我说：“我知道。我去找他，只是想给自己一个交待而已。而且，不管怎么说，我总要去跟孩子——去跟她道个别。”

或许是因为我的手和郑定的手叠在一起，说出这句话时，并不是那样艰难。郑定看着我，犹豫了片刻，这才说道：“如果……如果是为了这个原因，那你就更加不用去了。”

我不解地抬眼看他，他抿了抿唇，对上我的眼，像是试探我似的，小心翼翼地说：“他们把孩子送回了江城。”

我一愣，旋即明白过来。即便他再小心翼翼地描述，我听到还是忍不住脚发软。

郑定说：“沈盼，你不要着急，等再过一阵子，我陪你去看她。”

我迟钝地摇了摇头，“明天吧，明天，你陪我去好吗？”我虽然下意识地想要退缩，想要把郑定也当做救命的稻草，但既然知道孩子离我这么近，我怎么可能还装作什么都没发生呢。

“好。”郑定深吸了一口气说道。

第十七章　背后的买主

第二天一大早，我和郑定就驱车出城。

迎着晨曦，凉凉的夏风从窗子里透进来，手臂和脖子都有着瑟瑟的感觉。伸出右手，轻轻地握着我。

因为不是什么特殊的日子，又是清早。坐落在市郊九真峰的公墓很是冷清。郑定把车停在最靠近陵园门口的位置，走过来为我打开车门。他的眼中有着重重的血丝，显然昨天晚上也和我一样，一夜无眠。

我其实很害怕到这样的地方，肃穆静谧，每一排都存放着人们各自的怀念与悲伤。

郑定紧紧地拉着我的手，他的手一向温热，可这一次，不知是不是我的哀伤太强烈，让他很是紧张，以至于他的手也和我一样冰凉。郑定打听得很详细，没有怎么费力就带着我从主道拐进了一条石板铺就的岔道上。

和之前路过的一排排整齐密集却又让人微感窒息的墓碑不同，这条路的左右两边间隔两米有一个亭式的建筑。要不是亭子正中央的墓碑提醒着这里安息着一位或两位亡灵，会让人恍惚地忘记这里是陵园。

我们的手心微微渗着汗，脚步也越来越慢，直到视野里出现了一座碑亭，一座远看像玉兰花瓣的碑亭。

心跳陡然变了速，我都不知道自己是怎么迈着腿走过去的。只隐约见到那儿还静静地搁着一束花，是百合和白色的雏菊。

我的脚步随着郑定的脚步停下，视线由下往上慢慢地挪着，并没有见到如同其他碑亭一般用正楷刻着的让人肃穆紧张的字眼，那儿，只是静静地躺着一行字——“萤火虫”，没有落款，没有介绍，整个碑面除了这三个字，干净地再无其他。

萤火虫。

大四的下学期，学校要求实习。我很没出息地就进了迟莫时在江城的事务所。虽然这么做，有些难为情，但同时我又很心安理得，因为那个时候我已经不知不觉地对迟莫时产生了依赖，能够在他身边工作，让我无比的安心。

那时候，他正和另几位美国的舞台设计师、艺术家一起主持设计一个商业街区地标性的剧场。他的团队一直是以环保绿色为理念，于是设计时，引入了自然的元素——萤火虫。坐在剧场里，便像是置身于星空下，最璀璨的灯光亮起时，就像是萤火虫迎面飞来。

这个设计让我不可避免地想起了家乡的萤火虫，可这一次，并没那么可怕。因为在那璀璨的亮光中，还有着迟莫时的身影。

因为有他的陪伴，萤火虫，于我而言，不止是伤痛。到剧场开始施工的时候，我甚至重新爱上了萤火虫。因为那中间，有太多太多，我和迟莫时在一起的美好记忆。到最后，我都有些怀疑，迟莫时想得这个“萤火虫”舞台的创意的本意究竟是什么。

只是因为早过了萤火虫的季节，我和他相约明年回老家去度过夏天。

“一言为定。”喝了红酒的他，有些沉醉，“不止是明年，咱们以后的每年都去你老家看萤火虫。刚好这边的萤火虫比大烟山的早半个月，咱们可以在这里看完了，再到美国去看。”

我不禁笑了，“真看不出来你这么喜欢萤火虫，干脆以后给你的孩子就起名叫萤火虫好了。”

迟莫时的眉眼里头有着别样的笑意，“好啊，以后就给咱们的孩子起名叫萤火虫。”

萤火虫。

好啊，我们的孩子，就叫萤火虫。

后来的后来，我一直都以为那是一句半真半假的玩笑话。因为他一次也没有陪我回去看萤火虫。

可原来，原来他一直都记得的。

当我有意识时，我只是机械地翻着包，掏着手机，一遍又一遍地拨着那个号码。那头“嘟——嘟——”的声音绵长地传来，却始终没有人接起电话。

“沈盼——沈盼——”郑定的声音强行地挤了进来，我回过神，才发现郑定正气喘吁吁脸色苍白地看着我，“你别吓我。都怪我不好，我不应该急着带你来的。我先送你去医院。”

听到车打着火的声音，我才反应过来自己现在正坐在副驾驶座上。我有些茫然地看着他，似乎大脑有一点脱水，我甚至根本连刚才是怎么从陵园走出来的都不知道。

郑定揉了揉我的头，他的手依旧是冰冷的。声音却终于有了一丝生气，“沈盼，没事了。有我在。”

他说话的口气像极了迟莫时，我怔怔地看着他，心里头对迟莫时的想念却更多了一分。

我不停地打着电话，就像从前一样，每次遇到事情，第一时间就是找他。可是，已经很久了，很久他都再没有接我的电话。

郑定已经把车开了出去，他不停地看我，“你在给谁打电话吗？”

那头始终只有移动的女声在一遍又一遍地重复着电话录音，我沮丧地回答，“迟莫时。”

郑定闻言，扶着方向盘的手似乎还抖了一下。

只是不论我怎么拨，都只有温柔机械的女声在一遍遍地重复着，我紧张地拽着安全带，一遍又一遍地在心里默念着，只希望能够快点听到他的声音。

郑定说：“打不通就别打了。那边现在是晚上了。可能他已经睡了，你这样打过去，不是打扰他的生活吗？”

我说：“不，他在江城。”

郑定的脸色一白，“他怎么可能在这儿。”

我丝毫没顾忌到郑定在开车，只是拉着他的胳膊，“你看到那束花了吗？花还没有凋谢，说明这两天有人来看过我的萤火虫了。除了他，还能有谁呢？而且还是百合花，对，就是百合，那是他最喜欢的花。”

“他一定在江城，我知道。他一定在的！”我喃喃地自语，他在这里，他根本就没在美国。“可是，他为什么不接我电话？他为什么躲着我？”

郑定的脸色并不好看，“他不接你电话，不是要躲着你。而是他想要退出你的生活，他也想要你打扰他的生活。”他过度的强调只是让我烦躁，可是我一个字也听不进去。

“不是的。”我矢口否认，“就算是，我也要听他亲口对我说。我要见他。”

我忽然想到了一个地方，一着急就抓住了郑定的手，“你送我去一个地方。”我看了一眼前边的路，判断了现在的位置，便急急地对他说，“赶快上二环线。”

郑定看到二环线的入口却根本不停，转而把车向前开。

“喂，你怎么不拐上去？”在我的语气明显有些不好时，郑定却视而不见，只是平淡地说，“沈盼，你冷静点。咱们先去医院。”

这个时候叫我怎么可能冷静？！我抓住他的胳膊，“郑定，我现在真的没事，我好得很。我拜托你了，我想要见迟莫时，我一刻也等不……”

没等我说完，郑定就忽然用左手把我揪住他胳膊的手给拨开，“迟莫时，迟莫时，你难道离了迟莫时就不行了吗？”他的声音有些大，有些绝望，我完全没想到郑定会突然发这么大的脾气。

我愕然地看着他，郑定大概也意识到了自己的情绪有些过激，便把车靠边停了，转过头来，语气尽量放缓道：“我没有别的意思。我的意思是，你为什么不能试着放下他？沈盼，你忘了，你昨天才答应过我的，你会试着忘记许愿，你会试着只做沈盼。”

他的眼里头含着哀求。可我看着眼前的他，却实在是没有办法接受。

“郑定，你对我的爱，你对我的好，我都很感激。可是，我现在觉得你有点不可理喻。不错，我是对你有好感，我也说过会试着忘记许愿，忘记过去。但是，我也跟你说了，我现在没办法就这样放下他。更何况，我觉得迟莫时躲着不见我，肯定是有什么事。你这样粗暴地阻止我去见他，只会让我看不起你！”

郑定要辩解，我却已经打开车门，“不劳驾你了，我自己去找他！”说不出是赌气还是因为太着急，我不等他回答就“啪”地把车门关上，眼见一辆的士停在前面，便匆匆上了车。

只留下后边的郑定要开门来追，却被旁边呼啸而过的车流给截住了。

我让的士把我带回了曾经的那个“家”。

我还记得那天他开车带我来这里，我只当他是带我参观下新的项目，还有些奇怪，“看起来这个小区还蛮新的啊，难道就要拆掉重建？”

“不是重建，只是做室内装潢而已。”迟莫时答着，把车开进了车库。

“啊？”我更加不解。感觉小区里头已经住了人，难道开发商要把所有房子回收再统一装修？这买卖的成本也太大了吧。

迟莫时很快就否定了我，“不是，只装修其中一间而已。”

我大脑顿时就秀逗了。跟着他一路坐电梯上到顶楼。

小区的定位算是比较高端，即便是三十层的高层，一层也只有两户。而二十楼因为做了一个天台的景观，就只有一户占据整个一层。迟莫时掏出钥匙开了门，里边白墙水泥地，空荡荡的。三面都有露台或是落地窗，登高远眺，风景的的确确是完美的，可这整个房间也不过一两百平方米，我不禁有些好奇，谁有这么大的面子能够请得动迟莫时来为他做室内装潢，简直是杀鸡用牛刀。

迟莫时笑道：“不是我，而是我跟你。而且这份工作没有报酬，要经常加班加点，周末开工。”他说着，把钥匙放在我的手心，“许愿，我们一起来建一个属于我们的家吧？”

“属于我们的家？”我这才反应过来，在短暂的惊愕之后，眼眶里头不自觉地就涌起了雾气。但那雾气暖暖的，湿润了我的心。

他说，他想要一个家，希望我能够给他一个温暖的家。

我知道，其实是我想要一个这样的家。这么多年，自从妈妈走后，我对“家”这个词就变得极其排斥，后来爸爸有了新家，我有了新的家庭成员，可那个“家”始终没让我有真正的家的感觉。

直到遇上迟莫时。

我觉得他就像是上帝派下来拯救我的天使。虽然他的事务所设在江城，但他却一直是住在酒店里。和他在一起后，我固然很开心，但也有着隐隐的担忧。我害怕哪一天，美梦醒了，天使就会一声不吭地飞走。他像是知道我心里所想似的，不动声色地就把翅膀交出来，让我保管。

他说：“许愿，咱们分工合作，你设计，我执行。互相监督，谁也不许偷懒啊。”他倒真的就把设计的活都交给了我。而他则干脆当起了工人，除了水电泥瓦的活，从买材料到粉刷到安装，他都一手包办。对我的设计稿，是绝对百分百的执行。装修总共花了两个月。等到弄完的时候，他瘦了五斤，我胖了三斤。

那真的是我最快乐的日子。下班后和他一起去买材料逛家具甚至一起淘宝，周末的时候看他在房子里头安装龙头吊柜，为他擦汗递水。和一般小两口无二的甜蜜又普通的幸福生活，让我每晚都睡得安稳香甜，早晨醒来时，都是带着笑意。即便是现在回想起来，也觉得人世间最美好的日子不过就是那样了吧。

司机把我送到了楼下，我三步并作两步地冲上台阶，按通了门边的对讲机。

3001

“嘟——嘟——”的声音响着，却并没有人回应。

我想要开门，翻了半天包，才想起之前离开时，已经把钥匙还给了迟莫时。我扭头去看旁边的邮箱。我曾经留了一把备用的钥匙放在邮箱里，只因为自己有时候丢三落四,万一迟莫时又出差了，至少还可以拿备用钥匙开门。

邮箱是密码锁，我设置的是迟莫时的生日。我忐忑地按下号码，邮箱“啪”的一声向外打开了。我心里头微微有种安心的感觉，似乎什么都没有变。可是低头一看，才发现邮箱里堆了好多封垃圾邮件。我的心又不禁一沉，但还是继续摸向邮箱深处，摸到了那把钥匙。

虽然有了房门钥匙，我却进不去楼道门。只好接通了上边物业的电话。

物业值班的工作人员的声音很快就响起了，“您好，请问是哪一户的业主？”

“3001 的。”我不等他发问就补充道，“业主是迟莫时。”

物业没有急着开门，而是又问了一遍，“登记的户主名是？”

“迟莫时。”我重复着。却听到物业说，“不好意思，您提供的信息不对。”

我完全没有料到还会有这样的状况，“信息不对？怎么可能？你们好好核对一下。登记的名字有迟莫时，或者是许愿。”

“还是不对。对不起，我们不能为您开门。”物业那边虽然十分有礼貌，却已经把连线掐断了。

这怎么可能！

我立马就冲到物业管理处去找他们理论。或许是彼此见过，颇有些眼熟，他们倒是十分谨慎地查了一下记录，过了一会儿才说：“您提供的信息是上一任业主的。”

“上一任？”我觉得自己的思维有些跟不上，“你的意思是，现在他不住在这儿了？不，你的意思是，他把这里卖了？”

那个工作人员大概没办法理解我的激动，但还是机械礼貌地回答着，“应该是这样的。”

“他把这里卖了？”我重复着，只觉得无法相信。倘若说是一个月前的沈盼，我还会相信。因为那时候的迟莫时对许愿是铁石心肠。可是现在，在知道迟莫时并没有如他表面上的那般把我放下时，要我怎么相信他会把这个我们最重要的“家”一声不吭地就卖掉呢？

我使劲地摇头，“不可能。”我还把强有力的证据提了出来，“如果真的换了人，那怎么可能邮箱的密码都没改？”

物业不知道怎么附和，只好不评论。我却是不甘心，“你说他卖了，那卖给谁了？”

物业立马就为难起来了，“对不起，我们不能随便透露客户的资料。”

他们有他们严格的规则，我知道再纠缠下去，也不会有什么结果。我不甘心，我捏紧钥匙，坐在楼前的长椅上。只要能进那栋楼，我便能自己证明。等了约莫一个小时，终于瞧见一位太太从外边回来。

我站了起来，就等着跟她一起进去。

“哟，是你啊。我还以为你搬走了呢！”那太太突然开声，我一怔，仔细瞧她，有些眼熟，但却并没有多少印象。

大概我茫然的表情让她有些尴尬，不免自我介绍起来，“我是 4 楼 402 的。以前在电梯里碰到过你和你先生好几次呢！”

我挤了丝笑，和她一起进了电梯。那位太太倒是很喜欢说话，一边按了自己的楼层，转头就把“30”的按钮给点亮了，“我没记错吧？你和你先生是不是去外地工作，还是出国去啦？感觉该有一年多没见到你们了，还以为你们搬走了呢。”

“嗯。”我答应着，忽然心中一动，问她道，“我男朋友他最近没有回来吗？”

那太太一怔，大概是觉得我这问话有些古怪，虽然难掩其好奇的情绪，但还是摇了摇头，如实回答道：“没见过呢。怎么你们……”她大概还想要再问，电梯门却已经打开，提醒她到家了。

她已经走出来，又想起什么回头对我说：“是了，上次我倒是碰到个男的坐电梯去 30 楼，不像你先生，哦，你男朋友那么亲切。不爱搭理人。我还以为是新搬来的……”

没等她说完，电梯门已经合上。我的心也随着电梯轻微的晃动而提起了一下。

难道他真的卖了？……

捏着钥匙的手不知不觉已经沾满了汗。

从 4 楼到 30 楼显得越发地漫长。

我紧张地想要把钥匙插进匙孔，可才抬起手，心就沉入了谷底。这面门都已经整个换掉，换成了用密码锁的防盗门，连锁孔都没有，更别提能放进我这把钥匙了。

我再也打不开“家”的门了。

我在门口徘徊了好久。眼泪不知不觉地就落了下来。当初迟莫时换掉了物业统一的防盗门，刻意买了一面颇为复古的传统铁门，顶上可以另外开一扇小窗口，按他的话是，我要是下去扔个垃圾，等我一出电梯门，他就能听到我的声音，为我开门。虽然那扇门在这里显得有些奇怪，但却是印象中“家”的模样。

我给迟莫时打着电话，好想跟他说，你快点下班回家吧，我忘了带钥匙。我好想跟他说，我其实，还是好想他。

我站在楼梯间看着窗外，外边的湖景还是一如既往，可我却再也找不到回家的路了。

我不懂，他为什么会这么轻易就把这里卖掉了。难道，真的如他所说的，他要彻底地离开我的生活，所以要把我和他的这段回忆彻底地放弃掉。

可是，既然这样，那他又为什么要回来江城？又为什么要继续为我费心，甚至假装成一个酒店大亨，还指定要我的画？

是了。画。

我飞快地跑出去，一出小区大门，便赶紧上了的士，让他把我直接送到兰陵路。

我很快就找到了那家工作室。一进门，便发现店里头把我为数不多的画都摆在了显眼的位置。

当我报出自己的身份，工作室的老板立马就放下了手边的游戏，搓着手走出来，“许小姐，可算是见到您了！来之前也不提前通知我们一声，看，我们这儿完全都没准备。”

那不过是一间小小的工作室，书画这样的艺术品，一个月能卖个几件出去就属于有效益了。我一下子有 20 幅订单那么多，还是高价，他们如何不把我当金主供着。

我单刀直说：“听我爸说，有位酒店的老板看中了我的画，一口气要了 20 幅。”

“对，对，您来，我们就打算跟您商量这事的。不知道您画的怎么样了？”

“我已经画了一大半了。”我话音刚落，便见那画室老板露出会心的笑意，不等他回应，我就赶紧问他，“你有那位老板的联系方式吗？”

“哦，有是有，不过，我好像忘在家里了。”

“那能不能麻烦你回去……”我忽然意识过来，不是他忘在家里了，而是他不打算告诉我，“你放心，我不是要绕过你。真要是分成，该属于你的，一分也不少。我只是有些事需要确认一下，我想知道那个买画的人究竟是谁，是不是我认识的人！”

“你认识的人？”那老板转念一想，一下子就明白我的意思，“你是说，买你画的是熟人？谁绕这么大个弯——”他干这行多年，也是头一次遇上这样幸运的事。他不自觉地就流露出恍然大悟的神情，暧昧地笑道：“哦，我懂了。那我可就更不能说了。真要是你认识的人，他可不就不希望你知道吗。”

“……”我急了，“你到底想不想挣这笔钱？你要是不告诉我，我那 20 幅画可就不交了。”

到底还是这招比较有用，老板当即就缴枪投降，“我这就回去给你拿名片去。不过，许小姐，咱们是签了合约的，这 20 幅画，不管怎么样，你可不能少我的啊。”

也不知他是真的回了家，还是他家很近，总之很快他就拿了张名片来。还带着一股幽香，上边并没有具体的名字，只是用中英文写着“塞瑞国际商务酒店”，留了地址网址以及筹备处的电话。

“就只有这个吗？”我怀疑地看着老板，“他们老总的电话呢？”

“他就给了我这个。”

“那他们老总叫什么名字？”我刚一问完就觉得多余，迟莫时都要伪装成另一个人了，又怎么会用真名。

“我只知道他叫 Thomas。”

我有些气不打一处来，“你连他的真名都不知道，就这么相信他，让我画 20 幅画？”

“他一口气给了五万块的定金。我想不相信也难啊。”老板说了个大实话，见我一脸失望，便在一旁道，“虽然不知道名字，但是我见过人啊。你的熟人长什么样？是不是国字脸，留一特艺术的大胡子，还蛮富态的大叔？哦，我不是说他是大叔，其实保养得真心不错，看起来也顶多就是四十出头。”在他的理解里，能够花钱买我画的“熟人”自然是那种关系。

“来找你的人长这样？”他的描述显然没一条和迟莫时能对上号。

“不是你要找的人？”老板倒是热心起来，“要不我打个电话过去？”

我没有说话。那是本市的座机号码，完全陌生。老板开着免提，不过两声，那边已经接起，却是个甜美的声音，“您好，塞瑞商务酒店筹备处。”

老板一边看我的表情，一边对着手机道：“我是周一画室的。你们的老总 Thomas 在我这里订了 20 幅画。”那边立马说道：“您稍等，我给您转接我们筹备处的总经理。”

再接通时，已经换了一个男声，在老板自报家门之后，就问道：“是 20 幅画都已经完成了吗？我们马上就派人来取。”

“没有。”那老板扫了我一眼，自顾自道，“是我们的画家听到有人这么喜欢她的画，想要见一下，当面感谢。”

“哦。这样。”那边说道，“那我请示一下我们老总，到时候给你回电话吧。”

“好。好。”老板答应着挂了电话，转头就用手机搜了一下那个网址，啧啧道，“哇，这酒店投资可不小啊。”

我失望地往外走，老板赶紧拦住我，“你不等回话了？”

我摇了摇头，“没这个必要了。”

老板笑道：“虽然不是许小姐要找的人，但是有人欣赏许小姐的画，那也是件大好事啊。许小姐，你的手机号是多少……”

“老板，你也画了不少画，你觉得我的画真的有那么好吗？好到有人愿意一口气买20幅，还花五倍的价格，这真的是生意人？”我打断他的话，直直地看着他，把老板都看得窘迫了。

他大概想要证明一下，但话到嘴边，还是吞了回去，改问道：“那你是要亲自去那个酒店问一问？”

我摇了摇头。他铁了心要躲着我，就算我去那个酒店，也找不到他吧。

“其实这年头，只要你有钞票，想找谁会真的找不到啊！”老板的话顿时让我已经迈出去的脚步，又重新收了回来。“你有方法找到他？让我出多少钱都行。”

第十八章　告别，重遇

在江湖上混迹多少都有些人脉，老板带着我找到一家叫做“约翰联合行动调查中心”的私家侦探事务所。接待我的人，便是这家事务所的老板兼侦探John。John问了我许多有关迟莫时的问题。

又问我知不知道他的手机型号，方便他进行无线定位。

我感慨于科技的发达，赶紧把型号说了。John和画室老板都有些诧异犹疑地看着我。我知道他们表情为何夸张，像迟莫时这样的人，再怎么看品味也不至于会奇怪到用那种国产的山寨手机。大概也就一年多前，迟莫时决定去北京重点盯一个项目，要走的时候，拉着我一起去看手机。

我以为他要去换一个更新款的手机，哪知道上完洗手间回来，他已经选了一款国产蓝屏的砖头机。

我瞪大了眼睛，“你买这款？”

售货员连忙堆笑道：“这款手机卖得特别好。本来是军用手机，90天超长待机，充一次电管用三个月，很多人都买了回去给老人用的。真的很方便。”

“老人机？”我瞄了一眼旁边的迟莫时，颇有些哭笑不得，“你就这么不想带充电器啊？”

他微微一笑，“对啊，这不是怕哪天我老了，充电器一时又找不到了，还能接到你的电话么？”

我知道他是担心我一个人在江城应付不来。他刚去北京考察的时候，我一个人留在江城，稍微有点事便习惯着给他电话。现在的手机屏幕大，十分耗电。有了这个手机，倒的确不用担心电池的问题。

虽然觉得迟莫时用这样的手机有些可笑，但我心里头却是甜蜜得很，只是那之后没多久，这甜蜜就因为我的怀孕而终止了。

John 稍微搜了一下，说道：“这个手机没有内置 GPS，而且没在线上。看来只有用基站定位了。我这儿没有这种设备，等我回头联系了人……”

“没在线上？”我反问道。

老板以为我没听懂，还替他补充道，“就是关机了。”

“没有啊，我刚才还拨通了。”我这便掏出手机拨出去验证。

可是，这一次，我没有再听到那个机械地重复着无人接听的女声，取而代之的，只有反复重复的那句，“您拨打的电话已关机……”

“怎么会？我几个小时前还打通了的！”我不甘心地说着，可是不论我再怎么尝试，事实就是迟莫时的电话关机了。从前我总是一不留神就拨了这个号码，他并不接起，但也没有关机。是因为我今天打得太频繁了，所以他选择了直接关机？

我真是搞不懂了，如果他害怕我联系他，害怕我想到他，他就不该关心我的生活。他费这么大周折买我的画，难道不是说明他心里还有我吗？

我烦躁地揪着我的头发，John 不知是很在意这笔生意，还是真的为客户担忧。连忙在一旁出主意道：“你放心，我回头就给我熟人打电话，基站定位一样很准确的。至少能知道他关机之前是在哪里。”

我的脑袋里忽然闪过一丝灵光，“你们这一定有那种小型的跟踪器吧？”我不愿把所有的希望都寄托在基站定位上。但既然买我画的人不过是个托，我就不信他会真的把这些画都留在酒店。

我搭车回郑定那儿取画的时候，天已经黑了。窗户里并没有灯光透出来。郑定似乎还没回来。

我稍稍放下心，只想快些进去收拾东西。住了好些天，我的东西也不知不觉地多了起来，浴室、房间、客厅，随处可见。我原本打算把这些东西都塞进行李箱的。可发现，就是再给我两个箱子，只怕也塞不满。我咬咬牙，只好暂时不管这些，只是把那些画都一一卷了起来，打包放进旅行袋里。

已经晚上十点，郑定还没回来。我不知道他是不是在到处找我。我若和他没在一处，每隔半个小时，他就会给我发个短信或是打个电话。哪怕是我今天一走了之，他也还是如此。我只好把手机关机。

是时候把这些东西都归还给他了。我把钥匙、手机都放在了厅里的餐桌上。钥匙碰到玻璃桌面时，发出的轻碰声让我的心里有一瞬的不安。我注定是又要再次辜负他了。

“砰——”门突然被大力撞开，一个人跌跌撞撞地冲了进来。我吓了一跳，定睛一看，是郑定。

他脸上又惊又喜的表情让我心里一紧。下意识地就赶紧往旁边闪避，拖起旅行袋就往门口冲。

“沈盼！不要走。”郑定三步并作两步，一把就拉住我的手。他的手很是大力，我一个踉跄，险些摔倒。

郑定颇有些紧张，却并不愿放手，“对不起，我白天不该对你发脾气……你不要生我的气好不好？”

“郑定，我没有生气。其实，白天我说的话有点重，我不该那样说你的。”我看向他，他的头发有些凌乱，看得出来，他这一整日的疲惫和透支，我知道自己满脑子都是迟莫时，可当郑定站在我面前时，这些天的点点滴滴也不可避免地浮了心来。

“既然你没有生我的气，那你就不要走了好吗？”他声音软下来，眼波涟漪。

“我要走，不是因为我生气。”我深吸了一口气，决绝地对郑定说道：“郑定，我欠你的。不是一两句道歉的话可以说得清，弥补得了。我也想过改变我们现在的关系。但是，很明显，现在不是时候。我根本就还没准备好。所以，我想我真的不适合住在这里。郑定，我们都好好冷静一下吧。你不要放心不下我，我真的没事的。”

“不行！”郑定像是完全没听懂我说的话似的，眼见刚才的挽留无效，此时干脆换了强硬的口气，倔强地坚持着，“我不管你有没有想好，但是现在这么晚了，你还能去哪里？”

我知道郑定接下来要说什么，他一定会说，我在这里住一晚，大不了我住在这里，他去胡广励那儿。可是，我一旦妥协，就又是给他了希望。

我于是毫不犹豫地说道：“我有地方去。我会去迟莫时那儿。”

“什……什么？！”郑定一慌，便是刚才紧握的手也不自觉地松开，他有些不愿相信地重复道，“你……你说你要去哪里？”

他的神情仿佛如临大敌，眼神恨不能直接戳入我的心窝里去探个究竟似的。他还真的够在乎迟莫时的。

我真的很不想看到他这个样子，吐字清晰道：“迟莫时。我要去他那儿。我找到他了。”我拎了拎手提袋，有这些画，我相信很快就会找到他的。

但我的犹豫和故作镇定似乎还是让郑定看出了端倪，他根本不信，“好了，沈盼，你别骗我了。你怎么可能找到他？”

“什么叫骗你？你怎么就那么肯定我找不到他？”他眼神中流露出一副我就是知道的表情，瞬间刺痛了我，我不禁有些恼火起来，“是啊，我找不到他，你早知道我找不到，你早知道他就是不想见我，是不是？”

这两句话原本不过是气话，可说出口我却不禁打了个寒噤，我抬头看郑定，目光透过他这双熟悉的眸子，不自觉地把刚才的话又重复了一遍。“郑定，你知道迟莫时躲着我？你知道的，对不对？”

郑定的脸色有些不对，即便他掩饰得几乎看不出来，我却已经有了疑心。

郑定呼吸均匀得过分，“我能知道什么？我知道的，都已经告诉你了。”

他的强调让我更加不放心，我死死地盯着郑定的眼睛，“你上个月去美国的时候，见到迟莫时了吗？”

郑定犹豫了两秒，轻声地说：“见了一面。”

“是吗？那他跟你说什么了？”

郑定做了个吞咽的动作，深吸口气，才又说道：“他说，他现在很开心，和他爱的人在一起。他希望你能够过自己的生活。”

“你胡说。”我不等他说完就打断他，“你根本就没见到迟莫时。”郑定的眼里有一丝惊慌，他还要坚持，我却不给他机会，“迟莫时那个时候就已经回国了。”爸爸上次过来找我时，就有提过画室的人早在郑定从美国回来前就找过我。既然是迟莫时安排的，那他必定在那个时候就已经在江城了。

郑定还要狡辩，“我不是胡说。这真的是迟莫时的意思。他希望你能够有自己的生活，没有他也可以开心快乐。”

“够了，郑定。”我压抑着不满，尽量平和地对他说道，“郑定，你不想跟我说实话，没有关系。我有办法，我自己可以找到他的。谢谢你。”

我大步迈出，郑定仍旧在挽留，“沈盼，我知道他对你很重要。但是，你非要现在找他吗？这样吧，等过几天……”

“真的不用。”我没等他说完，“其实，这是我和他两个人的事情，我也不希望你牵扯进来。我想，可能我们真的没有缘分吧。郑定，对不起了。”

“不，我们的缘分不止这些！”郑定的眸子里闪烁着精光。但或许是在这样的深夜里，我们的声音有些大，便是隔壁的人也忍不住打开门，穿着个睡衣就走出来了，“我小孩明天要考期末考，你们能不能小点声，或者把门关上？”

我趁机拎着个包冲进了电梯。

郑定这次没有追来。走出小区时，我还忍不住回望了一眼那栋楼，那扇窗。或许，我和他真的是有缘无分。既然缘分这种东西，是强求不来的。我想，还是就这样算了吧。

John 联系我的时候，已经是几天后。画室老板已经把完成的画都装裱好， John 帮着把跟踪器装在了一幅较小的，11★13 英寸油彩的边框里。按他的说法，因为画小，随身拿的几率会大一点，而且也难以发现。

John 把一台厚重老旧的笔记本递给我，可以看到屏幕上有一个小小的信号在缓慢的移动。是酒店的人把画从老板的画室里运了出来。信号沿着公路一直往前，最终停止在酒店的筹备处。

John 带着我进了筹备处对面的一家麦当劳。二楼临窗的座位是空的，坐在那里，能够轻而易举地就看见筹备处门前的情形。

约摸等了一个来小时，John 大概是等着无聊，便下去买了一些汉堡薯条。再上来的时候，我已经站直了身体。

他于是也激动地凑了过来，顺着我的目光瞧下去，“来了？！是迟先生？”

我深吸了一口气，使劲地摇了摇头。那不是迟莫时的车，驶入视野的分明是郑定的车。他停好车，毫不犹豫地就走进了筹备处。夜幕渐渐降临，那辆黑色发亮的车也渐渐融入那夜色里，灯火璀璨起来，可我的脑袋却像糨糊一样混沌。

John 在一旁刚接了个电话，转头向我露出疑惑的目光，“你确定迟先生现在在国内？我刚刚找熟人查到了迟先生的出入境资料。他今年就没有入境的记录。”

“这个肯定是做不了假的。”他见我没有什么反应，又强调了一遍。

“是吧。”我机械地应着。因为站得有些脚酸，连忙扶着桌边坐下。John 不停地看着窗外，看见车灯亮了，有些着急地说，“喂，车好像要走了。跟不跟？”

“画也动了！”John 指着电脑，到底是经验丰富，一丁点的变化他也能够很快地分辨出来。

“不跟吗？”John 探问着。他大概是觉得自己得有职业道德吧。虽然他的朋友已经告诉他，迟莫时压根就没有入境，但他没有要放弃的意思。

我的心情很复杂，但还是使劲地点了点头，“跟。”

我和郑定在公司楼下碰面。他看到我的时候，眼里流露出一丝惊喜，但很快就有些局促地想要把画藏在身后，大概伪装和隐瞒这种事情，他做起来也并不是很在行。

不像我。

“Hi，你怎么跑这儿来了？”郑定的神情不是很自然。

“为什么不告诉我，一直以来，买画的人是你？”我问，口里泛着苦却又好像没那么苦。

“一直？”郑定一怔，下意识地说道，“不是我。不……我的意思是……”他说话有些磕磕巴巴，声音越来越小，倒是越发地紧张起来。

我苦笑着，“你还要骗我吗？”我从他的身后拿过那幅画，金色的朝霞映在草原上，让我一下子就想起那些有郑定陪伴的清晨，也想起那些似曾相识的，即将永远埋藏在记忆中的旖旎风光。

“其实，我早该知道的，迟莫时他根本就没有回来。你们瞒着我，为我做这么多事，不过是希望我能够快点走出来，快点有自己的生活。其实，这也是迟莫时所希望的，他希望我有新的人生，他也不想我再去打搅他的。”迎上郑定的目光，我仿佛在跟盘踞在自己胸口已久的大树话别，“你放心吧，我以后不会再这样了。我会让自己幸福快乐的。”

低下头，湿热的液滴落在了那幅画上，我赶紧伸手擦掉。

郑定总有些忐忑，手搭在我的肩膀上，紧张地问我，“沈盼，你没事吧？我不是要骗你，只是……只是你这样，让我不放心。”

他这话，更像是在对他自己说。

我把画递给他，展颜道："你以后想要什么画，就直接告诉我好了，我一定会完成得又快又好的。"

"啊——哦。"郑定的大脑，今天有点短路，"那我先把画拿上去了。"他总有些不自在，"你要不要上去？"他说完，大概是想起我那天对他的决绝，生怕我和他之间会重现难堪，连忙又补充道，"我没有别的意思。就是问问……"

他的声音显得很没有底气。

"郑定。"我定定地看着他，终于忍不住说道，"我能亲你一下吗？"

"啊？"他怔在那里，像是没有听清楚，朝我投来探寻的目光。那道目光看起来是那样的熟悉亲切，让我眼睛一酸，不由自主地就踮起脚，把嘴唇凑了上去。

我贪恋地贴着他，轻声说："再给我一点点时间好不好？就一点点。"

楼上，窗边的胡森不禁皱了皱眉头，对一旁脸几乎都要贴在窗户上的胡广励说道："你不是说他们俩之间完了？"

胡广励看的是哭笑不得，"这唱的又是哪出戏，他们俩，我还真是看不懂了。"

难得他这种游戏花丛的人也有雾里看花的时候。胡森到底还是担心郑定，多嘴问道："你那天去医院，Stella都和你说了什么？"

那天他接到公安电话，说他们公司有一名叫做沈盼的员工在公墓受了伤，现正在医院。沈盼到底没有办正式的离职手续，他也很好奇她怎么会受伤，就还是亲自去了一趟。

进去的时候，就瞧见一大爷焦急地向公安证明，一个劲地说，是这女人非要大晚上去墓地，她的摔倒受伤跟他一点关系也没有，他只是负责公墓看门，见到她晕倒受伤，赶紧把她送到医院来的。

他报上身份，便得以进去看望她。她的目光很是呆滞，有点像是溺死的人，哪里还有往常的美艳。

见胡森问自己，胡广励道："我们什么也没说啊。是，我是问了她好几句话，可她压根就没理我。"

他回想那个晚上，大概只记得看门大爷说的话。看门大爷在被公安留难了一番后，终于相信他是"乐于助人"而不是"嫌疑人"，他松了一口气，扯着胡广励倒是说了不少。

他说，这女人大半夜撵到公墓来，非要去拜祭故人。他看她可怜，便发了下好心。谁知道走到一处没名没姓的墓碑前，她突然就晕倒，还把自己磕伤了。他说，那墓碑的确是邪门，之前就听人说，感觉那墓碑好像偶尔会有手机铃声传出来，不知是不是鬼打电话。现在就又出了这档子事，看来他是要提早退休了。

胡广励只是当混沌的故事听了。进去找沈盼打招呼，她压根连眼皮子都没抬一下。要问起那晚，他唯一的感觉大概就是，难怪郑木头会喜欢上这个女人，现在看起来，她也根块木头差不多了。

"是吗？她什么也没说？"胡森总有些不放心。

"没……"胡广励正要肯定地摇头，倒是想起了什么，"她就说让我别告诉郑定。我原本也就没这个打算。哦，对了，她好像有问我，郑定去美国做的是什么手术。"

外篇1　薛明篇

接到郑定电话时，我还一时间没有反应过来他是谁，他劈头盖脸地就问我，“买画的人是不是迟莫时？”

待他稍微冷静了点，自报家门，并告诉我是翟小姐把我的联系方式告诉他的。那时候，我不禁有些唏嘘起来。

我从前并不信什么天意，命运。总觉得那是女人自欺欺人的把戏。可是，当我知道郑定居然真的认识许小姐，并且这么在意她时，我内心竟然也燃起一种“冥冥中自有安排”的无稽感觉来。

我安慰他，酒店那边我早已经关照过，她什么也不会知道的。

他并不能放心，叮嘱了我几句后便仍要去找许小姐。他问我，迟先生在江城是不是有一处房子。

我赶紧往那儿赶，站在密不透风的防盗门前，心情还有些忐忑。按照迟先生的交待，我把之前的房门换下了，但在设密码时，我却下意识地设定了迟先生的生日。

我不知道她有没有上来过，如今我只希望她没有尝试着去开门。

打开灯，房里的陈设都暴露在眼前，所有的一切，都好像没有改变。

我飞快地冲进书房，打开抽屉，一低头，看到那本棕色的笔记本仍旧静静地躺在那里，我才真正放下心来。

我这才坐下，心里暗暗松了口气，她应该是没有进来。

我还记得那个晚上，迟先生一个电话，把我从睡梦中惊醒。我吓得不轻，一边火急火燎地往这里赶，一边把救护车也给叫来了。

结果来了之后，他只是悲伤的跟我说，许小姐把所有属于她的东西都打包带走了。

我一颗心放回到肚子里，但看他那失魂落魄的模样，心里头也很不自在。我说，为什么不直接告诉许小姐呢？

不要告诉她。

这大概是他后来跟我说的最多的一句话。

我第二天就陪他满世界地跑，小到拖鞋，餐具甚至牙刷，都一一买了回来。他小心翼翼地布置着这里，尽量让这里能够保持原样。他一手把她推开。但在他的心里头，却希望她无时无刻不陪在他的身边。

去美国的前一天，他把我找来，要把这间房子转到我的名下。

我当时脸都黑了。

迟先生安慰我，只是让我暂时保管。只是，如果真的有那么一天的话，就让我随便处理了。

可我没舍得把这里变卖，甚至没舍得对里边有一丝一毫的变动。最后，也只不过是把门换了。

我甚至学着迟先生，把他随身的东西也都留在了这里。那支万宝龙银色的钢笔，那本手工制的日记本，除了那枚看着有些可笑的手机，我都一一搁下了。

有时候，我也会有种恍惚的错觉，迟先生应该还住在这里。而我，就如同从前一样，拿着文件来这里找他签字。他只是招呼我坐下，然后微笑地跟我说，他和许小姐去湖边散散步，一会儿就上来。

外篇 2　John 篇

我正要出门时，一辆豪车停在了面前。车窗摇下来，是一个精瘦的男子。

我在他的要求下坐上车，真皮的座椅，倒是十分舒服。他开门见山问我，“听说你在帮人找迟先生？都查到了些什么？她都知道了多少？”

那位沈小姐这几天都没有联系我，却没想到还有别人为了这桩事来。

我看这架势，感觉自己大概是要挣一笔了，“迟先生，规矩你应该知道的。”我做了个数钱的手势。

他却没有这觉悟，“你连迟先生是谁都没打探清楚，看来我是白跑一趟浪费时间了。”他示意我下车，我才有点慌了。

闹了半天，他不是迟先生啊！我不能让到手的鸭子飞了，扒着皮椅子对他说道：“你别急着走啊，先听听我的料，看值多少钱。”

那人对我并不是很耐心，“你最好有多少说多少。”有钱人一向就这德性。我也懒得计较。对于手中的料，倒是一五一十地都告诉了他。

他对于我用基站定位查到迟先生的手机最后出现的位置是公墓有些耿耿于怀，“那你告诉她了？”

“说了。”我看他表情严肃，没敢隐瞒，“她来找我的那天晚上，我就告诉她了。”

“那她去公墓了吗？”

“那我怎么知道。”

他在一旁有些懊悔似的，“看他每天拿着那部电话，我才会想着把电话留下。早知道，就不该把手机放在他身边。”

“放在谁身边？”我探问着，他却没有回答我的意思，而是过了好一会儿，才说，“你还查到什么？这样吧，我有个朋友在出入境，你可以找他查迟先生过海关的记录。”

“啊？”我有些晕。

他却继续说，“你把海关的消息告诉她。对了，她不是要你在画里边放个跟踪器吗，你就按照她说的做吧。到时候记得通知他。”

他给了我一个电话，又写下了姓名。郑定。

“我……”我还没开口说完，他大概就知道我心里所想，又转而递了另一张名片我，“你可以做个预算，把账号和开户行发给她。”

我扫了一眼，是一个什么萤火虫基金会的财务。这是什么组织？不过不管怎样，这才是有钱人的姿态！

我心里头乐开花，脸上却不好表现太明显，“我是想问，我是不是直接联系这位郑先生就行了？联系上郑先生之后，我还要做些什么？要不您给我张名片，我跟郑先生联系的时候，也好有个说法。”拿人钱财，替人消灾。我当然要表现得积极一点。

“你告诉他，有人找你查迟先生，还让你在画里头安跟踪器，接下来再做什么，你不如就听他的安排好了。”

“啊？就这样？”我下了车，总觉得这个人有些神经叨叨。

不过，管他呢。

我还有正事要干。做预算？我得好好回去算算才行！

外篇 3　迟到的日记

July/1/2011

今天背疼得特别厉害，青花说我是工作太拼命，在制图版前站立太久。说是这年头很多人都有了颈椎腰椎的毛病，并且勒令我以后在家里不能再工作。

我听了就觉得好笑，这个小丫头，明明前天还说，最喜欢看我工作时一丝不苟的样子。她不知道，我也只是喜欢她像只小猫一样趴在桌子前，嘴里说是要陪我，可常常是陪着陪着就自己睡着了的时候。

好啊，青花丫头，那我以后在家里不工作了吧，话说，颈椎，腰椎有问题，那岂不是不能站，也不能坐着。嗯，那以后在家里……我只好上床躺着了。

哦，原来，老婆大人，你是想提醒我，多干点别的啊。

July/23/2011

青花这两天老是问我，医院有没有给我结果。我告诉她，没什么大问题，有点组织增生。其实，医生前几天告诉我，说背部可能是纤维瘤。不过是个良性瘤，没什么大不了，还是别告诉这丫头，平白让她担心了。

有那么一次，我不过是切菜时切到了手指头，这丫头看到血就心疼得直掉眼泪。以至于后来土豆只能切片不能切丝。可是，老婆大人，土豆片真的不如土豆丝好吃呀。

Sep/21/2011

我醒来的时候，香嘉跟我说，你那小情人来电话了。

我很紧张地问她，没告诉她什么吧。

当然没，香嘉有些嘲讽我，看把你给吓得。

过了好久，她才很严肃地跟我说："你得跟她说。你的这个情况，可不是瞒得住的。"

我口里答应了，但真的给丫头打电话的时候，却还是下意识地撒了谎。我说，我在北京，在K歌。丫头祝我生日快乐，声音有些伤感。我这才想起来今天是我的生日。她一定因为没办法跟我一起庆祝而遗憾吧。我只好语气轻松，尽量表现出一副没什么大不了的样子。因为我没办法告诉她，我其实根本就没在北京，我在美国。我没办法告诉她，我才刚刚做完手术，我没办法告诉她，我背上的那个瘤，不是普通的纤维瘤，是恶性的synovialsarcoma，手术切除其实只对不到一半的人有效。我没办法告诉她，今后的很长时间，我还得接受化疗和放疗。

丫头，我不是想瞒着你。相信我，会有那么一天，我会告诉你，老婆，你知不知道我曾经得过一场大病，不过好在全好啦。

如果问我那一天会是什么时候，我希望是你跟我都白发苍苍，孙儿绕膝的时候，我告诉你，那场病差点要了我的老命。只是不知道那个时候，你还会跟现在一样，像只小鸟，依偎在我怀里，听得流眼泪。

还是会使劲地用你满是褶皱的手捶着我的胳膊，说一句，你个老不死的。

May/1/2012

丫头，你今天告诉我，说你怀孕了。

这真是个天大的意外之喜。

你知道吗，这半年来，也只有你在我身边的时候，你给我打电话的时候，我才能暂时忘记痛苦和烦恼。所以，当你告诉我，我们有宝宝的时候，我真的很高兴。很高兴，老天还没有将我遗忘，在我绝望的时候，还是赐予了我一分意外，却又这样贵重的礼物。

可是，这种快乐只持续了五分钟，仅有的五分钟。因为我很快就想到了我现在的境况。我迫不及待地问了我的医生，他的回答瞬间把我打入了地狱。

这个孩子，畸形或者有问题的几率非常大，最好不要。

丫头，其实，我并不害怕老天爷又把我重新带回地狱。我只是担心你，我真的不知道该怎么告诉你，我们不能要这个孩子。

May/10/2012

丫头，今天你不在家。似乎从来没有这样的情形。从前，我和你手牵着手回来。后来，你在家里等着我，我一开门，就能看到你惊喜的样子。可是终于，也有那么一天，这个家里，只有我。

我现在才知道，你不在家的时候，这个家是这样的冷清。

今天，发生了很多的事。

我和你一起去医院检查胎儿。我知道你很想要这孩子，听到医生说孩子没有问题，就一脸的笑容。我喜欢你的笑，可这一次，你的笑却像针一样扎得我心疼。

我不得不告诉医生实情，不得不求她帮我一起骗你。

其实医生刚说话的时候，我就很后悔。我怎么会找抑郁症这样的借口？明知道这是你不想提及的伤痛，这个时候，我却只能用这个来一再伤害你。

许愿，这一切都是我的错。我真的很后悔，很难过。我知道，没有这个孩子，你会很伤心，我知道，我提起旧事对你很残忍。可是，你知道吗，我根本没有勇气告诉你真相。

一想到，我要跟你说，许愿，可能我没机会陪你一起变老了，一想到你听到这句话时候的样子，我就害怕得不得了。

你还记得吗，你曾经要求我，老了的时候，一定要比你晚走，你说你没办法看到我先离你而去。我那时候打趣地说，那万一上帝要先让我去报道怎么办？你当时不依不饶地说不行。你说，如果真这样，你也要和我一起去。

许愿，从前我很享受你对我的依赖，可是现在，我真的很害怕，如果上帝真的要我这么早走，你该怎么办？

晚上吃饭的时候，香嘉来了电话。作为诺顿的实习医生，她几乎也兼任了我的半个医生和护士，知道我没完成这个疗程就跑回来，她很生气。我拼命地抢电话，我很怕香嘉会一不小心就说漏了嘴。

可是，我没想到，她的电话让阿姨误会了。连带着丫头你，似乎也有些不相信了。傻丫头，你到现在还不知道吗，我的心里头住了你，再也住不进其他人了。

因为治疗的副作用，我总是止不住地呕吐。我不想让你看到我这狼狈的样子，我慌不择路地逃去了卫生间。我想着，等我回来以后，我再好好跟你解释。

我在卫生间抱着马桶，吐了很久。可是，吐完了，我却没有急着回去。我要怎么样向你解释呢？告诉你，她只是我的医生，我和她是因为我回美国治疗的时候才重新遇上的？这样的解释，难道会更好一些？不，不会的。你只会更加受伤。

我出来的时候，你们已经走了。我像个孤魂野鬼一样，独自一人回了家。

我又在卫生间里吐得一塌糊涂，看着镜子里头那张虚弱苍白的脸时，我真的有些绝望。丫头，我好怕再没有机会，像从前那样，像个绅士一样出现在你面前。

丫头，和你白首到老的愿望，会不会是要落空了？

May/21/2012

丫头，我没有想到，你要留下孩子的决心会这么坚决。

哪怕我那么狠心地跟你说，我和翟香嘉已经订婚，也丝毫没有能改变你的决定。

其实，妈妈知道你怀孕后，也来劝我。妈妈甚至还拿了一些医学数据，就算我接受了放疗和化疗，孩子也未必就一定有问题。我理解她的心，她和爸爸只有我一个儿子，他们老了，他们害怕有一天我不在，如果还有个孙儿，不管怎样，那是一个念想。

可是，我怎么能让你冒这个险？等到胎儿大了，发现问题，你再去打掉的话，肯定要比现在危险的多。

长痛不如短痛。

可是，我的坚持却换来你更加的坚决。丫头，你知道吗，当你告诉我，你无论如何都绝对不会放弃这个孩子时，我为你心痛为你着急的同时，内心里又好像燃起了一丝希望。

如果，老天爷可以多给我一点时间，如果老天爷能够稍微优待我一点，给我们一个健健康康的宝宝，那该多好。是啊，那一刻，我好像也有了一点奢望，也许，这个孩子，真的会平安健康呢？

可是，就算老天爷眷顾，这个孩子平安健康，可是，许愿，如果我真的不在了，你一个人带着这个孩子，真的行吗？

May/24/2012

丫头，今天，我把咱家里的钥匙都交给了小薛。

你把家里有关你的东西都带走了。哪怕是一只杯子，一双拖鞋。所有的一对都只剩下孤零零的一半，我的心也被割掉了一半。

我凭着记忆，重新把你的东西又买了一份，这个家，如果没有你的气息，那就不是家了。

我知道，你心里，也和我一样难过。甚至比我更难过。当你把钥匙决绝地递给我的时候，我的心好像裂开了一样。但理智告诉我，只能眼睁睁地看着你对我失望，看着你离我远去。

换作我是你，心爱的人移情别恋，有着自己的幸福，固然令人心碎。但至少，他还好好地活在这个世上，这结局远远要好过于天人相隔吧。

看，我又乌鸦嘴了。

医生说，如果能控制住扩散，我还是有希望的。

翟香嘉说得对，我不能再这样两头乱跑了。丫头，我要去美国乖乖地做治疗。为了你，为了孩子。

其他的事，我已经无暇处理，只有这个家，我特意叮嘱了小薛，帮我好好照看。丫头，我知道你暂时是不会再来了。我也是呢。

我在家里画了一棵许愿树，上面都挂满了你的愿望。丫头，原谅我现在没办法和你一起实现你的愿望。但如果可以，我希望有一天，我能够带着你，甚至带着宝宝回到这里，咱们一起把这棵许愿树上的愿望填满。

可是，如果很不幸，没有那么一天的话，那我希望你永远都不要再回来了。

June/7/2012

丫头，妈妈告诉我，说你同意到美国来待产。

这个消息真的让我难过又高兴了好几天。

我难过，是你这个选择，对于你来说，未必是好的。我其实应该坚决地阻止妈妈的这个决定。我清楚地知道，很多东西，越是纠缠就越是难以割舍。

空间和时间的距离，会让你离我越来越远。可如果一下子将这空间的距离变为零，对你的伤害是不是会持续不断？

可是，我这次还是没有说服妈妈。或者，我的潜意识里，也希望你来的。

是啊，许愿，我希望你来。这样我就不用再打电话问护士，关于你的情况。

我想见到你。这样，每一次痛得死去活来的时候，我就不用提心吊胆地问自己，我下一次见你会是什么时候，或者，还会不会有下一次。

丫头。原谅我的自私。

如果真的那么不幸，我还是希望，在我最后的时光里，能有你陪伴在我身旁。

Aug/1/2012

丫头，再过两个小时，我就能见到你了。

自从知道你要来后，我就开始掰着手指头数日子。

爸爸和妈妈已经帮你准备了房间，但我还是让他们把老房子收拾出来，我想让你住在那儿。

一来，那儿是我长大的地方，我其实很早就想带你去那儿看看的。我房间里头还有很多我从前画的画，还有上高中时候收过的情书，你这个爱偷窥的家伙，一定会喜欢吧。

不过，其实最重要的原因是，那儿离医院近，我可以经常回去看你。

对了，先不写了。一会儿，有个化妆师会过来。据说是韩国很多明星的御用化妆师，最擅长裸妆。

没想到，有朝一日，我也能享受到电影明星的待遇。不过，你也知道，我现在这样子，实在是丑得要命。我可不想毁灭我在你心中的帅气形象。

尽管，现在，我在你心里的好形象，早已经荡然无存了吧。

Nov/26/2012

丫头，你今天给我电话了。

这句话其实是一个病句。我的手机经常会响，但每次铃声都响不了两声。我知道，你只是下意识地习惯拨我的手机，当你发现的时候，就赶紧掐断了。这一次，却响了好几声。

是你特意打给我的。

其实，你不知道，我就坐在老房子外头。因为每天早上治疗还没开始，所以那也是我精神最好的时候。我总是以散步为名义，趁着这个时候来看看你。不过，因为宝宝的原因，你越来越嗜睡。我只好在外头的长椅上坐着等你醒来。

许愿，你大概不知道，坐在那椅子上，听着鸟儿欢声笑语，看着松鼠在地上到处觅食，而我则坐在这里等你醒来，这感觉真的很好。

你给我电话，我很高兴，正打算进去。你却告诉我，你说，我可以不用再来看你了。

你说，你已经放下了我，请我不要再来打搅你，而你也不想再妨碍我的生活。

丫头，我为你高兴，却还是忍不住地有些酸楚。

如果你真的能够放下过去，能够忘掉我，那我就放心了。

其实，最近我的力气好像不大够用了。医生已经勒令我不许一个人出来，到底翟香嘉了解我，知道我这个人固执得要命。于是当了我的志愿者，早上开车送我过来。

不过，即便如此，从车里移步到这条椅子上，还是费了我老大的力气。我估计我那样子太挫了，所以翟香嘉都气得看不过去。她甚至质问我，能瞒你到什么时候?

这个问题真是让我困扰。

我也曾无数次想过要告诉你，甚至好几次差一点就脱口而出。可是当我看到你渐圆的肚子，当你对我越来越疏远时，我就不得不逼自己打消这个念头。

孕妇本来就容易敏感出事，更何况对我曾经那么依赖的你。既然好不容易你已经习惯了我离开你的事实，我又何必再节外生枝呢？

可是，我也渐渐瞒得有心无力。我怕就算我再怎么强撑，再这样下去，你还是会看出些什么的。

好在，现在，这个问题不存在了。

我是真的松了口气，非常痛快地就答应了，不再来看你。

可是，挂了电话，我才意识到，我不能来看你了。

哪怕一天只能看你一次，哪怕一次只有那么一两个小时。至少，我还可以看到你。

我觉得这个决定会不会有些快。不管怎样，咱们也应该再好好见一面，咱们再一起看一部你爱的电影，对面而坐吃一餐饭吧？

我好想推门进去。但，我还是克制住了。

丫头，你该有你的生活了。

现在，好像到了，我不得不放手的时候。

Dec/1/2012

虽然不能亲眼见到你，但我发现了一个更好的方法。我让保姆把电话的听筒搁在一旁，这样，我就算是躺在床上，也可以听到房子里的声音。

你今天早上八点多起来的，在楼下吃了早餐，然后就上楼了。我猜你一定是在画画吧。我等了好久，不过好在你下午就在楼下活动了。你好像吃得不多，保姆劝你两句后，你就又强撑着吃了一些。

丫头，为了这个孩子，你真的是辛苦了。

可惜我没办法再陪你去产检了。希望孩子会待在妈妈的肚子里，不给你添麻烦。是了，爸爸这边可没有叛逆基因的，相信她一定能乖乖听话。

咱们的萤火虫，一定会像小天使一样给你带来欢乐。

Dec/23/2012

丫头，明天就是圣诞节了。

医生说，如果我状况比较好的话，会同意让我出院半天。不过，就算让我出院，我也不想让你看到我现在的样子。你一定会吓坏的。

你看，我现在写的字都丑得要死。

昨天香嘉去找你，差一点把事情说出来。好在我一直听着，适时地制止了她，才没出什么乱子。

丫头，我感觉这一次，可能上帝真的要我先去报道了。人生真的很残忍，有时候，便是多一天也不行。

可是，我真的放心不下你。

你知道吗，你还是会下意识地拨我的手机。

我知道，你还是习惯遇到事找我。

可是，丫头，我真的不能陪你了。你要学着长大，要学着自己面对一切。

有时候，我会后悔，自己的决定是不是对的。如果我不瞒着你，那么我走的时候，能一直有你陪着，至少，我是幸福的。

可是，你呢？我怎么能忍心让你看我离开？那一定是这世界上最最残忍的事。

但是如果可以，我希望你永远都不要知道。

许愿，原谅我。原谅我不能再见你，原谅我可能要先你而去。原谅我，没办法陪你去看萤火虫，没办法完成你的愿望了。其实，我真的好想再拉着你的手，好想再好好地抱抱你，亲亲你。

不过，我累了。就写到这儿吧。

爱你。永远。

外篇 4　郑定的自白

那天做完眼角膜的手术后，有一个眼科的志愿者名叫索菲亚的女生找到我，她说，希望明天能由她帮我亲手拆纱布。如果我不介意的话，她希望在特定的地方。

她说，我用的眼角膜是她朋友的，虽然这不符合匿名捐献的规定，但她还是希望我能够圆逝者的心愿。

我听得出她语气里的悲伤，我想，捐给我眼角膜的人，应该是她的男朋友吧。

我没有问太多，一口就答应了下来。

这已经是我第二次接受眼角膜捐献的手术了。因为是第二次，再加上等捐献等得有一阵子，在黑暗中煎熬了很久的我，倍加珍惜。我的光明是别人的生命换来的，我能做的也不过是一些力所能及的小事情。

索菲亚和姐姐约好，中午在诺顿医院那儿见面。诺顿中心的肿瘤抗癌在全美也排得上前几名，姐姐说索菲亚在那儿工作，可能是那样比较方便。但我却觉得，大概她的那个男朋友，之前就是住在这儿吧。

从前上学的时候，有一阵子电视里到处放海岩的《永不瞑目》，欧庆春的恋人因公牺牲，把眼角膜捐献给了一个名叫肖童的大学生。我想，大概索菲亚也和欧庆春一样，觉得恋人的生命在我这儿得到了延续吧。

从生物学的角度来说，这的确是一种生命方式的延续。我有些好奇索菲亚是个怎样的女人，我觉得她应该是一个心理强大的女学者。

可是，当她帮我轻轻地松开纱布后，我睁开眼，第一眼，看到的却是——沈盼。

我一下子就被她给吸引了。我知道，因为经历了太久的黑暗，当重新被这个世界接纳时，总是会觉得格外美好。

但她有一种与众不同的气质，即便只是匆匆一瞥，也还是让人久久都无法忘怀。

我原本以为，那段惊鸿，作为美好的瞬间，只会永远存留在我的记忆里。却没想到，我会和她在飞机上再度相遇。

我本来想早点回国，但姐姐却希望我多陪她一阵子。再加上索菲亚知道我在江城上班后，也跟姐姐和我再提了两个请求。其中一条是，由她来安排回国的时间。

我当时并不懂，还一直以为是巧合，才让我遇上了那个动人的姑娘。

索菲亚的另一个请求，便是要我在六月，记得挑一天去一个离江城不远的县城山谷，观赏那儿的萤火虫。她说，这是他的心愿。

我那时候已经知道她口中的他，并不是索菲亚的男友。但既然是他的心愿，于我而言，举手之劳，也算不得什么。

我当然是答应了。哪怕明明那时候被沈盼伤透了心，我还是如约挑了一天，去到那个山谷。

却万万没有想到，在那里又遇上了沈盼。

如果说从前，我以为我和沈盼的相遇，是上天的安排，可那天，我才忽然意识到，也许，我、沈盼、索菲亚还有那个“他”之间的交集，也许在我接受眼角膜的那一刻，就已经注定了。

我瞒着沈盼，去了一趟美国。

我承认一开始我并不是很懂迟莫时的选择。为什么宁愿让沈盼恨他，而不是让她陪着他走完最后一程。为什么宁愿让沈盼忍受着骨肉分离的煎熬，也不肯让她知道真相，哪怕见孩子最后一面，见他最后一面也好？

可是，我带着真相回来的时候，还是忍不住为他对许愿的爱而感动。不知道是不是因为眼角膜曾经属于他，当这两片薄薄的椭圆形组织在我的身体里生根发芽的时候，我再次见到沈盼，竟然多了一种异样的，不属于我自己的情绪。

眼睛里头有种液体不知不觉地滑落出来。我抱住她，喊她的名字，“许愿”，不知道这紧紧的拥抱，是为了我自己，还是为了他。

人们都说，上天是公平的，可是，为什么她的际遇会这样坎坷？

我不想她再接受负面情绪的折磨，我想要看到这个女孩欢乐的笑容，我要把她拉出来。

可是，当我把孩子的事情告诉她，看着她跌下楼去，我心里头只有害怕。她抱着我失魂落魄的哭，她一遍又一遍喊的是迟莫时的名字。她绝望地说，“我们的孩子没了。”那一刻，我的心痛得跟刀绞一样。

其实，那时候，我就知道，迟莫时已经长在她心里了，无论如何，是再拔除不去了。而那时候，我也知道，不论是沈盼，还是迟莫时的许愿，也已经长在我的心里了。

我也选择了隐瞒。不是因为讨厌从她口里听到他的名字，更不是因为我想要取代迟莫时，我只是不忍再看到她痛苦绝望，我只是希望她能够幸福快乐。

我只是想单纯地爱我的沈盼，爱他的许愿。